百年诗颂

（加注版）

周文彰　主编

中国书籍出版社
China Book Press

图书在版编目（CIP）数据

百年诗颂：加注版 / 周文彰主编；范诗银等编. —— 北京：
中国书籍出版社, 2021.12
ISBN 978-7-5068-8843-1

Ⅰ.①百… Ⅱ.①周… ②范… Ⅲ.①诗词—作品集
—中国 Ⅳ.①I22

中国版本图书馆CIP数据核字(2021)第242792号

百年诗颂（加注版）

周文彰　主编

策划编辑	师　之
责任编辑	朱　琳
责任印制	孙马飞　马　芝
封面设计	东方美迪
出版发行	中国书籍出版社
地　　址	北京市丰台区三路居路 97 号（邮编：100073）
电　　话	（010）52257143（总编室）　　　（010）52257140（发行部）
电子邮箱	eo@chinabp.com.cn
经　　销	全国新华书店
印　　厂	三河市顺兴印务有限公司
开　　本	787毫米×1092毫米　1/16
印　　张	21.5
字　　数	306千字
版　　次	2021 年 12 月第 1 版　　2021 年 12 月第 1 次印刷
书　　号	ISBN 978-7-5068-8843-1
定　　价	168.00 元

《百年诗颂》编委会

周文彰　范诗银　罗　辉　高　昌

林　　峰　刘庆霖　沈华维　张存寿

主　编　周文彰

副主编　范诗银　林　峰

第一编主编　林　　峰

第二编主编　刘庆霖

第三编主编　沈华维

第四编主编　张存寿

统　稿　林　峰

百年行（代序）

周文彰

千载残阳浑似血，一声雷震钧天裂。鸡鸣风雨海扬尘，夜色依然坚似铁。忽然异域耀红星，一声炮响送马列。时逢五四起狂飙，大江南北涨春潮。德赛先生霖化雨，旧邦处处发新苗。海上此时犹漆黑，南湖先涌一船红。反帝反封战旗举，辟地开天唱大风。时代洪流拍天来，国共初度携手笑颜开。十万虎贲出黄埔，旌麾北指响惊雷。何期风云变幻速，白帝举刀摧红犹屠绿。太息右倾铸大错，瑟瑟秋风处处闻鬼哭。苍天无语日月昏，擦去泪痕拭血痕。南昌亮剑雷霆震，秋收举义怒涛翻。八七会议调航向，三湾改编铸军魂。井冈山上大会师，深山大壑驻红旗。燎原还藉星星火，逐鹿中原自有时。旌旗漫卷出深林，提师南下据瑞金。均分田地归农户，干城高筑仗民心。四度重围何足道，前线每闻奏捷音。忽然主席失帅印，路线左倾尚冒进。鼓鼙五度动地来，红都危急刀卷刃。遥望陕北一灯明，间关万里启长征。血战湘江长饮恨，转舵遵义上新程。四渡赤水天才纵，强渡大川浩气横。草地雪山书大勇，雄关漫道走豪英。红旗漫卷关山月，会师吴起待时鸣。

此时海内战云炽，北驱日寇南游击。白水黑山陷铁蹄，忍闻南京先安后攘施倒逆！怒火点燃一二九，兵谏西安擒逆首。民族大义推至尊，两党二度携手同御寇。黑云如盖压城头，问谁砥柱立中流？持久战论乌云拨，窑洞一灯照九州。太行山上频鏖战，平型大捷传赤县。百团战罢寇魂飞，地雷地道敌胆颤。八路军威惊三岛，忽如霹雳忽如电。崔巍宝塔耀红霞，延河波翻雪浪花。整风座谈荡浊垢，肌体洁净气清嘉。更挥鸿笔著两论，千寻灯塔吐光华。血战八年天地改，暴日一朝落沧海。雄狮长啸金鸡鸣，尧都处处生光彩。一封电报出山城，英雄何惧虎山行。沁园春雪飘天下，终究和平缔约慰苍生。孰料蒋氏使奸诈，假和真战顽不化。缓兵自耍两面刀，频向红区调兵马。运筹天下据延安，千里长驱大别山。一城一地何所惜，纵横捭阖立云端。海天龙战玄黄血，路转峰回天地宽。漫漫长夜终消尽，败鳞残甲退台湾。

天安门上日瞳瞳，一声"成立"气势雄。高唱雄鸡天尽晓，卿云纠缦九天红。大乱初平人思定，中枢擘画施惠政。外结友邦内疗伤，红霞一片来相映。忽然域外羽书驰，高丽惊闻战马嘶。岂容美帝吞半岛，平澜敢遣正义师。鸭绿江翻连天怒，血战三年终究伏虎罴。社会主义帷幕开，脱胎换骨大改造。奠基立法定鸿猷，朝阳腾跃光万道。尧天初开岁月新，人歌山欢水也笑。讵料左祸忽相侵，一时风气转萧森。整风反右大跃进，红潮如海地浮沉。终究一大二公矫枉急，蹉跎十载不堪吟。道路虽曾失正轨，犹闻凯歌声声腾云起。两弹一星壮国威，杂交稻香舰入水。逐印驱越斗苏修，铁骨铮铮挺入云霄里！

九重欣见巨手挥，邓公拨雾开云日重辉。春温融化三冬雪，东风煦煦尽芳菲。富国富民强经济，崇文重教兴科技。

打开国门透新风，守住国本定大计。五大特区春水暖，小岗村里稻香飘。特色兴国辟新路，三步发展蓝图描。南巡再赐冲天力，鹏翼扶抟上九霄。任尔国际风云瞬息变，自有神针定海潮。大开放中大发展，凯歌声声传禹甸。峰插长天大笔垂，霞敷大地文章焕。又闻紫荆花红归玉璧，濠江回流到黄河。南海涛声洗尽百年耻，抚今追昔感何多！于是开发西部莽苍苍，中部崛起浩气扬。雄风重振大东北，九州遍地沐朝阳。铁路直上西藏雪，西电西气惠八荒。巍巍石壁立三峡，汩汩清泉润北方。深海时闻蛟龙舞，蟾宫频沐桂花香。航母劈开万里浪，百年奥运写华章。君不见，汶川地震天崩裂，军民和衷共济犹如铁；亚丁湾畔海盗起，诛凶锄恶一剑向西指！何惧非典来肆虐，今世华佗勇将病虫缚！

大江卷起雪千堆，领航又见舵手来。崭新时代启大幕，经纶天下荦荦展鸿才。中国梦伴红云飞，复兴路闻万马啸。激浊扬清长澡雪，反腐倡廉剑出鞘。富国强兵展雄韬，开拓创新传捷报。核心价值未敢忘，使命牢记初心葆。人类命运本一体，八溟九宇布仁心。止戈维和彰正义，与邻为善施甘霖。日出东方人共仰，一带一路奏和音。导航九霄全球仰北斗，月宫悠游同饮桂花酒。漫步云端乘神舟，蛟龙载人龙宫走。航母列队威风凛凛镇狂澜，战机巡天英姿勃发摧枯朽。挥戈东海逐落日，亮剑南海斗群丑。清风万丈劲吹浊雾散，美丽中国处处展芳颜。云白天蓝开画境，绿水青山化金山。吟眸一豁诗兴发，不知天上是人间。勠力同心驱贫困，势如长虹疾如电。穷山绽开富贵花，此花更比百花艳。唤得雷霆惩黑恶，天朗气清红灼灼。社会从兹臻大治，人民尽享升平乐。峥嵘岁月红如火，神州无处不硕果。龙腾苍昊唱大风，东方喷薄霞万朵。纵然新冠疫情汹汹来势急，上下同心千丈铸铁壁。小虫无奈中华何，瘴气散尽长天朗朗又红日。

云水百年何苍茫，舟行已至水中央。击棹我亦浩歌发，歌成犹自气飞扬。征途纵使多险壑，初心更比险壑强。环宇更有风不测，定力何愁飓风狂。高歌奋进谁能敌，复兴大业正辉煌。

辛丑端午前三日于北京寓所

特邀作品

马　凯

其一　东风第一枝·椽笔春秋
——写在党的八十华诞之际

　　椽笔春秋，八十巨卷，雄歌壮曲无数。小船破夜灯明，古城揭竿弋舞。井冈烽火，征万里，燎原处处。荡倭寇、直下金陵，华夏五星旗树。　　兴百废，唤来春住；奔四化，拓开新路。惊天两弹威扬，探月飞舟高骛。珠还耻雪，铸盛世，民安国富。倚天柱、坐看云翻，把酒再吟宏赋。

二〇〇一年七月

特邀作品

005

其二　浪淘沙·征长万里
——写在党的九十华诞之际

　　九秩驶中兴，岁月峥嵘。开云破浪领航程。两岸杜鹃红似火，莫忘英灵。　　贯耳警钟鸣，风雨声声。征长万里未垂成。大业安能传不断，道法苍生。

二〇一一年六月

其三 七律·盛不忘忧
——写在党的百年华诞之际

当年星火已燎原，地覆天翻旷世篇。

浴血披荆来不易，丢魂忘本去非难。

何容往事如烟过，岂肯江山似叶残。

但信根深沃土在，百花竞放续斑斓。

二〇二一年六月

目　录

第二编　万象更新

第三编　翻天覆地

第四编　走向富强

目
录

019

第一编

波澜壮阔

中国共产党创建赋

何智勇

数万里多娇之华夏，五千年不息之精神。慨夫至于近代，霾迷日月，衅启乾坤。龙潜渊而鬣伏，狮偃地而鼾闻。铿武昌之炮声，清朝虽覆；惊洪宪之帝制，禹域犹沦。于是决旧纲常，崔嵬三大山必去；倡新文化，德赛二先生欲循。五四运动，促工人阶级之觉醒；十月革命，知共产主义之精真。是以神州大地，忽发青春。惟《新青年》，高吹号角；《湘江评论》，骤荡风云。共产党宣言，如雷霆之迅掣；马克思主义，似飓飚之疾奔。当斯际也，乃顺时而建党，曰北李与南陈。已知真理之甜，不辞蹈火；何惧斗争之苦，甘愿献身！

若夫一大巍巍，开天辟地。其业也长标，其功也非细。望志路上，代表新逢；鸳鸯湖中，党组初缔。萃英东国，启宏略而金谋；漾舫南湖，阐景猷而复继。于是红船载惘惘之心，青史增昂昂之气。导先路以凤麟，率绝尘之骐骥。十三代表，振激越之金声；七一佳时，擎鲜明之赤帜。揆诸代表也，各怀涵负之才，俱抱遒豪之志。若毛泽东也：领共产党，践马列而不渝；建共和国，葆情怀而永炽。若董必武也：立长者之风标，执贞心之坚毅。若李达则播火种以烛幽，李汉俊则添荆薪而迪智。刘仁静渐拔于迷，包惠僧不至于坠。何叔衡冒飞镝而无回，王尽美惜英年之早逝。陈潭秋甘磊落以捐躯，邓恩铭乃从容而就义。

至若星火点燃海上，革命遍播九州。崇反帝反封建之纲

领，投为国为人民之洪流。罢工如鹏骞鲸掣，集众似猛虎烈
貅。党员则一心一德，工人则同忾同仇。苏兆征据其枢，看
洪涛之撼陆；林伟民鼓其势，听巨浪之吞洲。尔其希待遇可
改，唯权利是求。南荟安源之友，北同京汉之俦。邓中夏则
劳身焦力，刘少奇则定策画谋。五一则俱乐部山立，二七则
大罢工腥浮。若施洋则沃血场中，不挠其骨；林祥谦则丧元
枪下，未俯此头！

遂乃壮共产党，立青年团。度韶华而不悔，经枳棘而无前。
在昔族殆国危之岁，阳疑阴战之天。海水横飞，交侵风雨；
生民待拯，俱裂河山。懿其百年以来，我中国共产党志士忧
虞，觉民不懈；仁人奔走，牖世多艰。不忘初心，勇担重责；
牢记使命，力挽狂澜。终看古老之吾国，已是赤旗之世界；
永葆青春之吾党，共昭红日于宇寰！

古风·觉醒篇

温　瑞

晚清国运衰，贫弱遭外侮。万里舆图裂，阴云弥海宇。洋务中兴策，沉沦痛甲午。戊戌维新法，悲愤折肱股。辛亥义旗开，共和驱鞑虏。革命尚未成，半途失继武。民悬解何难，天倾谁能拄？寻路路茫然，志士彷徨苦。德人马克思，论著迪蒙瞀。思想泰斗誉，千秋仰还俯。国人鲜知闻，百不得四五。西欧并东瀛，留学探堂庑。中有李大钊，救亡呼与鼓。堪怜忧患迹，求索步踽踽。青山道不孤，知交陈仲甫。办刊新青年，文化垦园圃。雄篇启民智，倡新反循古。引领五四潮，三罢学工贾。马列推波澜，浩流摧朽腐。劳动阶级者，势必沉浮主。道同方与谋，志坚欣为伍。举拳崇信仰，共产建小组。夜阑东方白，霞光透缕缕。正是觉醒时，喷薄日欲吐。勋著天地间，史铭英雄谱。

满江红·辛亥革命

丁海军

　　世纪风云，喷涌出，几多豪杰。想当日，列强环伺，金瓯残缺。为救生灵离水火，五湖四海旌旗猎。首义起，史上帝基崩，如烟灭。　　三民志，新日月。风雨后，山河澈。共和启远程，关山飞越。纵历险途浑不惧，复兴接力无停歇。喜今朝，五岳立东方，凌天阙。

注：辛亥革命①，1911年10月，孙中山领导的辛亥革命推翻了清王朝统治，建立了中华民国，结束了统治中国两千多年的君主专制制度。但最终革命果实被袁世凯窃取而失败，没有改变旧中国半殖民地半封建的社会性质。

七律·五四新文化运动

曾再农

　　自由风起更何从，反帝之时又反封。

　　声动思潮民智启，光摇日月战旗红。

　　惊雷闪过除专制，好雨来时求大同。

　　文化改良天网破，维新火种耀长空。

注：五四新文化运动②，初期新文化运动提倡民主与科学，五四运动后发展为以传播

① 本书编写组编著:《中国共产党简史》，人民出版社，中共党史出版社2021年版，第3页。
② 龙新民主编:《中国共产党历史重要事件辞典》，中共党史出版社，党建读物出版社2019年版，第1页。

马克思主义为中心的思想解放运动。同时，五四运动后，新文化运动中涌现出各种新思潮，领军任务逐渐分化。五四新文化运动是中国近代史上一场前所未有的启蒙运动和空前深刻的思想解放运动，这为适合中国社会需要的新思潮，特别是马克思主义在中国的传播，创造了有利的条件。

七律·陈独秀

温 瑞

存亡家国痛填膺，引领风潮血自腾。

心底若非生壮伟，笔端安得起崚嶒。

马恩豁目诚宜用，轩冕折腰终不能。

斩棘或留歧路迹，寒云踏破已层层。

注：陈独秀[1]（1879年10月9日—1942年5月27日），原名乾生，字仲甫，号实庵，曾用过陈仲子、只眼等许多笔名与化名。安徽怀宁（今安庆市）人。新文化运动的倡导者、发起者和主要旗手，"五四运动的总司令"，中国共产党的主要创始人之一和党早期主要领导人。大革命期间犯了严重的右倾投降主义错误，使革命遭到失败。1927年7月中旬被解除中央总书记职务。1929年11月被开除出党。1942年5月27日因心脏病于四川江津去世。

[1] 何东，杨先材，王顺生主编：《中国革命史人物词典》，北京出版社1991年版，第447—449页。

五律·李大钊

周啸天

南陈北有李，马列得东传。

名是文章著，肩将道义担。

神州期再造，江户小留欢。

一掷头颅易，稍移信仰难。

注：李大钊①（1889年10月29日—1927年4月28日），字守常，河北乐亭人。1919年发表《我的马克思主义观》成为中国最早的马克思主义者，为马克思主义在中国的传播作出卓越贡献。他是中国共产党主要创始人之一，时有"南陈（独秀）北李（大钊）"之称，1921年7月当选为中共中央执行委员会委员。1924年出席国民党一大，为孙中山指派的大会主席团五个成员之一。1927年4月6日被奉系军阀逮捕，28日被秘密绞杀。

五律·《湘江评论》

蔡圣栋

千年湘水涨，一石激沧浪。

万事食为重，千秋民最强。

独将星火意，开我舜尧疆。

海晏扬眉日，最思红太阳。

注：《湘江评论》②，湖南学联为了进一步发动和组织群众，指导运动的发展，决定

---

① 何东，杨先材，王顺生主编：《中国革命史人物词典》，北京出版社1991年版，第251—252页。

② 彭明：《五四运动史》（修订本），人民出版社2019年版，第312页。

出版一种像北京的《每周评论》那样的定期刊物。经过短时间的筹划，《湘江评论》于一九一九年七月十四日诞生了。这一刊物虽以学联会刊问世，但其中文章大部为毛泽东个人所写。刊物共出五期，另有《临时增刊》第一号一张，第五号未及发行即被军阀全部没收。

七律·《新青年》杂志

商洪玉

长夜谁敲醒世钟，谲云逆雨亦从容。
摘章投匕兴文运，播火成潮破网笼。
故国风涛民族梦，青春号角雪崖松。
先驱仲甫嗟歧路，日耀东方慰旧衷。

注：《新青年》[①]，1915 年 9 月 15 日，陈独秀在上海创办《青年杂志》，并在创刊号上发表《敬告青年》一文，引发广泛关注。1916 年 9 月，《青年杂志》更名为《新青年》。后因陈独秀到北大任教，《新青年》杂志随之迁到北京。由此，以北京大学为阵地、以《新青年》编辑部为核心，形成了新文化运动阵营，新文化运动迅猛发展。

---

① 龙新民主编：《中国共产党历史重要事件辞典》，中共党史出版社，党建读物出版社 2019 年版，第 1 页。

七绝·社会主义青年团在沪成立

王玉明　王革华

五四精神马列船，浪飞沪上谱新篇。

江头一点星星火，未负青春有志年。

注：社会主义青年团在沪成立[1]，1920年8月，在上海共产党早期组织领导下，上海率先建立了社会主义青年团。其后，北京、武汉、长沙、广州等地共产党早期组织也在当地建立了青年团组织，领导青年学习马列主义，参加实际斗争，为党造就了一批后备力量。

声声慢·中国共产党
第一次全国代表大会

子　川

星云代表，日月中华，南湖波卷云轻。夏草纤纤如梦，画舫登程。纲领章程制度，耸樯帆、一棹嘉兴。梦为马、看雷霆声起，举世皆惊。　可谓开天辟地，锤镰举、河山重铸峥嵘。凝聚百千灵秀，俱精英。穿越腥风血雨，定乾坤、国立民生。一而再、领航文明舰，万众同行。

注：中共一大[2]，1921年7月23日，中国共产党在上海召开第一次全国代表大会，

---

① 新华月报编：《永远的丰碑》（第13册），人民出版社2006年版，第40页。

② 龙新民主编：《中国共产党历史重要事件辞典》，中共党史出版社、党建读物出版社2019年版，第10—11页。

大会通过了《中国共产党纲领》，确定党的名称为"中国共产党"，规定党的纲领是：革命军队必须与无产阶级一起推翻资产阶级的政权；承认无产阶级专政；消灭资本家私有制；联合共产国际。中共一大的召开宣告了中国共产党正式成立，这是中华民族发展史上开天辟地的大事件，中国革命的面貌从此焕然一新。

沁园春·上海党的一大会址

马翚

碧桐成荫，青砖不老，石库门楼。见案几犹在，风云历历，红旗漫卷，岁月悠悠。胸次无尘，笔端有梦，兴我中华未肯休。初心立，看群英汇聚，上海滩头。　　当时迷雾难收。路何在，关山万里愁。有少年意气，几多人物，典章文字，千古风流。一棹先行，千帆后继，破浪穿云志已酬。追思处，正春阳高照，光耀神州。

注：上海党的一大会址①，中国共产党第一次全国代表大会于1921年7月在上海法租界望志路106号（现兴业路76号）召开。后因疑似敌探的陌生男子突然闯入会场，会议中止。由于代表们的活动受到监视，会议无法继续在上海召开。之后，代表们分批转移到浙江嘉兴，最后一天的会议在南湖一艘游船上召开。

① 张启华主编：《中国共产党历史重要会议辞典》，中共党史出版社，党建读物出版社2019年版，第4页。

水调歌头·南湖红船

马 翚

翠湖烟波渺，一叶小舟行。乘风披雾，只载灯火向天明。舟内核心甫定，灯下强音频起，旧厦务须倾。更负凌云志，敢使鬼神惊。　　开天地，蹈沧海，领航程。百年万里，赢得盛世见升平。草碧花明日丽，蝶舞莺啼春暖，沙尽水流清。国有红船曲，四海振天声。

注：南湖红船^①，1921 年 7 月 23 日，中国共产党第一次全国代表大会在上海法租界望志路 106 号（今兴业路 76 号）开幕。由于会场受到暗探注意和法租界巡捕搜查，最后一天的会议转移到浙江嘉兴南湖的游船上举行。上海党的一大会址，嘉兴南湖红船，是中国共产党的"产床"，是党梦想起航的地方。

沁园春·毛泽东颂

代雨东

情寄韶山，风啸长沙，志起如鸿。看井冈扬纛，瑞金弹泪，长征豪迈，湘水披红。遵义风流，三军重整，踏遍青山诗未穷。虽窑洞，有心牵四海，气贯长虹。　　何妨国弱民穷。喜两弹、一星可缚龙。凭文韬武略，纵横天下；清风正气，浩荡苍穹。举国同心，人民鼎力，挥手寰球傲杰雄。千秋业，正复兴华夏，含笑花丛。

① 本书编写组编著：《中国共产党简史》，人民出版社，中共党史出版社 2021 年版，第 13—15 页。

古风·毛泽东

马建勋

千秋创勋业，一代誉伟人。开启新中国，砥柱挽沉沦。雄略安疆土，胆气贯斗辰。领路从兆众，挥毫重万钧。风流竞时代，形象耀高旻。昔诞韶山冲，生为农家子。少小志凌云，报国抛生死。建党秉初心，井冈固坚垒。万里赴长征，北上红旗指。抗日拯倒悬，强虏等闲视。民族终独立，玉宇焕今朝。宣言震世界，华夏大风飙。人民为主宰，江山复娇娆。思想垂世范，霸权不折腰。笑谈指海岳，风雨任喧嚣。观夫彼生平，传奇荣史册。举家六捐躯，英名犹赫赫。未怀利己心，大公忧国策。清白无私遗，自律明尽责。信仰贯始终，为民谋福泽。噫吁嚱！新天开辟者，当歌毛泽东。昆仑匹伟岸，岱岳勒丰功。救国得解放，五星旗帜红。空前著伟业，理想现大同。生无愧民意，景仰且由衷。

注：毛泽东①（1893年12月26日—1976年9月9日），字润之，曾用别名子任、李德胜等。湖南省湘潭县人。伟大的马克思主义者，伟大的无产阶级革命家、战略家、理论家，中国共产党、中国人民解放军和中华人民共和国的主要缔造者和领导人。中共一大代表之一，1935年遵义会议起逐步确立其中央领导核心地位，带领中国人民取得了抗日战争、解放战争的胜利。在社会主义改造和社会主义建设方面也有突出贡献。1976年9月9日在北京逝世。

① 何东，杨先材，王顺生主编：《中国革命史人物词典》，北京出版社1991年版，第68—71页。

七律·李 达

李伟亮

敢换人间气象新，书生捧笔亦精神。

创刊何惧风霜冷，唯物犹看主义真。

万卷铺开春浩荡，一灯照亮夜沉沦。

呕心教育辛劳惯，桃李林中没此身。

注：李达[①]（1890年10月2日—1966年8月24日），字永锡，号鹤鸣，湖南零陵人。杰出的马克思主义理论家、宣传家和教育家，中国共产党的主要创建者和早期领导人之一。1913年公费留日，1920年回国与陈独秀等创立中国第一个共产主义小组，后负责中共一大的筹备工作，并作为代表出席中共一大。1923年因与陈独秀意见分歧退党后，继续从事马列主义理论研究，成果颇丰。1949年12月重新参加共产党，曾任武汉大学校长等。1966年8月24日在武汉逝世。

七律·李汉俊

马旭升

胸怀坦荡慧眸张，上海大旗扬武昌。

探启神州三昧火，觉醒沉睡五湖乡。

冥冥征路循真谛，灼灼箴言昭艳阳。

暗狱灰飞烟灭后，晨曦回首正辉煌。

注：李汉俊[②]（1890年4月—1927年12月17日），湖北潜江人。早年留学日本，

---

① 何东，杨先材，王顺生主编：《中国革命史人物词典》，北京出版社1991年版，第245—246页。

② 何东，杨先材，王顺生主编：《中国革命史人物词典》，北京出版社1991年版，第263页。

接受马克思主义教育。中国共产党第一次代表大会代表。回国后积极宣传马克思主义，大力推进建党工作，为召开中共一大作出了卓越贡献。1922年回武汉组织学生、工人开展革命活动，1925年因不参加武汉地区党的组织生活被中共除名。1926年加入国民党，曾任湖北省教育厅长等。"七·一五"反革命政变后，于同年12月被国民党桂系军阀胡宗铎部逮捕杀害，年仅37岁。

七律·董必武

沈戈晖

救亡拯溺志无前。头角峥嵘辛亥年。
奔走几番求大道，风雷十月奋先鞭。
南湖旧迹声名永，一世初心金石坚。
谍海波澜新约法，老成勋业至今传。

注：董必武[1]（1886年—1975年4月2日），原名贤琮，又名用威，字洁畲，湖北黄安（今红安）人。1911年参加辛亥革命，加入中国同盟会。"五四"时期开始接受马克思主义。1921年7月与陈潭秋代表湖北小组出席中共一大。新中国成立后，历任中央人民政府政务院副总理、最高人民法院院长等。中国共产党的创始人之一，中华人民共和国的缔造者之一，杰出的无产阶级革命家、马克思主义的政治家和法学家。1975年4月2日在北京病逝。

---

[1] 何东，杨先材，王顺生主编：《中国革命史人物词典》，北京出版社1991年版，第711—712页。

七律·何叔衡

郝铁柱

碧崖如玉照前贤，彪炳汗青近百年。

虎啸千山惊大野，龙吟万里入遥天。

情燃烈火春无际，血洒甘泉梦未圆。

忠骨百磨成砥柱，群英化作九州妍。

注：何叔衡[1]（1876年—1935年2月24日），字玉衡，号琥璜，湖南宁乡人。中共一大代表、中国共产党创始人之一。1934年10月，中央红军主力长征后，留根据地坚持斗争。1931年当选为中华苏维埃共和国临时中央政府执行委员。1935年2月24日，从江西转移福建途中，在福建长汀突围战斗时壮烈牺牲，时年59岁。

七律·陈潭秋

罗少斌

离家北上聚红船，建党筹谋自敢先。

引领江城平乱世，相期闽赣唤新天。

诗文不尽英雄胆，风雨难移壮士肩。

血洒新疆铭史册，初心早已谱新篇。

注：陈潭秋[2]（1896年—1943年9月27日），名澄，字云先，号潭秋，湖北黄冈人。

① 何东，杨先材，王顺生主编：《中国革命史人物词典》，北京出版社1991年版，第333—334页。
② 何东，杨先材，王顺生主编：《中国革命史人物词典》，北京出版社1991年版，第457—458页。

无产阶级革命家，中共一大代表、中国共产党创始人之一。先后出席了中共三大、五大、六大，1934 年 1 月当选为中华苏维埃共和国临时中央政府执行委员。1943 年 9 月 27 日被逆转反共的新疆军阀盛世才秘密杀害于迪化（今乌鲁木齐）。

七律·王尽美

孙义福

放眼神州风雨狂，冲冠学子竞飞扬。

图新志在全民意，破旧心期定党章。

国共初联清气盛，工农同起赤旗张。

英雄山上松长翠，敬护忠魂千古芳。

注：王尽美[①]（1898 年—1925 年 8 月 19 日）山东莒县人。无产阶级革命家，中国共产党创始人之一，山东党组织最早的组织者和领导者。曾出席中共一大、二大。1924 年出席国民党一大，推动统一战线工作，被孙中山指定为特派员。1925 年带病参加中共四大，同年 8 月 19 日，病逝于青岛。

七律·邓恩铭

李伟亮

最是河山百战中，卅年岁月雨兼风。

为开革命新生面，发动工人大罢工。

---

① 何东，杨先材，王顺生主编：《中国革命史人物词典》，北京出版社 1991 年版，第 53 页。

热血抛时心不悔，豪情起处志无穷。

如今睡卧红旗下，蝶舞花香梦一丛。

注：邓恩铭[1]（1901年1月—1931年4月5日），又名恩明，字仲尧，水族，贵州
荔波人。无产阶级革命家，中国共产党创始人之一。曾参加中共一大、二大和
五大。1927年中共五大后，任中共山东省省委书记。1928年12月因叛徒告密，
在济南被国民党逮捕入狱。1931年4月5日，就义于济南。

鹧鸪天·刘仁静

王　旭

聪慧何曾负远眸，少年意气竞风流。未明湖畔思新政，
黄浦江头说骏猷。　　追托派，赴愆囚，惜将歧路作良筹。
初心未践平生悔，老去终回浪子头。

注：刘仁静[2]（1902年—1987年8月5日），字养初，又名亦宇、敬云，湖北应城人。
曾参加五四运动、北京共产主义小组、中共一大会议等。1929年11月因参加托
洛茨基派活动被开除出党，后投靠国民党，为南京国民政府工作。解放后回到
北京，发表《刘仁静的声明》向党忏悔。1950年起先后担任北京师范大学教员、
人民出版社编辑等职务。1987年8月5日在北京逝世。

---

[1] 何东，杨先材，王顺生主编：《中国革命史人物词典》，北京出版社1991年版，第92页。
[2] 何东，杨先材，王顺生主编：《中国革命史人物词典》，北京出版社1991年版，第
182—183页。

百字令·包惠僧

王　琼

青年寻路，怅茫茫黑夜，良方难着。喜得文华追仲甫，文化先锋惊觉。辟地开天，红船击浪，京汉风云约。师行黄浦，也曾争斗求索。　　却道歧路难行，初心难守，逆旅终难托。遥想家山千万里，遥望江天寥廓。隔岸遥思，迷途知返，相见浑如昨。国歌声里，故园休道无著。

注：包惠僧[①]（1894年—1979年7月2日），曾用名包晦生，别名鲍一德，笔名栖梧老人，湖北黄冈人。1921年7月，受陈独秀委派出席了中国共产党第一次全国代表大会。1924年第一次国共合作时期，以中共党员身份加入国民党，后长期任国民党内政部参事等职务。1949年脱离国民党政府回到北京。1979年在北京病逝。

八声甘州·中国共产党
第二次全国代表大会

王　琼

问悠悠华夏五千年，谁能解深忧？甚昏天蔽日，苍生疾苦，血泪横流。国际思潮暗涌，万里欲相投。十二先驱会，沪上盟鸥。　　争倡新风民主，更打开桎梏，黎庶欢讴。又

[①]　何东，杨先材，王顺生主编：《中国革命史人物词典》，北京出版社1991年版，第131—132页。

章程初立，风雨也同舟。破天荒、反封反帝，炮火中、前进莫停留。填沧海，任涛飞骤，何计沉浮。

注：中国共产党第二次全国代表大会[①]，于 1922 年 7 月 16 日至 23 日在上海举行。党的二大在中国近代史上第一次明确地提出反帝反封建的民主革命纲领，指明了中国人民革命斗争的方向。大会的缺点是对无产阶级领导权问题和农民同盟军问题还缺乏认识。

七律·第一次提出反帝反封建民主革命纲领

王 骏

一道光芒射又新，高低纲领始清分。

铁蹄踏踏黎民恨，烽火纷纷国土焚。

真理扎根深赤县，狂飙卷纛破乌云。

行先反帝反封建，二大堪称是首勋。

注：中共第一次提出反帝反封建民主革命纲领[②]，1922 年 7 月 16 日至 23 日，中国共产党在上海举行第二次全国代表大会。大会通过《中国共产党第二次全国代表大会宣言》，宣言指出党在当前形势下的奋斗目标是：消除内乱，打倒军阀，建设国内和平；推翻国际帝国主义的压迫，达到中华民族完全独立；统一中国为真正的民主共和国。这实际上成为党在现阶段反帝反封建的民主革命纲领，即党的最低纲领。

---

① 张启华主编：《中国共产党历史重要会议辞典》，中共党史出版社，党建读物出版社 2019 年版，第 7 页。

② 龙新民主编：《中国共产党历史重要事件辞典》，中共党史出版社，党建读物出版社 2019 年版，第 14—15 页。

鹧鸪天·刘少奇

程良宝

翻开历史痛少奇，十年冤屈哪堪提。安源不洒低头泪，省港能陈放胆词。　　推土改，竖军旗，党员修养固根基。襟怀坦荡何须道，功耀乾坤众口碑。

注：刘少奇[①]（1898年11月24日—1969年11月12日），原名绍选，字渭璜，后改名少奇，曾用过刘士奇等别名，湖南省宁乡县人。党和国家主要领导人之一，中华人民共和国开国元勋，是以毛泽东同志为核心的党的第一代中央领导集体的重要成员。曾在"文化大革命"中受到错误的批判，于1969年11月12日病逝。1980年中共十一届五中全会为恢复他的名誉作了专门的决定。

七律·李立三

左会斌

旅法旅苏图报国，来寻真理续春秋。
劳工觉醒惊财阀，租界回归挫敌酋。
追悼三番魂不死，领航一误骨含羞。
初心永照关山月，饮马长江风满楼。

注：李立三[②]（1899年11月18日—1967年6月22日），原名李隆郅，字立三，湖

① 何东，杨先材，王顺生主编：《中国革命史人物词典》，北京出版社1991年版，第185—187页。
② 何东，杨先材，王顺生主编：《中国革命史人物词典》，北京出版社1991年版，第262—263页。

南醴陵人。1919 年 9 月赴法勤工俭学，1921 年回国加入中国共产党。他曾担任工人运动领袖，曾一度掌握着中央的实际权力，在 1930 年犯过"立三路线"的"左"倾冒险主义错误，但不久就认识改正。新中国成立后，他身兼中共中央工委书记等职。"文化大革命"中遭受迫害，1967 年 6 月 22 日在北京蒙冤逝世。1980 年 3 月 20 日，中共中央为他召开追悼会并平反昭雪，恢复名誉。

七律·施　洋

王子江

洪山南麓柏森森，更比峰高碑入云。

花上矮垣红故事，春铺大地绿乾坤。

律师未死人间义，铁轨应存烈士魂。

理正时分帆正劲，大江东去见初心。

注：施洋[①]（1889 年 6 月 13 日—1923 年 2 月 15 日），湖北竹山人。中国早期工人运动的杰出领导人、中国首位"劳工律师"，曾领导了汉阳钢铁厂工人罢工、京汉铁路工人大罢工，是中国共产党领导的全国第一个地方总工会——"武汉工团联合会"的主要发起人与实际组织者。1922 年加入中国共产党，1923 年 2 月被北洋军阀逮捕杀害。

---

① 何东，杨先材，王顺生主编：《中国革命史人物词典》，北京出版社 1991 年版，第 562 页。

七律·林祥谦

王子江

汽笛响起上天惊，此是人间第一声。

江岸高潮春爆动，闽侯信仰雪和平。

铁肩染色屠刀落，理想发光红日誉。

却看中华工会史，斑斑扉页血凝成。

注：林祥谦[①]（1892年10月19日—1923年2月7日）福建闽侯人。少年随父进马尾造船厂做工，1922年担任京汉铁路江岸分工会委员长，加入中国共产党。1923年1月底，组织领导工人参加京汉铁路全路总同盟罢工。2月7日被捕，以"头可断、血可流，工不可复"的意志严拒当局的复工命令，遂遭杀害。

七律·邓中夏

李铁喜

大节何辞骨作灰，冰魂永驻雨花台。

济民救国平生志，策马领兵千里才。

功业至今尊伟烈，文章谁复似高才。

思量我亦工农子，承继先贤是所该。

注：邓中夏[②]（1894年10月5日—1933年9月21日），原名邓康，字仲澥，湖南宜章人。中共第二届、五届中央委员，工人运动的领袖，曾参与组织领导省港

---

① 何东，杨先材，王顺生主编：《中国革命史人物词典》，北京出版社1991年版，第474页。
② 何东，杨先材，王顺生主编：《中国革命史人物词典》，北京出版社1991年版，第87页。

大罢工、党的八七会议、反法西斯斗争等。1933年9月21日，被国民党反动派杀害于南京雨花台。

七律·中国共产党第三次全国代表大会

王玉明　王革华

多难多灾满目伤，神州亿万路何方？

自由势必除军阀，独立当须逐列强。

携手工农烽火劲，并肩国共战旗扬。

三民新政同三策，大道从今起骏骧。

注：中国共产党第三次全国代表大会①，中共三大于1923年6月12日—20日在广州举行。中共三大正式确定了建立国共合作统一战线的策略方针，决定共产党员以个人身份加入国民党，共同进行和发展国民革命运动，为国共合作的建立和大革命的到来，做了思想上、理论上和策略上的重要准备。但中共三大也有不足之处，那就是没有提出工人阶级应当努力争取对民主革命的领导权的问题。

七绝·谭平山

彭崇谷

重整乾坤入楚关，新潮百丈动人寰。

赵家烈火冲天起，耸立苍茫一泰山。

① 张启华主编：《中国共产党历史重要会议辞典》，中共党史出版社，党建读物出版社2019年版，第9页。

注：谭平山①（1886 年 9 月 28 日—1956 年 4 月 2 日），广东高明人。是有建树、有
　　影响的民主革命家。辛亥革命时加入同盟会，五四运动后在陈独秀的帮助下建
　　立中共广东支部，协助孙中山参与国民党改组工作。曾组建中华革命党、三民
　　主义同志联合会、中国国民党革命委员会，参加新政协。1956 年 4 月 2 日在北
　　京逝世。

七律·黄埔军校

王改正

神州沉陆动干戈，天下仁人志士多。

革命先声惊世界，英贤奋斗救中国。

求学恰是寻真理，亮剑都为斩恶魔。

唯愿金瓯归一统，花城黄埔百年歌。

注：黄埔军校②，黄埔军校于 1924 年 6 月 16 日正式成立，1930 年 9 月停办，是"中
　　国国民党陆军军官学校"的简称，因位于黄埔岛上，故称黄埔军校。黄埔军校
　　是一所国共合作的学校，历时 6 年，培养出大批军事、政治人才，在中国现代
　　军事史上占有重要地位。黄埔军校的建立，使国共合作的国民革命有了一支可
　　靠的革命武装力量，也是中国共产党从事严格意义上的军事活动的开始。

---

① 何东，杨先材，王顺生主编：《中国革命史人物词典》，北京出版社 1991 年版，第
　　784—785 页。
② 龙新民主编：《中国共产党历史重要事件辞典》，中共党史出版社，党建读物出版
　　社 2019 年版，第 23—24 页。

七律·周恩来在黄埔

王改正

珠江千里忆周公，黄埔烟涛在眼中。

横扫顽敌需战将，匡扶社稷赖英雄。

东征剑指驱尘暗，北上旌挥蔽日红。

梦里逢君君有叹，但悲不见海峡通。

注：周恩来在黄埔军校担任政治部主任期间[1]，1924 年 11 月，周恩来被任命为黄埔军校的政治部主任。这是他在担任中共广东区委委员长兼宣传部长同时的一项重要的社会兼职。这使得周恩来成为中国共产党内最早领导并熟悉军事工作的先驱者。周恩来就任军校政治部主任后，开创了军队政治工作的新局面。

八声甘州·中国共产党第四次全国代表大会

李月荷

见滔滔江水起波澜，寒雨几春秋。叹西风凛冽，外滩涛急，红上书楼。二十英贤聚首，不忍物华休。汹涌黄埔水，更向天流。　　朝暮呕心沥胆，定下风雷策，壮气难收。又去封反帝，热血为民投。盼和平、工农会聚，望东方、红日照神州。春光待、彩霞飘处，壮志同酬。

① 杨明伟：《周恩来》，中央文献出版社 2010 年版，第 40 页。

注：中国共产党第四次全国代表大会[①]，于 1925 年 1 月 11 日—22 日在上海召开。中共四大提出了无产阶级领导权和农民同盟军问题，总结了党成立以来特别是国共合作一年多以来的经验教训，表明党在理论和革命策略上有了重大突破。但大会对于怎样取得领导权，怎样实现工农联盟的问题，缺乏具体明确的主张，我们党没有认识到解决农民土地问题，革命武装和革命政权的重要性。

破阵子·工农联盟

李月荷

锤子连霞共秀，镰刀与月同圆。浑若天荒飞瑞鹤，自此江湖卷急澜。相依出重拳。　　城邑花前映月，帝封而后如烟。幸已云开扬利剑，静待春来奏凯弦。毫挥壮丽篇。

注：工农联盟[②]，中国共产党第四次代表大会（1925 年 1 月 11 日—22 日）在党的历史上第一次明确提出工农联盟问题。大会强调，中国革命需要"工人农民及城市中小资产阶级普遍的参加"，阐明了农民是无产阶级同盟军的思想，指出没有农民的支持，无产阶级要想取得领导地位以及使革命取得成功，都是不可能的。

---

① 张启华主编：《中国共产党历史重要会议辞典》，中共党史出版社，党建读物出版社 2019 年版，第 11—12 页。
② 张启华主编：《中国共产党历史重要会议辞典》，中共党史出版社，党建读物出版社 2019 年版，第 11—12 页。

七律·五卅运动

星　汉

热血千秋照碧霄，当年镰斧赤旗飘。

工农商学呼声起，南北东西怒火烧。

大革命时开序幕，新中国后壮心潮。

神州儿女肩头硬，重启长征路正遥。

注：五卅运动①，1925年5月发生在上海并很快席卷全国的反帝爱国运动，标志着
大革命高潮的到来。因主要示威日定为5月30日，故称五卅运动。中国共产党
领导的五卅运动，是中华民族直接反抗帝国主义的伟大运动，对中华民族的觉
醒和国民革命运动的发展起了巨大的推动作用。党在五卅运动中受到了很大的
锻炼，提高了对中国革命基本问题的认识，扩大了在群众中的政治影响，初步
积累了领导反帝斗争的经验。

七律·顾正红

星　汉

岂肯低头年复年，罢工终见火星燃。

声摧岛国三春梦，血染神州一片天。

红日红心长映耀，青春青史永流传。

楷模前路挥旗后，奋起英雄万万千。

---

① 龙新民主编：《中国共产党历史重要事件辞典》，中共党史出版社，党建读物出版
社2019年版，第28—29页。

注：顾正红[1]（1905年—1925年5月16日），江苏阜宁（今属滨海）人。1921年逃荒到上海，后在上海日商内外棉九厂、七厂当工人。1924年夏，参加中国共产党在上海举办的沪西工友俱乐部的活动，1925年2月加入中国共产党。1925年5月15日，为抗议日商纱厂资本家撕毁与中国工人达成的协议，被日商连击四枪后牺牲。其牺牲成为了"五卅运动"的导火索。

七律·陈延年

王德虎

磨砺青峰直刺天，不期松柏寿绵延。

壮歌谱就同盟誓，铁甲吟成觉醒篇。

率导工潮惊海内，笃行党性立中坚。

榴花会有重生日，何惧刀头引颈寒。

注：陈延年[2]（1898年—1927年7月4日），安徽省怀宁县（今属安庆市）人。陈独秀长子。中共早期领导人之一，为中国解放革命事业作出过巨大贡献。曾领导省港工人大罢工等革命运动。曾任中共江苏省委书记，1927年6月26日于上海被捕入狱，7月4日英勇就义。

---

[1] 何东，杨先材，王顺生主编：《中国革命史人物词典》，北京出版社1991年版，第600—601页。

[2] 何东，杨先材，王顺生主编：《中国革命史人物词典》，北京出版社1991年版，第436—437页。

七律·彭　湃

王德虎

清明时节杏花天，泪雨纷飞到墓前。

盟社起从农会里，济贫先散自家田。

广州义举红旗烈，魔狱不降血迹鲜。

海陆双丰流弹急，龙华一曲可安眠。

注：彭湃①（1896年10月22日—1929年8月30日），广东海丰人。1921年加入
　　中国社会主义青年团，1924年初由团转入中国共产党。1927年10月，在广东
　　海陆丰地区(今汕尾市)领导武装起义后，建立了中国第一个农村苏维埃政权——
　　海丰、陆丰县苏维埃政府。1929年8月30日，因叛徒出卖，被捕后牺牲。

满江红·彭　湃

丘海洲

　　一介书生，却搅起、满天风雪。挥手处、农奴百万，都
为人杰。红色政权民主路，光辉榜样忠魂血。舍家产、自古
更何人？书新页。　　　　播火种，旗杆揭，农讲所，千钧拨。
看燎原野火，长空燃烈。谆教翻天依大众，赤心向党凭高节。
幸薪传、探索未曾停，雄关越。

百年诗颂（加注版）

---

① 何东，杨先材，王顺生主编：《中国革命史人物词典》，北京出版社1991年版，第
　　702—703页。

七律·北伐战争

刘宗群

欲拯苍生水火中，誓将军阀扫无踪。

挥师北上奇功建，杀敌东征浩气冲。

两党并肩驱鬼魅，九州半壁定鱼龙。

列强狼虎皆环伺，慷慨何须泣大风。

注：北伐战争[1]，发生时间为1926年7月9日—1927年6月。1924年第一次国共合
作实现后，经过两年多的斗争全国工农革命运动空前高涨，广东革命政府决定
出师北伐。1926年5月，国民革命军第四军叶挺独立团及第七军一部作为北伐
先锋，开赴湖南，揭开了北伐战争的序幕。9日，国民革命军在广州誓师，宣
告北伐战争正式开始。北伐战争是国共两党共同进行的一场革命的、正义的战争。
但是，北伐的胜利进军，并未能扼制革命阵营的危机。蒋介石、汪精卫先后在
上海和武汉发动反革命政变，北伐战争所取得的胜利果实被大地主大资产阶级
窃取。

七绝·湘鄂赣工农群众运动

王国钦

北伐军歌震碧空，力除宗法唤农工。

杜鹃霞映鄂湘赤，赣水苍茫永向东。

注：湘鄂赣的工农群众运动[2]，发生时间为1926年9月—1927年4月。1926年9月

---

[1] 龙新民主编：《中国共产党历史重要事件辞典》，中共党史出版社，党建读物出版
社2019年版，第35—37页。

[2] 龙新民主编：《中国共产党历史重要事件辞典》，中共党史出版社，党建读物出版
社2019年版，第37—38页。

17日，中华全国总工会在汉口设立办事处，指导湖北及邻近各省开展工人运动。1926年11月，毛泽东担任中共中央农民运动委员会书记，以湘、鄂、赣、豫为重点开展农民运动，到11月，湖南、湖北、江西的农协会员分别达到107万、20万、5万多人。湘鄂赣工农运动的大发展，是北伐战争时期中国反帝反军阀斗争高涨的重要表现。

七律·萧楚女

王秦香

几将锋锐掩嚣尘，欲使瓯全苦觅津。

笔走风雷镌主义，心燃蜡烛写精神。

飞缰不计征程远，泼血唯求周道新。

江汉有情流故事，和风起处水粼粼。

注：萧楚女[1]（1893—1927年4月22日），男，原名树烈，学名楚汝，字秋，湖北汉阳人。参加过武昌起义、五四运动。1922年加入中国共产党。曾与恽代英一起主编《中国青年》、在广州协助毛泽东编辑《政治周报》，曾任黄埔军校政治教官。1927年，在"四·一五"反革命政变中被捕牺牲。

七律·中国共产党第五次全国代表大会

王秦香

沙塔盟辞一夜残，英雄气宇泪中看。

拿云此际图良策，破浪谁能挽巨澜。

---

[1] 何东，杨先材，王顺生主编：《中国革命史人物词典》，北京出版社1991年版，第672—673页。

欲秉深衷情化碧，终临歧路志存丹。

知惟砥砺前程重，风正萧萧雨正寒。

注：中国共产党第五次全国代表大会①，于1927年4月27日—5月9日在武汉举行。中共五大是在陈独秀右倾机会主义占统治地位的情况下召开的。大会虽然提出了争取无产阶级对革命的领导权，建立革命民主政权和实行土地革命的一些正确原则，但对无产阶级如何争取革命领导权，如何对待武汉国民政府和国民党，特别是如何建立党领导的革命武装等问题，没有提出有效的具体措施，致使党的五大没有担负起挽救革命的任务。

五律·八一南昌起义

王海霞

屠刀未肯休，清党血河流。

反蒋筹帷幄，挥师誓忾仇。

兵分遵指令，枪响震洪州。

擎纛星光耀，丰功史册留。

注：南昌起义②，国共第一次合作开展的反帝反封建的大革命失败后，为了反抗国民党反动派的屠杀政策，挽救中国革命，1927年7月下旬，中共中央临时政治局准备在南昌举行武装起义。8月1日凌晨，起义正式爆发。经过四个多小时的激烈战斗，起义军占领南昌城。南昌起义打响了武装反抗国民党反动派的第一枪，在全党和全国人民面前树立起一面革命武装斗争的旗帜，标志着中国共产党开始独立领导革命战争、创建人民军队和武装夺取政权，具有重大的历史意义。

---

① 张启华主编：《中国共产党历史重要会议辞典》，中共党史出版社，党建读物出版社2019年版，第16—17页。

② 张启华主编：《中国共产党历史重要会议辞典》，中共党史出版社，党建读物出版社2019年版，第47—48页。

八声甘州·南昌起义之刘伯承

王维中

自投身辛亥许戎装，盛名冠川中。历护国护法，军阀混战，寻觅初衷。一路铿锵劲旅，理想耀旗红。翻滚烽烟里，腾起蛟龙。　　力任总参前委，以翩翩儒雅，经略恢宏。看用兵指掌，妙算显神通。守真知，淡然名利，养虚怀，至伟不居功。千秋仰，太行为枕，气贯苍穹。

注：刘伯承①（1892年12月4日—1986年10月7日），原名刘明昭，四川省开县人。中华人民共和国元帅，中国人民解放军缔造者之一。辛亥革命时期从军，1926年加入中国共产党。相继参加了北伐战争、八一南昌起义、土地革命战争、长征、抗日战争、解放战争等。建国后，曾任中央人民政府人民革命军事委员会副主席等职。1986年10月7日在北京逝世。

七律·南昌起义之贺龙

王善同

彤云愈黑自东西，龙跃中流水拍堤。
霄汉扶摇豫章郡，夜冥契阔曙前鸡。
春风渐报春消息，庶域弥行庶耒犁。
终是功成山岳耸，一生气韵向天齐。

① 何东，杨先材，王顺生主编：《中国革命史人物词典》，北京出版社1991年版，第194—196页。

注：贺龙[1]（1896年3月22日—1969年6月9日），原名贺文常，湖南桑植人。早年农民起义领袖，北伐革命军中的左派将领，后领导南昌起义，并于同年加入中国共产党。中国人民解放军的创始人和主要领导者之一，在半个多世纪的革命斗争生涯中，为中国的旧民主主义革命、新民主主义革命、社会主义革命和建设，作出了重要贡献。1955年被授予中华人民共和国元帅军衔。1969年6月被林彪、江青反革命集团迫害致死。

七律·八七会议

石 厉

征程几度陷深渊，红色春秋罩雾烟。

毛委语中含至理，枪杆子里换新天。

武装起义能逐鹿，土地厘革可改弦。

星旆钤韬威斧钺，八七会议史无前。

注：八七会议[2]，中共中央于1927年8月7日在汉口召开的一次紧急会议。会议明确提出土地革命是中国资产阶级民主革命的中心问题。毛泽东在此次会议中第一次提出了"枪杆子里面出政权"的思想。八七会议的召开，制定了继续进行革命斗争的正确方针，为挽救党和革命作出了巨大贡献。中国革命从此开始由大革命失败到土地革命战争兴起的历史性转变。

---

① 何东，杨先材，王顺生主编：《中国革命史人物词典》，北京出版社1991年版，第575—576页。

② 张启华主编：《中国共产党历史重要会议辞典》，中共党史出版社，党建读物出版社2019年版，第18页。

七律·赵世炎

王树武

痛绝长辫走龙潭，旅法寻真主义坚。

五四学潮旗在手，蓬勃工运马当先。

峥嵘岁月开新路，觉醒人生在少年。

血沃龙华多壮志，枫林尽染寸心丹。

注：赵世炎[1]（1901年4月13日—1927年7月19日），笔名施英，重庆市酉阳县人。中国共产党早期杰出的无产阶级革命家、著名的工人运动领袖。1920年赴法勤工俭学，与周恩来等一起创建了中共旅欧支部。回国后领导了上海三次工人大罢工，成为当时著名的工人运动领袖，1927年4月在党的五大上当选为中央委员。1927年7月19日不幸被捕牺牲。

鹧鸪天·张太雷

孔祥庚

英烈当年文武殊，茫茫黑夜觅征途。引来马列传星火，化作风雷扫恶徒。　　山易倒，海曾枯，人生信念岂能无。今逢盛世春光好，更趁春光展骏图。

注：张太雷[2]（1898年6月17日—1927年12月12日），原名曾让，字泰来，江苏

---

[1] 何东，杨先材，王顺生主编：《中国革命史人物词典》，北京出版社1991年版，第525—526页。

[2] 何东，杨先材，王顺生主编：《中国革命史人物词典》，北京出版社1991年版，第374—375页。

武进人。中国共产党早期的重要领导人之一，是中国共产主义青年团的创始人之一和青年运动的卓越领导人，是第一个被派往共产国际工作的中国共产党的使者，广州起义的主要领导人。1927年12月12日，在广州起义战斗中被敌人枪击，中弹身亡，年仅29岁。

七律·罗亦农

王树武

华夏风吹天欲晓，为寻真理作俄行。

罢工五卅潮头立，喋血三方战角鸣。

大野迅雷燃地火，长江巨浪唤春声。

沪申壮举辉明月，慷慨登车写汗青。

注：罗亦农[①]（1902年5月18日—1928年4月21日），又名罗善扬，字慎斋，别号觉。湖南湘潭人。曾参与领导五卅运动、省港大罢工和上海工人三次武装起义。是中国共产党早期重要领导人之一。1928年4月15日，因叛徒出卖，在上海公共租界内被逮捕，21日英勇就义于上海龙华。

土地革命战争赋

屈 杰

叹夫北伐未功，屠刀骤举；独夫掌国，白日飞霜。雾塞苍天，惊红日之暂匿；风生白下，叹碧草之忽黄。瘗同伴之

---

① 何东，杨先材，王顺生主编：《中国革命史人物词典》，北京出版社1991年版，第485—486页。

尸骸，何惧屠伯；挥农人之镰斧，誓诛虎狼。会于八七，重整乾纲。检点前非，肃右倾之大错；重磨利剑，铸红色之武装。

既而南昌起义，响疾雷于九宇；秋收奋戟，起骇浪于三湘。雷霆忽怒，涛惊粤海；枪声骤响，起义平江。声震九重，军阀为之胆裂；响传八表，工农是以眉扬。于是罡风频起金陵，劲扑星火；箭镞频飞苍昊，直指旭阳。于是乎改编三湾，行新制以造铁旅，注党魂而固金汤。尔乃避强敌之兵锋，远离城市；探革命之新路，间入井冈。红旗招展兮，山花灼烁；碧血浇沃兮，草木芬芳。而后会合朱彭，剑气冲而声威壮；追寻理想，南瓜甜而红薯香。运韬略于军中，数退强敌；点明灯于暗夜，遥映曙光。

而后应变因时，东进高挥赤帜；履霜践雪，南下再辟红乡。方其时也，国运衰微，日寇骤吞东北；干戈扰攘，黑云频绕建康。媚日求和，封豕难填欲壑；兴兵剿共，大祸频起萧墙。破敌突围，领袖运筹帷幄；卫红守土，工农浴血沙场。忽而主席蒙尘，重围难解；"左倾"铸错，退敌无方。痛数载之红都不保，叹千里之赣水恨长。

于是背井离乡，启长征之万里；被创涉险，齐辗转于八荒。忆乎湘水泛红，遵义转舵；云崖拍水，天兵凌苍。草地雪山，丹心昭千秋史册；娄关腊口，碧血染遍地残阳。渡尽劫波，提残兵以屯陕北；再挥大纛，登宝塔而收中央。

其时也，小日本得陇望蜀，欲吞大象；蒋介石先安后攘，目露凶狂。叹滚滚之烟尘，席卷西北；惊萧萧之战马，欲践南疆。忽而兵谏西安，霹雳飞而天下震；波惊延水，激流进而重任扛。力挽狂澜，中流堪称砥柱；支撑华夏，吾党允作脊梁。噫！读九曲之传奇，平添景仰；书十年之伟绩，长镌缥缃。

注：第二次国内革命战争[1]，1927 年 8 月—1937 年 7 月是第二次国内革命战争时期。第二次国内革命战争是中国人民在中国共产党领导下反对国民党反动统治的战争。中国共产党人没有被国民党反动派的屠杀吓倒，开辟了一条农村包围城市，武装夺取政权的道路。中国共产党在长征路上召开的遵义会议，在极其危急关头挽救了党、红军和中国革命。1936 年西安事变获得了和平解决，由此揭开了国共两党由内战到和平，由分裂对峙到合作抗日的序幕。

临江仙·向警予

王海娜

向蔡结盟于左岸，同吟国际雄歌。归来革命斗凶魔。解开花季女，裹脚那条河。　　民众终须人唤醒，自甘洒血成波。光芒短暂耀偏多。世间留信仰，清影像风过。

注：向警予[2]（1895 年 9 月 4 日—1928 年 5 月 1 日），女，湖南溆浦人。蔡和森的妻子，中国共产党早期重要领导人之一，中国妇女运动的先驱和领袖。1928 年 3 月 20 日，由于叛徒的出卖在汉口法租界被捕，同年 5 月 1 日就义。

---

[1]　《第二次国内革命战争》，中国政府网，http://www.gov.cn/test/2005-06/24/content_9288.htm.

[2]　何东，杨先材，王顺生主编：《中国革命史人物词典》，北京出版社 1991 年版，第 174—175 页。

七律·夏明翰

王海娜

主义坚持敢坦诚，国家为重砍头轻。

反封反帝死无变，姓夏姓冬生可更。

廿八青春倾碧血，百年史册记英名。

小诗句似雷霆滚，撞击风云尚有声。

注：夏明翰[①]（1900年—1928年3月20日），字桂根，湖南衡阳人。1919年在衡阳参加学生爱国运动，1921年加入中国共产党。1924年任中共湖南省委委员，并负责农委工作。中共八七会议后，在湖南积极参加组织秋收起义。1928年初，调任中共湖北省委常委，同年3月，在汉口被捕牺牲，时年28岁。

古风·瞿秋白

王瀚林

萧萧风雨暗故园，霜冷秋深白露寒。寂寞人间身无主，桃花落尽柳花残。君不见常州少年心如煮，恶霸欺农不忍睹。冲破疑网"铲不均"，伤别无言窗欲曙。尘暗清贫久孤闷，旧梦如烟"菩萨行"。五四图存烽火起，少年老成作龙脊。凛然大义铁窗寒，出狱请愿甘先死。两度楚囚不惮劳，区区吐血九牛毛。生死洒尽千滴血，出入阴阳但除妖。君不见再造中国燃地火，砸开灵魂千年锁。忧国救世无良方，道路修

① 何东，杨先材，王顺生主编：《中国革命史人物词典》，北京出版社1991年版，第600页。

远苦求索。西山初醒日初晴，去国远行在平明。大明湖畔千行泪，杨柳依依别亲朋。一路风尘抵赤塔，春风已发新芽甲。探取火种照前程，遂使长夜有灯塔。赤都心史卷赤潮，拜谒导师堪自豪。千里寄情"东方月"，前驱带梦境益高。为衔春色毋庸唤，人称江南第一燕。刀光剑影不眠夜，犹制诗文勤自践。君不见瞿霜鲁迅左联魂，健笔破敌十万军。同怀视之一知己，孤岛寒夜亦春深。君不见红军远征关山恨，秋白滞留遭围困。长汀血书绝笔诗，荆轲豪气雷霆震。正气高唱《国际歌》，成仁饮弹作长歇。看如今忠骨眠处万树夭桃天地间，不忘初心巨龙腾飞慰忠节。

注：瞿秋白[①]（1899 年 1 月 29 日—1935 年 6 月 18 日），本名双，江苏常州人。中国共产党早期主要领导人之一，中国革命文学事业的重要奠基者之一。1922 年春，加入中国共产党。1923 年，主编中共中央另一机关刊物《前锋》，参加编辑《向导》。曾任中共中央常务委员会委员、中华苏维埃共和国第二届中央执委会委员等职。1935 年 2 月在福建省长汀县被国民党军逮捕，6 月 18 日从容就义。

七律·工农革命军第一师

尹宝田

遍地阴霾腥雨风，欲挥利剑斩牢笼。
揩干血迹群情奋，燃起松明星火红。

---

① 何东，杨先材，王顺生主编：《中国革命史人物词典》，北京出版社 1991 年版，第 814—815 页。

城邑先攻胜难取，乡村挺进路方通。

今朝追忆当年事，犹见一师气正雄。

注：工农革命军第一师[1]，参加湘赣边界秋收起义的部队主要有原国民革命军第二方
面军总指挥部警卫团、湖南平江和浏阳的农军、湖北崇阳和通城的部分农军、
安源煤矿工人武装共约5000人，统一编为工农革命军第一师，下辖第一、第二、
第三团，由卢德铭任起义军总指挥。

七律·秋收起义

王少峰

重举刀矛旗帜新，惊他湘赣起风云。

工农势发成星火，号角心齐铸铁军。

百战从来谋至上，三湾始信党为魂。

井冈一岭才原点，红遍万山天下闻。

注：湘赣边界秋收起义[2]，1927年8月9日，中央决定派毛泽东为特派员，领导秋
收起义。9月9日，湘赣边界秋收起义爆发，在开始时虽然也以攻占大城市为目标，
但在遭到挫折后，毛泽东适时地率领部队走上一条在农村建立革命根据地，以
保存和发展革命力量的正确道路。这条道路代表了1927年大革命失败后中国革
命的发展方向。

① 龙新民主编：《中国共产党历史重要事件辞典》，中共党史出版社，党建读物出版
社2019年版，第50页。
② 龙新民主编：《中国共产党历史重要事件辞典》，中共党史出版社，党建读物出版
社2019年版，第49—50页。

七律·广州起义

林华光

枪响羊城永不忘，红旗举处剑凌霜。

但教怀抱平天下，焉惜头颅掷战场。

勇冠三军思主帅，追思百感折金梁。

出师未捷英雄在，未灭精神壮史章。

注：广州起义[①]，1927 年 11 月下旬，中共广东省委根据中共中央的指示，决定利用粤桂军阀混战之机发动武装起义，张太雷任委员长，叶挺任总指挥，叶剑英任副总指挥，徐光英任参谋长。12 月 11 日，起义部队占领广州城区，成立了广州工农民主政府，颁布了政纲和法令。广州起义是继南昌起义和湘赣边界秋收起义之后，对国民党反动派的又一次英勇反击，是在城市建立苏维埃政权的大胆尝试。但实践再一次表明，面对国民党新军阀在城市拥有强大武装力量的形势，企图通过城市武装起义或进攻大城市来夺取革命的胜利，是不可能的。

浣溪沙·三湾改编

尹宝田

地处遥遥湘赣边，葱茏翠竹惹人怜。连排建党似当年。

将士共同尝万苦，锤镰指引越千山。新型军队此开端。

注：三湾改编[②]，1927 年 9 月 29 日，毛泽东决定对秋收起义保留下来的不足千人的

---

① 龙新民主编：《中国共产党历史重要事件辞典》，中共党史出版社，党建读物出版社 2019 年版，第 53 页。

② 龙新民主编：《中国共产党历史重要事件辞典》，中共党史出版社，党建读物出版社 2019 年版，第 50—51 页。

队伍进行改编：原来的一个师缩编为一个团；建立党的各级组织和党代表制度，党的支部建在连上，班、排有小组，连以上设党代表，营、团建立党委；在连以上建立各级士兵委员会，实行民主制度，在政治上官兵平等。三湾改编从组织上确立了党对军队的领导，是把工农革命军建设成为无产阶级领导的新型人民军队的重要开端。

七律·朱毛会师

程 悦

雄兵首倡起南昌，交映旗红满井冈。

争斗坚城非远略，武装广野是良方。

英雄际会风云气，星火奔流天地光。

军史巍峨当照彻，山河待整路何长。

注：朱毛井冈山会师[1]，1928 年 4 月下旬，朱德、陈毅率领南昌起义保存下来的部分队伍抵达江西省宁冈县的砻市，与毛泽东率领的井冈山部队胜利会师。两军会师后，合编为工农革命军第四军，朱德任军长，毛泽东任党代表。毛泽东和朱德所率部队的会师，壮大了井冈山地区的革命武装力量，对巩固扩大第一个农村革命根据地，推动全国革命事业的发展，具有深远的意义。

---

[1] 龙新民主编：《中国共产党历史重要事件辞典》，中共党史出版社，党建读物出版社 2019 年版，第 54—55 页。

七律·井冈山

尹彩云

井冈山上赤旗扬，割据工农赖武装。

镰斧同心兴政惠，朱毛携手建军强。

星星火种燎原势，漫漫征途破晓光。

五哨硝烟传捷报，摇篮一曲势铿锵。

注：井冈山革命根据地的创建[①]，秋收起义部队进攻长沙失败后，毛泽东率领部分起
义部队决定向着敌人力量薄弱的井冈山地区转移。1927年10月，起义部队到
达井冈山地区，领导农民打土豪、分田地，建立革命政权。中国共产党领导的
井冈山革命根据地的创建，点燃了工农武装割据的星星之火，使中国革命开始
走上农村包围城市，最后武装夺取全国政权的正确道路。这是以毛泽东为代表
的中国共产党人在中国革命斗争史上的伟大创举。

满江红·井冈山畅怀

王纪波

百侣相携，秋正好，山青如许。争供眼，烟霞窈渺，峰
峦奔聚。烽火峥嵘何壮烈，英风浩荡长来去。想当年，高帜
起南天，凌云举。　　斑驳血，凭追抚。多少事，添悲绪。
对忠魂三拜，泪飞如雨。大业千秋同黾勉，初心一片休辜负。
待重来，红透杜鹃枝，花无数。

---

① 龙新民主编：《中国共产党历史重要事件辞典》，中共党史出版社，党建读物出版
社2019年版，第52—53页。

七律·袁文才 王佐

艾国林

占山有愿射天狼，迎接朱毛上井冈。

自古绿林多俊杰，从来赤胆有文章。

含冤一死苍松立，洗雪重辉黄菊香。

烈士满腔鲜血染，杜鹃始得换红妆。

注：袁文才[1]（1898年10月—1930年2月23日），江西宁冈人，1926年加入中国共产党，中国工农红军高级指挥员，曾协助创建井冈山革命根据地，曾任湘赣边界工农兵政府主席。1930年2月23日，于永新县被杀害，年仅32岁。

鹧鸪天·恽代英

孔祥庚

得胜桥边小院幽，菊花香过旧墙头。

那时灯火驱长夜，几度枪声震九州。

寻砥柱，觅中流，以身殉国主沉浮。

英雄豪气今犹在，壮美诗篇千古留。

注：恽代英[2]（1895年8月12日—1931年4月29日）字子毅，笔名但一、天逸等，

① 何东，杨先材，王顺生主编：《中国革命史人物词典》，北京出版社1991年版，第585—586页。

② 何东，杨先材，王顺生主编：《中国革命史人物词典》，北京出版社1991年版，第566—567页。

原籍江苏武进，生于湖北武昌。中国共产党早期青年运动领导人之一，黄埔军校第四期政治教官，武汉地区五四运动主要领导人之一，1920年创办利群书社传播马克思主义，影响大批青年投身革命。1921年加入中国共产党，为党的革命事业作出突出贡献。1931年4月29日，被国民党杀害于江苏南京。

八声甘州·中国共产党
第六次全国代表大会

巴晓芳

听一声清角启征程，历暑又经冬。恰申江潮逆，汉宁浪险，急雨狂风。任是千回百转，左右总无功。辗转新俄土，问道穷通。　　回马神州万里，探中原鹿影，且蓄兵锋。纵征途险恶，未敢失初衷。尽艰难、新航再起，破雾茫、一去大江东。江流外、丝丝细雨，润得春红。

注：中国共产党第六次全国代表大会[1]，于1928年6月18日—7月11日在莫斯科举行。中共六大集中解决了当时困扰党的两大问题，即中国社会性质和革命性质问题，革命形势和党的任务问题。这两个问题的解决，基本上统一了全党的思想，对中国革命的复兴和发展，起了积极的作用。但是，中共六大仍然把党的工作重点放在城市，对中国革命的长期性估计不足，同时在组织上片面强调党员成分无产阶级化和"指导机关之工人化"。

---

[1] 张启华主编：《中国共产党历史重要会议辞典》，中共党史出版社，党建读物出版社2019年版，第22页。

七律·苏兆征

宋 彬

马列思潮满眼新，敢为工运带头人。

几番蹈海飘零甚，一意忧民主义真。

省港风云频制梃，河山兵火自投身。

谁怜壮岁忽星陨，遗志遗勋殊可珍。

注：苏兆征[①]（1885年11月11日—1929年2月25日），原名苏吉，广东香山县淇澳岛淇澳村人（今珠海市淇澳岛人）。中国工人运动的先驱和著名领袖，中华全国总工会的主要创建人和领导人，国际工人运动活动家，中国共产党早期重要领导人之一。1925年春加入中国共产党，曾参与领导震惊中外的香港海员大罢工和省港大罢工等。1929年2月在上海病逝。

七律·百色起义

刘宏玺

右江呐喊彻云天，第七军威得此间。

前度共和惊世变，连番起义济时艰。

工农割据书方略，镰斧摧城破敌顽。

浴血争来新世界，旌旗一色漫雄关。

注：百色起义[②]，根据中共六大关于加紧开展农民运动和在国民党军队中进行士兵运动，建立红军和苏维埃政权的精神，1929年12月11日，在中共中央代表邓小平

① 何东，杨先材，王顺生主编：《中国革命史人物词典》，北京出版社1991年版，第309页。
② 龙新民主编：《中国共产党历史重要事件辞典》，中共党史出版社，党建读物出版社2019年版，第60页。

和张云逸、雷经天、韦拔群等领导下，中共广西特委在左右江地区百色县发动共产党人掌握的警备第四大队、教导总队和右江农军举行百色起义，建立红军第七军，张云逸任军长，邓小平任中共前敌委员会书记兼政治委员。

江城子·左右江起义

向金宝

肩挑使命走南疆，合俞张，饬兵纲。帷幄运筹，摄火酿炎浆。山雨欲来风正劲，枯木折，雨敲窗。　　两江岸上赤旗张，左风扬，右雷狂。号令铿锵，一口带川腔。烈焰硝烟卷旧制，播火者，自华光。

注：左右江起义[①]，百色起义后，1930年2月，在邓小平、李明瑞、俞作豫等领导下，举行龙州起义，成立红军第八军，俞作豫任军长，邓小平兼任政治委员，李明瑞任红七、红八军总指挥。右江苏维埃政府建立后，百色、思隆、东兰、凤山、奉议、思林（今属田东县）、果德（今平果县）、隆安、向都（今属天等县）等县区，也相继成立各级苏堆埃政权，这些起义合称左右江起义。

049

七律·古田会议

布凤华

乱云飞渡路迷时，一柱中流尚可支。
良策终须缘局定，长缨究得为谁持。

---

① 龙新民主编：《中国共产党历史重要事件辞典》，中共党史出版社，党建读物出版社2019年版，第60页。

思凝笔底化金铎，兵动何方看党旗。

浓雾拨开航向正，上杭古镇奠雄基。

注：古田会议[1]，1929年12月28日—29日在福建上杭县古田村召开。古田会议系统回答了建党、建军一系列根本问题，初步回答了在党员以农民为主要成分的情况下，如何从加强党的思想建设着手，保持党的无产阶级先锋队性质的问题。初步回答了在农村进行革命战争的环境中，如何将以农民为主要成分的军队，建设成为无产阶级领导的新型人民军队的问题。

七律·《星星之火，可以燎原》

石达丽

欲启征程雪打头，前途难料怎无忧。

红旗到底扛多久，领袖其时谋已周。

火似星星犹可烈，心如耿耿自能酬。

长缨得缚鲲鹏日，遍地烽烟一并收。

注：《星星之火，可以燎原》[2]，这是毛泽东1930年1月5日在福建省上杭县古田村写给林彪的一封长信，批评了当时林彪以及党内一些同志对时局估量的悲观思想。他指出，红军、游击队和红色区域的建立和发展，是促进全国革命高潮的最重要因素。从而形成了农村包围城市、武装夺取政权的思想。这是对大革命失败后党领导红军和根据地斗争经验的概括，是马克思主义在中国创造性的运用和发展。

---

[1] 张启华主编：《中国共产党历史重要会议辞典》，中共党史出版社，党建读物出版社2019年版，第28页。

[2] 本书编写组编著：《中国共产党简史》，人民出版社，中共党史出版社2021年版，第45页。

鹧鸪天·苏区《土地法》

石达丽

自古生民农事艰，脸朝黄土背朝天。贫家无有立锥处，富户偏多广陌阡。　　新政立，旧规删，实行耕者有其田。苏区一派新风貌，从此人欢好梦圆。

注：《中华苏维埃共和国土地法令》[①]，中华工农兵苏维埃第一次全国代表大会
　　1931年12月1日发出。《法令》共十四条，是土地革命后期影响最大、实施最广、
　　适用时间最长的土地法。该《法令》以法律形式把土地革命的任务固定下来，
　　摧毁封建的生产关系，满足农民对土地的要求，无疑是正确的。但规定地主不
　　分田、富农分坏田等"左"倾政策则妨碍了土地革命的健康发展。

五律·武装夺取政权

卢冷夫

星火燎原处，江山欲点燃。

功成心感此，日久势岿然。

风雨看家国，刀枪出政权。

百年仍探索，首创力无边。

注：武装夺取政权[②]，毛泽东在《星星之火，可以燎原》一文中指出，红军、游击队

---

① 黄小同主编：《中国共产党历史重要文献辞典》，中共党史出版社，党建读物出版
　社2019年版，第44页。
② 本书编写组编著：《中国共产党简史》，人民出版社，中共党史出版社2021年版，
　第45页。

和红色区域的建立和发展，是促进全国革命高潮的最重要因素。从而形成了农村包围城市、武装夺取政权的思想。这是对大革命失败后党领导红军和根据地斗争经验的概括，是马克思主义在中国创造性的运用和发展。

卜算子·第一次反"围剿"

包 岩

白日冻霜风，迷雾遮林晚。十万枭獒入赣来，为首张辉瓒。
不计有神兵，滚滚行天半。自有奇谋助丹心，可把狂澜挽。

注：中央革命根据地第一次反"围剿"①，时间为 1930 年 11 月—1931 年 1 月。
1930 年 10 月，蒋介石在结束中原大战之后，调集 10 万兵力，以鲁涤平为总司令，向中央革命根据地发起第一次"围剿"。红一方面军在毛泽东、朱德指挥下，采取"诱敌深入"的方针和"中间突破"的战术，向苏区中部逐次转移。12 月 6 日，敌军开始向苏区中心区进攻。红一方面军在人民群众的支援下，五天内打了两个胜仗，共歼敌 1.3 万人，缴获各种武器 1.2 万余件，胜利地打破了国民党军队的第一次"围剿"。

七律·第二次反"围剿"

冯倾城

连天炮火自三春，口袋张开待"故人"。
驻剿山中枪偃月，聚歼岭上势成云。

---

① 龙新民主编：《中国共产党历史重要事件辞典》，中共党史出版社，党建读物出版社 2019 年版，第 65 页。

工农解放同倾力，将士前行不顾身。

帷幄高谋应盖世，红军英勇自如神。

注：中央革命根据地第二次反"围剿"①，时间为1931年4月1日—5月31日，国
民党军对红军第一次"围剿"失败后，蒋介石又派20万兵力，采取"稳扎稳打，
步步为营"的方针，于1931年4月1日向中央苏区发起第二次"围剿"。苏区
中央局接受毛泽东的意见，决定仍采取"诱敌深入"的方针，集中兵力，先打弱敌。
15天内，红军连打五次胜仗，自西向东横扫700里，歼敌3万多人，粉碎了国
民党军对中央苏区的第二次"围剿"，巩固和扩大了中央苏区。

满江红·第三次反"围剿"

冯倾城

再袭苏区，烽烟起、狼蛇未歇。三十万，敌兵围剿，红
军威烈。诱敌方针消主力，回师战地追云月。渡赣江、奋进
火熊熊，情真切。　　欣三捷，前恨雪。坚壁野，硝烟灭。
廿县仰高谋，山河犹缺。一统赣闽乡梓梦，三番胜利英雄血。
挥红旗、唱喷薄东方，歌千阙。

注：中央革命根据地第三次反"围剿"②，时间为1931年7月1日—9月15日，国
民党军第二次"围剿"失败后，蒋介石亲任总司令，指挥30万大军，向中央革
命根据地发动第三次"围剿"。依仗十倍于红军的兵力，蒋介石采取"长驱直
入"的方针。从7月1日起，分路进入中央苏区。红军在毛泽东、朱德指挥下，
采取"诱敌深入""避敌主力，打其虚弱"的方针。这次战役红军共歼灭敌军

---

① 龙新民主编：《中国共产党历史重要事件辞典》，中共党史出版社，党建读物出版
社2019年版，第69页。
② 龙新民主编：《中国共产党历史重要事件辞典》，中共党史出版社，党建读物出版
社2019年版，第70页。

3万余人，缴枪1.4万余支。第三次反"围剿"胜利后，毛泽东、朱德决定将主力红军转移到以瑞金为中心的地区，向闽西北和赣西南发展。

七律·瑞金反腐败斗争

包 岩

大义旌旗扫悖狂，瑞金反腐试初枪。

铁锤敲醒迷途客，黑板掀开隐匿狼。

盗命偷粮羞作鼠，重生淬火怒为凰。

百年写就勤廉志，来舞清风两袖长。

注：瑞金反腐败斗争[①]，1932年5月5日，瑞金县苏维埃裁判部对谢步升进行公审判决，判处谢步升死刑，谢步升不服，向中华苏维埃共和国临时最高法庭提出上诉。5月9日，以梁柏台为主审的临时最高法庭在核实事实的基础上，驳回了谢步升的上诉。当日，红都瑞金打响了苏维埃临时政府成立后惩治腐败分子的第一枪。

定风波·第四次反"围剿"

司有来

南国当年风雨寒，蒋兵卅万犯深山。诸旅路分中左右，残寇。红军巧布阵周全。　　佯击南丰藏主力，诱袭。黄陂得胜誓黎川。歼敌三师人过万，骁战！破围反剿凯旋还！

---

① 《漫画红都》编委会编：《漫画红都》，人民出版社2015年版，第171—172页。

注：中央革命根据地第四次反"围剿"①，时间为1932年12月—1933年3月。1932年底，
    蒋介石组成国民党赣粤闽边区"剿匪"总司令部，开始对中央根据地和红一方面
    军发动第四次大规模军事"围剿"。红一方面军在朱德、周恩来正确指挥下，针
    对国民党军队进攻时采取新战略的实际情况，决定采取大兵团山地伏击战的方法，
    一举歼灭蒋介石的嫡系部队近3个师，俘敌1万余人。第四次反"围剿"的胜利，
    是周恩来、朱德等既运用和发展以往反"围剿"战争的成功经验，又从实际出发，
    没有机械地执行苏区中央局进攻南丰的命令的结果。这次反"围剿"的胜利，创
    造了红军战争史上前所未有的大兵团伏击歼敌的范例，巩固和扩大了中央苏区。

惜分飞·第五次反"围剿"

子　川

围剿何来三四五。极左殊难择路。风雨飘摇处。赖谁得
以中流柱。

冒险教条昏朝暮。愁到无言可语。分付潮回去。疾风骤
雨空相觑。

注：中央革命根据地第五次反"围剿"②，时间为1933年9月—1934年10月，蒋
    介石调集100万军队，自任总司令，决定首先以50万兵力，分几路"围剿"中
    央根据地的红军。此时，毛泽东已离开红军的领导岗位，临时中央直接领导这
    次反"围剿"斗争，临时中央的领导人博古对共产国际派来的军事顾问李德十
    分依赖和支持，他们实际上是这次反"围剿"的最高军事指挥者。面对敌强我
    弱和第五次反"围剿"开始后的不利形势，临时中央领导人的"左"倾错误发
    展到顶点。他们在军事上否定毛泽东等正确的战略战术原则，提出"全线出击""御

---

① 龙新民主编：《中国共产党历史重要事件辞典》，中共党史出版社，党建读物出版
   社2019年版，第75页。
② 龙新民主编：《中国共产党历史重要事件辞典》，中共党史出版社，党建读物出版
   社2019年版，第79页。

敌于国门之外""两个拳头打人"等错误军事方针,用阵地战代替游击运动战,用所谓正规战争代替人民战争,使红军遭受重大伤亡。根据地日益缩小,红军虽然顽强抵抗,但节节失利。到9月下旬,中央根据地仅存瑞金、会昌、兴国、宁都、石城、宁化、长汀等县的狭小地区,第五次反"围剿"遭遇失败。在这种情况下,红军只能被迫撤离中央根据地。

七律·湘鄂西反"围剿"

成文生

夜明星火楚江东,弥漫军旗唱大风。

瓦庙兴师声渐息,洪湖起浪雨朦胧。

救援黎众争衔命,经略沙场屡建功。

云梦泽前歌逝水,小康园里酹英雄。

注:湘鄂西革命根据地反"围剿"①,时间为1930年11月—1932年5月,湘鄂西苏区红军在周逸群、段德昌等领导下,粉碎了国民党军队的三次"围剿"。1932年6月,蒋介石指挥国民党军10万余人对根据地进行第四次"围剿"。湘鄂西苏区领导人夏曦推行"左"倾教条主义方针,肃反斗争严重扩大化,10月,反"围剿"失败,湘鄂西中央分局、苏维埃政府和红军全部撤出洪湖苏区,转向鄂北大洪山山区。

① 龙新民主编:《中国共产党历史重要事件辞典》,中共党史出版社、党建读物出版社2019年版,第65—66页。

七律·周逸群

成文生

村郭桥头美少年，悉心家国志为先。

扶桑初把韶华许，黄埔随将火炬燃。

北伐雄师除腐恶，南征壮举拓新篇。

岳阳波撼千层雪，来慰今朝尧舜天。

注：周逸群[①]（1896年—1931年5月20日），字立凤，贵州铜仁人。早期中国共产党军队的缔造者之一，中国共产党三大革命根据地之湘鄂西革命根据地和湘鄂西红军的创建者之一。1931年5月，在湖南岳阳贾家凉亭附近遭国民党军伏击，英勇牺牲。

五律·洪湖赤卫队

徐胜利

洪湖烟水阔，百里任纵横。

港汊宜游击，圩堤好练兵。

家家仇白匪，个个举红缨。

革命功勋著，千秋颂美名。

注：洪湖赤卫队[②]，1928年10月前后，按照中共中央指示和洪湖的实际，周逸群将段德昌、彭国材的鄂西赤卫大队，屈春阳的游击队都拉到三屋墩进行了整编。

---

① 何东，杨先材，王顺生主编：《中国革命史人物词典》，北京出版社1991年版，第510页。
② 张文杰，黄莺：《中国革命战争纪实·土地革命战争·创建革命根据地卷》，人民出版社2007年版，第700—701页。

在队伍里建立了党、团组织，清除了不纯分子，并决定停止盲目的暴动，转而发动群众，利用洪湖的水泊网地，开展机动灵活的游击战争。合编后的队伍改名为洪湖赤卫队，周逸群任队长，段德昌任参谋长。这次整编，成为洪湖革命史上有名的"三屋墩整编"。

鹧鸪天·红色娘子军

徐胜利

换得苏区天地新。黎家妇女闹翻身。砸开封建千年锁，加入琼崖娘子军。　烧据点，挖穷根。甘倾热血铸忠魂。女儿英气留青史，不灭精神励后人。

注：红色娘子军①，在红军第 2 独立师不断壮大之际，中共琼崖特委决定成立女子军特务连。1931 年 5 月 1 日，中国工农红军第 2 独立师第 3 团女子军特务连在乐会县第四区内园村正式成立。女子军特务连是一支英勇善战的战斗队。她们先后参加了攻打文市、学道、中拜、分界等战斗，特别是在纱帽岭战斗中，女子军特务连机智灵活地配合红 3 团主力作战，打出了女子军的威风，被苏区军民誉为"红色娘子军"。

七律·南方游击战

楚家冲

大纛长征北上时，莫云危局独难支。
英雄百万赣江血，烈火三章梅岭诗。

---

① 刘秉荣：《中国工农红军全传》（第 5 册），人民出版社 2007 年版，第 2924—2925 页。

八省纵横旗正卷，几年进退匪何疲。

但因铁爪来倭国，跃马江南有健儿。

注：南方游击战[①]，南方三年游击战争，是中国共产党领导的土地革命战争的重要组
　　成部分，在南方八省保存了革命的战略支点，保持了共产党的旗帜，保留了革
　　命火种，保护了群众利益。南方三年游击战争是一部不亚于红军长征的伟大史诗，
　　是留给中华民族的又一宝贵精神财富。

满江红·九一八事变

吕新景

黑水汤汤，白山矗、风鸣夜笛。柳条湖、繁华谁见，北
营封洫。几个强梁谋弱肉，一行清泪叹方策。失山河、遗恨
遣难平，黎民厄。　　真铁汉，呼杀敌。非伟略，休经国。
有高坡窑洞，九州刀戟。小岛区区成底事，元凶吠吠终天殒。
十四年、向死复长生，中华立。

注：九一八事变[②]，1931 年 9 月 18 日夜，日本驻中国东北的侵略军关东军炸坏沈阳
　　北部柳条湖附近南满铁路的一段铁轨，反诬中国军队破坏铁路，并以此为借口，
　　突袭中国军队驻地北大营和沈阳城。事变发生后，张学良执行蒋介石的不抵抗
　　政策，东北军不战而退。此后短短 4 个多月内，128 万平方公里的中国东北全
　　部沦陷，300 多万同胞成了亡国奴。九一八事变是日本企图把中国变为其殖民
　　地而采取的严重步骤。自九一八事变起，中国开始了 14 年反抗日本侵略的正义
　　战争。

---

① 刘峰，孙科佳：《中国革命战争纪实·土地革命战争·南方游击战争卷》，人民出
　 版社 2007 年版，第 846 页。
② 龙新民主编：《中国共产党历史重要事件辞典》，中共党史出版社，党建读物出版
　 社 2019 年版，第 70 页。

七律·左翼文化运动

吕新景

金瓯数块已残缺，暗夜如磐几点红。

亭子里挑灯看剑，大先生振笔破空。

投枪岂敢为豪杰，黄钺何能屈铁骢。

文士头颅千载血，长江落日照苍穹。

注：左翼文化运动[1]，1930 年 3 月，中国左翼作家联盟在上海成立。随后中国社会科学家、戏剧家、美术家、教育家联盟以及电影、音乐小组等左翼文化团体也相继成立。这支左翼文化新军在党的领导下，积极从事马克思主义宣传和革命文艺创作等活动，形成了很有声势和实力的左翼文化运动。这一时期国民党统治区的左翼文化运动，锻炼出一支坚强的革命文化队伍，在促进抗日救亡运动中发挥了重要作用。

七律·鲁 迅

朱 藉

呐喊当年惊世界，彷徨今日启心灵。

眼光第一如灯炬，风骨无双为典型。

正义投枪寒敌胆，恢宏气魄逼天庭。

危亡将至英魂逝，烽火已教客泪零。

① 本书编写组编著：《中国共产党简史》，人民出版社，中共党史出版社 2021 年版，第 54—55 页。

注：鲁迅 [1]（1881 年 9 月 25 日—1936 年 10 月 19 日），原名周樟寿，字豫山，后改名周树人，字豫才，浙江绍兴人。新文化运动、五四运动的重要参与者，中国现代文学的奠基人之一。早年赴日本公费留学，攻读医学，后从事文艺活动。对于中国社会思想文化发展具有重大影响，蜚声世界文坛。1936 年 10 月 19 日逝世。

七律·《义勇军进行曲》

朱 藉

沪上荣华何足惜，拨开迷雾觅知音。

名家戏剧亲民众，才子新声表素襟。

双杰救亡如合璧，九州抗敌渐同心。

高歌一曲乾坤变，千载常闻号角吟。

注：《义勇军进行曲》[2]，创作于 1935 年，由田汉作词，聂耳谱曲。《义勇军进行曲》是作者当时为电影《风云儿女》创作的主题歌。在毛泽东召集的座谈会上，徐悲鸿提出了以《义勇军进行曲》作代国歌的建议。不久，在第一次政协会议上，正式通过《义勇军进行曲》为代国歌。后来一度更改歌词。1982 年 12 月第五届全国人民代表大会第五次会议上通过决定，恢复《义勇军进行曲》为国歌。

---

[1] 何东，杨先材，王顺生主编：《中国革命史人物词典》，北京出版社 1991 年版，第 737—739 页。

[2] 王庚南编著：《中国的国旗、国徽和国歌》，人民出版社 1987 年版，第 50、58—62 页。

五律·方志敏

周啸天

不改四方志，依然中国亲。

摛文拎健笔，转战统红军。

宁怨凋残早，唯持主义真。

官高辨两党，一事只清贫。

注：方志敏[1]（1899年8月21日—1935年8月6日），原名正鹄，江西上饶市弋阳人。1922年8月加入中国社会主义青年团，1924年3月转入中国共产党。创造"方志敏式"工农武装割据经验，是无产阶级革命家、军事家、杰出的农民运动领袖，土地革命战争时期赣东北和闽浙赣革命根据地的创建人。1935年1月29日被捕，8月6日在南昌就义。

七律·缅怀方志敏

朱世平

云帆长自忆征鸿，赣水漫漫去复东。

信笔扶农声霹雳，经时抱叶济梧桐。

会当叱驭三千里，赢得擎天一角红。

不意雄关浑似铁，清贫大道又春风。

---

[1] 何东，杨先材，王顺生主编：《中国革命史人物词典》，北京出版社1991年版，《中国革命史人物词典》，第75—76页。

七律·红军长征

肖红缨

万里长征岂一般，几曾巨臂挽狂澜。

湘江血涌千层浪，黔贵鹰飞百丈寒。

定海神针遵义月，横流急水赤河滩。

岷山雪洗初心后，漫卷红旗过大关。

注：红军长征[1]，1934年10月，中共中央、中革军委率中央红军主力8.6万多人，踏上战略转移的漫漫征程。1936年10月9日，红四方面军指挥部到达甘肃会宁，同红一方面军会合。22日，红二方面军指挥部到达甘肃隆德将台堡（今属宁夏回族自治区），同红一方面军会合。至此，三大主力红军胜利会师。长征的胜利，实现了中国共产党和中国革命事业从挫折走向胜利的伟大转折，开启了中国共产党为实现民族独立、人民解放而斗争的新的伟大进军。

七绝·湘江之战

肖红缨

虎狼进逼噬何残，血染湘流渡险滩。

生死存亡悬一线，英雄绝命定危安。

注：湘江之战[2]，1934年11月27日，红军先头部队渡过湘江，控制了渡河点。12

---

[1] 本书编写组编著：《中国共产党简史》，人民出版社，中共党史出版社2021年版，第57、63—65页。

[2] 龙新民主编：《中国共产党历史重要事件辞典》，中共党史出版社，党建读物出版社2019年版，第84页。

月 1 日 17 时，中央领导机关和红军大部渡过湘江。湘江战役是中央红军长征以来最壮烈的一战。红军以饥饿疲惫之师，苦战五昼夜，终于突破敌军重兵设防的第四道防线，粉碎了蒋介石围歼中央红军于湘江以东的企图。但是，红军也为此付出极为惨重的代价。渡过湘江后，中央红军和中央机关人员由长征出发时的 8.6 万余人锐减至 3 万余人。

金缕曲·遵义会议

卢玉莲

生死攸关矣。恰斯时、虎狼当道，穷途何类。人我悬殊殊难测，直面孰堪一试。更谁挽、狂澜于此。幸有军中真妙策，转危机、开辟新形势。屡告捷，声威起。　　偏差路线应休尔。赞中流、统一思想，从长远计。方略方针皆能主，回首犹堪欣慰。至此后、兵挥万里。历史从兹成转折，看吾军、吾党书鸿致。闻所向，旗高指。

注：遵义会议[1]，六届中央政治局于 1935 年 1 月 15 日至 17 日在贵州遵义召开扩大会议。遵义会议结束了王明"左"倾教条主义错误在全党的统治，开始确立以毛泽东为主要代表的马克思主义正确路线在中共中央和红军的领导地位，解决了当时最迫切的组织问题和军事问题，在最危急的关头，挽救了党和红军，成为中国革命生死攸关的转折点，标志着中国共产党在政治上开始走向成熟。

[1] 张启华主编：《中国共产党历史重要会议辞典》，中共党史出版社、党建读物出版社 2019 年版，第 45—46 页。

七律·王稼祥

向金宝

红色摇篮研马列，高洁心性毕生求。

长征路上经腥雨，遵义城边转舵舟。

一个核心凝北斗，三人小组作中流。

世间正道阳光里，激荡风云眼底收。

注：王稼祥[1]（1906年8月15日—1974年1月25日），安徽省泾县人。我国杰出的无产阶级革命家，中国共产党和中国人民解放军卓越领导人，新中国优秀的外交家。1928年入党，革命时期历任中共苏区中央局委员、中共驻共产国际代表等。解放后历任中国驻苏联大使、外交部副部长等。1974年1月25日在北京病逝。

七律·张闻天

杨新跃

九皋鹤唳早闻天，谋国真唯大局先。

乱雾匡庐甘扑火，书生肝胆未成烟。

欲无壁立刚千仞，善下东之障百川。

五十年间精神在，从知君子直如弦。

注：张闻天[2]（1900年8月30日—1976年7月1日），又名洛甫，江苏南汇（今属上海）

---

[1] 何东，杨先材，王顺生主编：《中国革命史人物词典》，北京出版社1991年版，第57—58页。

[2] 何东，杨先材，王顺生主编：《中国革命史人物词典》，北京出版社1991年版，第399—400页。

人。中国共产党的重要领导人之一，理论宣传和干部教育工作中成绩卓著的领导人之一。1925年加入中国共产党，1933年进入中央革命根据地，1934年10月参加长征并出席遵义会议，长期兼任中央宣传部部长。1976年7月1日病逝。

卜算子·陈 云

何明生

风起浦江边，雷震江南道。何惧征途千样险，心底红旗绕。 血溅铁衣寒，南北春光晓。原是经天济世才，史上清辉耀。

注：陈云[①]（1905年6月13日—1995年4月10日），江苏青浦（今属上海）人。伟大的无产阶级革命家、政治家，杰出的马克思主义者，中国社会主义经济建设的开创者和奠基人之一，党和国家久经考验的卓越领导人，是以毛泽东同志为核心的党的第一代中央领导集体和以邓小平同志为核心的党的第二代中央领导集体的重要成员 。

菩萨蛮·娄山关

张梅琴

朝阳驱散重重雾，金风来照崎岖路。纵目望苍山，茫茫不见边。 人言关似铁，士气如汤烈。弹雨莫相违，炮火绽芳菲。

---

① 陈云，百度百科，https://baike.baidu.com/item/%E9%99%88%E4%BA%91/26156?fr=aladdin。

注：娄山关战斗[①]，1935 月 1 日 7 日，红军长征途中占领遵义，为确保中共中央在
　　黔北建立战略根据地，确保主力部队在遵义休整和遵义会议的安全，中革军委
　　命令军队夺取娄山关。1 月 9 日，红军从关南发起总攻，迅猛杀上娄山关，战
　　斗大获全胜。2 月 25 日凌晨，红军与敌军为争夺关口展开激战。击败敌军两个师。
　　娄山关战斗是红军长征以来的首次大捷，为遵义会议的召开创造了条件。

七律·四渡赤水

刘庆霖

土城激战血殷殷，扭转坤乾或已真。

运动能循新路线，突围不带旧精神。

赤河四用毛公略，历史一讪蒋某人。

小米步枪泥腿子，震惊世界说红军。

注：四渡赤水[②]，1935 年 1 月 19 日，中央红军由遵义地区北进，预定夺取川黔边境
　　的土城、赤水县城，北渡长江。蒋介石急调重兵布防于川黔边境，封锁长江。红
　　军经历四渡赤水，摆脱了优势敌军的追堵拦截。在四渡赤水的战斗中，毛泽东
　　巧妙地指挥红军在国民党重兵围堵之间穿插迂回，化被动为主动，彻底粉碎了
　　蒋介石企图围歼红军于川、黔、滇边境的计划，红军取得了战略转移中具有决
　　定意义的重大胜利。

① 龙新民主编：《中国共产党历史重要事件辞典》，中共党史出版社，党建读物出版
　社 2019 年版，第 84—85 页。
② 龙新民主编：《中国共产党历史重要事件辞典》，中共党史出版社，党建读物出版
　社 2019 年版，第 85—86 页。

古风·巧渡金沙江

杨　强

　　浩荡金沙水，风急浪拍天。两涯矗青壁，逶迤起重峦。茫茫皎平渡，扼险控川滇。前军驾飞舟，天堑涉波澜。智袭据江北，一笑俯惊湍。三军继飞越，艄公鼓勇前。扬楫济中流，七日脱险艰。从此出重围，麾师入凉山。转战万里外，指挥定坤乾。

注：巧渡金沙江[①]，1935年5月3日，长征途中，中央红军军委干部团接到抢夺皎平渡的任务，他们采用巧计一举控制皎平渡两岸渡口。5月3日—9日，在七天七夜的时间里，红军主力靠七只小船从容过江。两天以后，敌人追兵才赶到南岸。

古风·彝海结盟

杨　强

　　红军渡金沙，蜀境复周旋。桓桓刘司令，先驱冒险艰。辗转入彝区，相逢狭路间。白日鉴精诚，片言剖胆肝。汉彝泯恩怨，结盟小叶丹。歃血为兄弟，高谊金石坚。彝民导先路，远送度重山。握别两依依，日望红军还。

注：彝海结盟[②]，1935年5月22日，在彝海边，刘伯承与小叶丹举行结盟仪式。红

---

① 龙新民主编：《中国共产党历史重要事件辞典》，中共党史出版社，党建读物出版社2019年版，第86页。
② 龙新民主编：《中国共产党历史重要事件辞典》，中共党史出版社，党建读物出版社2019年版，第87页。

军授予小叶丹"中国夷（彝）民红军沽鸡支队"的旗帜。小叶丹派向寻为红军带路，让红军顺利走出凉山彝族地区，直达安顺场，为红军大部队顺利过境创造了条件。

七律·强渡大渡河

刘炜评

浩气蒸腾薄九天，凶顽虎踞北江边。

突围三省淬钢骨，重任千钧负铁肩。

奋楫风刀劈面渡，擎旗血雨怒涛巅。

传奇万里增浓彩，为有丹衷不可迁。

注：强渡大渡河[①]，1935 年 5 月，国民党军队企图凭借大渡河的天然屏障围歼红军。5 月 29 日，红四团突击队冒着敌人密集火力，发起夺桥战斗。红军战士攀踏着悬空的铁索，胜利冲过桥面。红四团占领泸定桥后，后续部队紧跟过桥并占领泸定城。至 6 月 2 日，中央红军主力陆续由泸定桥渡过大渡河。这样就使蒋介石的大渡河会战计划以及让红军成为"第二个石达开"的梦想彻底破灭。

七律·飞夺泸定桥

刘炜评

浴火危桥岂顾身？十三铁索鉴精神。

守兵枉有碉楼固，勇士争迎炮火频。

① 龙新民主编：《中国共产党历史重要事件辞典》，中共党史出版社，党建读物出版社 2019 年版，第 87 页。

苍翠蜀山新战史，褐红沫水洗烟尘。

至今朝夕杜鹃鸟，歌哭英雄血气真。

注：飞夺泸定桥^①，为了迅速渡过大渡河，摆脱尾追的敌人，1935 年 5 月中央革命
军事委员会决定，红一师及干部团由安顺场渡河，过河后沿大渡河左岸北上，
主力由安顺场沿大渡河右岸北上，左右两路夹河而进，火速抢占离安顺场 160
公里的泸定桥。强渡大渡河和飞夺泸定桥的成功，打破了蒋介石妄图把红军变
成第二个石达开的反革命迷梦，是红军长征中具有战略意义的重大胜利之一，
体现了我英勇红军无限忠于人民革命事业的大无畏精神。

七律·过雪山草地

刘庆霖

敌兵围堵赣湘黔，战马长嘶杀气寒。

沼泽陷人军亦过，山风卷雪岭仍翻。

抱团取暖互激励，分食度饥同破难。

草地是床天是被，夜空北斗作灯观。

注：过雪山草地^②，1935 年 6 月中旬，在长征途中红一方面军从四川宝兴县进入阿
坝州，途中，翻越夹金山等 5 座海拔在 4000 多米以上的高原雪山。红二方面军
从滇西进入甘孜地区之后，沿途也翻越数座大雪山后进入阿坝州，横穿阿坝州
北部出境。红四方面军在阿坝州的雪山草地中更是几番辗转。红军翻越数座大
雪山后，8 月进入川西北草地，红军被迫避开被敌人已占领的大道，从自然条
件极为恶劣的草地前进。经过六天六夜的行军，红军克服难以想象的困难，终
于走过茫茫"魔毯"草场。

---

① 郭永文主编：《毛泽东诗词故事》，中央文献出版社 2013 年版，第 86、89 页。

② 龙新民主编：《中国共产党历史重要事件辞典》，中共党史出版社，党建读物出版
社 2019 年版，第 88 页。

七绝·腊子口战役

刘迅甫

炮火硝烟一口封，危崖峭壁破苍穹。

出奇制胜开天道，猎猎旌旗血染红。

注：攻占腊子口[①]，1935 年 9 月 16 日，红军陕甘支队抵达甘肃南部腊子口。国民党军三个团控制腊子口，企图阻止红军北上。当天红军开始夺桥战斗，正面强攻多次，未能奏效。当夜红军一个连从正面佯攻，两个连迂回到敌军侧后，占领制高点。17 日拂晓，红军突然发起攻击，夺取小桥。红军乘胜猛追，一举将残敌击溃，全部攻占腊子口。攻占腊子口是中央红军长征途中突破放人封锁、进入甘南的关键性一仗。

鹧鸪天·懋功会师

刘庆霖

惊喜泪花惊愕容，达维沟里两军逢。小河口忽然雷动，数座山相拥懋功。　　千里雪，百年风，一时都上战旗红。夜深似听敌嗟叹，堵截围追尽落空。

注：懋功会师[②]，1935 年 6 月，中央红军与李先念率领的红四方面军先头部队在懋功胜利会师。6 月 12 日，红一方面军先头部队翻越夹金山，到达懋功县达维镇。

---

① 龙新民主编：《中国共产党历史重要事件辞典》，中共党史出版社，党建读物出版社 2019 年版，第 88 页。

② 龙新民主编：《中国共产党历史重要事件辞典》，中共党史出版社，党建读物出版社 2019 年版，第 88 页。

13 日，红一、红四方面军先头部队进驻懋功。14 日，中共中央、中央革命军事委员会机关抵达达维镇，当晚红一、红四方面军举行庆祝会师大会。会师后，中央决定两军共同北上，创建川陕甘苏区。

古风·长征中的徐向前

刘麒子

徐帅英名天下闻，才高能武亦能文。

威震八方惊敌胆，身经百战建奇勋。

懋功南下精忠在，可抵中流十万军。

北上长征遂未往，南来每感雁离群。

雄师奉与中央日，一片丹心邪正分。

注：长征中的徐向前①，1935 年 5 月，徐向前等人率红四方面军开始长征。红四方面军在路线问题上多由张国焘决定，张坚持南下，造成与中央对立的局面。之后又搞分裂活动，最后发展到另立"中央"的地步。徐向前等人与张国焘的分裂主义进行了坚决的斗争。经过中央的耐心工作，终于战胜了张国焘的分裂阴谋，红四方面军再次决定北上。

---

① 黄宏主编：《亲历长征》，人民出版社 2006 年版，第 649 页。

七律·习仲勋

刘海阳

鏖战千军万马中，天狼每射自由弓。

两当兵变浑身胆，三捷旗开数卷红。

改革先行凭大略，襟怀远见显孤忠。

但凭甘陕骋双目，要送清风永向东。

注：习仲勋[①]（1913 年 10 月 15 日—2002 年 5 月 24 日），生于陕西省富平县。中国共产党的优秀党员，伟大的共产主义战士，杰出的无产阶级革命家，国务院原副总理，中国共产党第十一届中央委员会书记处书记，第十二届中央政治局委员、书记处书记，第五届、第七届全国人民代表大会常务委员会副委员长。习近平之父。2002 年 5 月 24 日在北京逝世。

清平乐·刘志丹

刘爱红

风牵云远，名字传甘陕。好个志丹庄稼汉，撑起长天一片。　　跨水二次东征，岸边响起枪声。壮士忽然倒下，人民失去豪英。

注：刘志丹[②]（1903 年 10 月 4 日—1936 年 4 月 14 日），原名景桂，字子丹、志丹。

---

①　《习仲勋同志生平》，共产党员网，https://news.12371.cn/2013/10/12/ARTI13815
　　49126172911.shtml。

②　何东，杨先材，王顺生主编:《中国革命史人物词典》，北京出版社 1991 年版，第 193 页。

陕西保安（今志丹县）人。中国工农红军高级将领，西北红军和西北革命根据地的主要创建人之一。1936 年 3 月，率红 28 军参加东征战役，由罗峪口附近东渡黄河，挺进晋西北，迭克敌军。1936 年 4 月 14 日，在晋西中阳县三交镇战斗中牺牲。

清平乐·谢子长

刘爱红

天明西北，一角河山美。土寨敞开锣鼓擂，迎进红军队队。　　新旅又上层楼，笑看滚滚洪流。伟绩长留青史，子长长在心头。

注：谢子长 [1]（1897 年—1935 年 2 月 21 日），原名世元，陕西省安定县（今子长市）人。陕北红军和苏区创建人之一，中国工农红军杰出指挥员。1935 年指挥部队粉碎了国民党军对陕北苏区的"围剿"，在长期征战中多次负伤，于 1935 年 2 月 21 日逝世。

七律·吴起镇会师

曹　喆

长征万里会兵锋，陇上新传定檄功。
七水环流合洛口，三军同踞镇西穹。

① 何东，杨先材，王顺生主编：《中国革命史人物词典》，北京出版社 1991 年版，第 747—748 页。

兴华谁起鲁戈力，射日还期秦矢雄。

关右从今成一体，山花犹染战旗红。

注：吴起镇会师[1]，1935 年 9 月 12 日，中央政治局在甘肃迭部县俄界（今高吉村）召开扩大会议，将北上红军改称"陕甘支队"。1934 年 11 月由鄂豫皖根据地出发长征的红二十五军到达陕甘根据地，同当地的红二十六、红二十七军会师，合编为红十五军团，并打破了敌人的重兵"围剿"，10 月 19 日，陕甘支队到达陕北吴起镇。至此，中央红军主力行程二万五千里、纵横 11 个省的长征胜利结束。

蝶恋花·阅读长征

蔡世平

我读沁园春里雪。朵朵如花，朵朵还如铁。耳畔忽闻风烈烈。马蹄踏碎霜晨月。　　岳麓山青枫树叶。片片飞来，片片深情说。莫遣红颜容易谢。年年应记湘江血。

七律·钱壮飞

张伟超

龙潭谍影隐奔雷，只手偶将天挽回。

革命因君存气数，长征有路走崔嵬。

---

[1] 本书编写组编著：《中国共产党简史》，人民出版社，中共党史出版社 2021 年版，第 62 页。

身非凡物寻常胆，功占红军第一魁。

哀恸乌江问今古，山川终是妒奇才。

注：钱壮飞[1]（1895年9月25日—1935年4月）浙江湖州人，中共隐蔽战线的"龙潭三杰"之一。1925年加入中国共产党，在北京等地从事党的宣传工作。1934年10月参加长征，遵义会议后被任命为红军总政治部副秘书长。1935年3月，在贵州息烽第二次强渡乌江的战斗中牺牲。

七律·西路军

李葆国

志凝铁骨有铜音，百战铿锵霜未侵。

火汇洪流成二万，钢成久锻胜千金。

女娲血气石堪鉴，干将精诚天可斟。

千里悲歌河野路，年年碧草照征岑。

注：西路军[2]，1936年10月下旬，为实现打通苏联援助道路的目的，红四方面军一部奉中革军委命令，西渡黄河准备执行宁夏战役计划。11月11日，渡河部队根据中央决定称西路军。深入河西走廊的西路军将士，在极端困难的条件下英勇奋战四个月，歼敌两万余人，但终因寡不敌众，于1937年3月惨烈失败，血沃祁连。西路军不畏艰险、浴血奋战的英雄主义气概，为党为人民英勇献身的精神，同长征精神一脉相承，成为中国共产党人红色基因和中华民族宝贵精神的重要组成部分。

---

[1] 何东，杨先材，王顺生主编：《中国革命史人物词典》，北京出版社1991年版，第609页。

[2] 本书编写组编著：《中国共产党简史》，人民出版社，中共党史出版社2021年版，第65页。

古风·刘伯坚

刘道平

君不见、英雄出世何所求，辉同日月春复秋。君不见、襟怀家国心似铁，男儿吟鞭指天阙。初生牛犊奔锦城，怅望鹃啼空泣血！偷光负萤文出彩，南滇更有鹏翅开。背井旅欧作游子，誓将击筑铜雀台。扶危局，大将才；狂澜挽，归去来。为驱虎豹不离鞍，更将大旆竖赣南。抗倭须仗雷霆力，阵前敌后两斡旋。忠良自古魂不灭，荆卿豪气苌弘血。大节不亏豪气在，高歌一曲响天彻！《狱中夜》《带镣行》，一人不计生与死，换得乾坤万古清！

注：刘伯坚 [1]（1895年1月9日—1935年3月21日），四川平昌人。早年曾就读于成都高等师范学校，1920年赴欧洲勤工俭学。1921年与周恩来等发起组织旅欧中国少年共产党，1922年转为中国共产党党员。曾任苏区工农红军学校政治部主任，中央红军长征后，留在苏区坚持游击战争。1935年3月率部队突围时不幸负伤被捕，21日壮烈牺牲。

七律·抗联之歌

祁茗田

生逢国难当头日，正是男儿报效时。
唤起同胞齐对外，统辖义旅共歼敌。

---

[1] 本书编写组编著：《中国共产党简史》，人民出版社，中共党史出版社2021年版，第194页。

洋枪大炮生何畏，雪地冰天志不移。

百战英雄弹尽死，犹存浩气与天齐。

注：东北抗联^①，1936 年 2 月 10 日，中共代表团以中共中央名义拟定了《为建立全
东北抗日联军总司令部决议草案》。此后，在中国共产党领导下的东北各地的
抗日部队统一改称东北抗日联军部队。东北抗联和东北人民的英勇斗争，打击
了日本在中国东北的统治，牵制了大量日军，有力配合了全国的抗日战争。

念奴娇·杨靖宇

吴文昌

抗联故垒，又重来，往事依然凄切。指点长埋忠骨处，
几度无声凝噎。蒿子湖中，密林帐里，似见当年物。寻踪凭吊，
采花争献英烈。　　叱咤靖宇当年，请缨驱日寇，千秋高节。
跃马横枪，旗奋举、杀敌何曾稍歇。力尽濛江，饥寒吞草絮，
志谁能夺？魂今安在，漫山红叶如血！

注：杨靖宇^②（1905 年 2 月—1940 年 2 月 23 日），原名马尚德，河南省确山县人。
中共早期军事将领。1932 年，受命党中央委托到东北组织抗日联军，历任抗日
联军总指挥政委等职，率领东北军民与日寇血战于东北地区。1940 年 2 月，在
吉林濛江县（今靖宇县）遭日伪军包围，不幸牺牲。

---

① 龙新民主编：《中国共产党历史重要事件辞典》，中共党史出版社，党建读物出版
社 2019 年版，第 92—93 页。

② 何东，杨先材，王顺生主编：《中国革命史人物词典》，北京出版社 1991 年版，第 307 页。

七律·赵尚志

祁茗田

昔有抗联天下闻，至今传唱赵将军，

清贫养就恤民性，烈火铸成革命魂。

十载游击凭智勇，三番入狱见忠贞。

青春热血都流尽，无愧报国一寸心。

注：赵尚志[①]（1908年—1942年2月12日），奉天朝阳（今辽宁省朝阳市）人。东北抗日联军创建人和领导人之一。1925年夏加入中国共产党，北伐战争时期，在东北地区组织和从事反帝反军阀的革命活动。九一八事变后赵尚志被任命为中共满洲省委常委、军委书记，与李兆麟等创建了珠河、汤原抗日游击根据地。1942年2月12日，赵尚志在战斗中身负重伤后牺牲。

五律·吉鸿昌

闫 震

男儿赴国难，歃血出雄关。

盟结太平麓，旗开修水湾。

征鸿思故野，战火老苍颜。

敌寇何时灭，捐身长不还。

注：吉鸿昌[②]（1895年10月18日—1934年11月24日），原名吉恒立，别号世五，

---

① 何东、杨先材，王顺生主编：《中国革命史人物词典》，北京出版社1991年版，第529页。
② 何东、杨先材，王顺生主编：《中国革命史人物词典》，北京出版社1991年版，第145页。

河南省扶沟人。1913 年入冯玉祥部，骁勇善战，从士兵递升至军长。1932 年加入中国共产党。1934 年 5 月，参与组织了"中国人民反法西斯大同盟"，被推为主任委员。1934 年 11 月 9 日在天津法租界被捕，11 月 24 日被枪杀于北平陆军监狱。

五绝·赵一曼

江　岚

一

有儿不忍死，为国耻偷生。

百字遗书在，千秋慈母情。

二

意志真如铁，严刑奈尔何！

犹堪破敌胆，一笑赴阎罗。

三

赫赫红枪女，翩翩白马将。

挺立国门前，山川为之壮。

注：赵一曼[①]（1905 年 10 月 25 日—1936 年 8 月 2 日），女，四川宜宾人。中国共产党党员，抗日民族英雄，曾就读于莫斯科中山大学。1935 年担任东北抗日联军第三军二团政委，同年 11 月，在与日寇的斗争中被捕，1936 年 8 月 2 日就义。

[①] 何东，杨先材，王顺生主编：《中国革命史人物词典》，北京出版社 1991 年版，第 525 页。

五律·赵一曼

陈修文

出川驱虎狼，白马跃红枪。

气比男儿烈，心如壮士刚。

酷刑难折骨，赤胆誓为殇。

字字遗书血，洗吾肝与肠。

古风·八女投江

江 岚

莽莽东三省，亘古号巨藩。

回顾近代史，愁绝此人寰。

至今说八女，青春投抗联。

弹尽不肯降，挽臂赴急湍。

大者二十三，小者一十三。

注：八女投江①，1938 年 10 月，东北抗联五军一师于西南远征归抵林口刁翎，被日军围困于牡丹江支流乌斯浑河畔，危急关头，妇女团有八名女英雄奋勇迎敌，掩护主力突围，以机智战术转移日军视线，致敌图谋难成，在弹尽粮绝、敌军逼近之时，八女神态自若，搀扶伤员，挽臂高歌，步入寒江，以身殉国。

---

① 童青林编著：《东北！东北！》，人民出版社 2015 年版，第 297 页。

临江仙·一二·九运动

许铁军

倭寇疯狂魔爪舞，黄沙漫卷幽燕。书生救国勇争先，浩歌惊五岳，热血感苍天。　　沉睡雄狮终奋起，中华四亿如山。红旗千面树延安。莫忘先烈志，使命在吾肩。

注：一二·九运动[1]，是在中国共产党的领导下，由北平学联于1935年12月9日组织发动的一次大规模的抗日爱国运动。一二·九运动公开揭露了日本吞并华北进而独占中国的阴谋，打击了国民党的妥协退让政策，极大地促进了中华民族的觉醒，标志着中国人民抗日救亡民主运动新高潮的到来。

踏莎行·中华民族解放先锋队

许铁军

旗举先锋，志求解放。抗倭救国歌嘹亮。满腔热血荐轩辕，青春无悔豪情壮。　　号角声中，太行山上。雄狮奋起天兵降。沙场何惧裹尸还，除妖看我金箍棒。

注：中华民族解放先锋队[2]，1935年12月下旬，在党的领导下，北平学生联合会组织平津南下扩大宣传团，到河北农村进行抗日宣传，走上同工农相结合的道路。在宣传基础上，1936年2月初，成立中华民族解放先锋队，很快发展到2万余人，对团结广大青年、促进抗日救亡运动发挥了重要作用。

[1] 龙新民主编：《中国共产党历史重要事件辞典》，中共党史出版社，党建读物出版社2019年版，第90—91页。

[2] 本书编写组编著：《中国共产党简史》，人民出版社，中共党史出版社2021年版，第68页。

全面抗战赋

何　革

　　人失志则亏行，国积贫必受侮。嗟尔晚清，乾纲衰腐。列强入侵，殖民裂土。民国迩来，其势尤剧。奉天事变，叹关东之陆沉；卢沟炮鸣，哀华北之日暮。紧急关头，吾党挺身。倡民族统一之战线，成全民抗战之砥柱。

　　兄弟齐心，坚若铜墙。同祭黄帝之陵，血浓于水；共担救亡之责，慨当以慷。红军接受改编，八路新四为号；权力尤须自主，独立统一为纲。挥师华北，风雪太行。游击华南，饮马长江。并肩作战，手足情长。设伏平型关，粉碎帝国神话；夜袭阳明堡，剪灭空中恶蝗。群情为之振奋，士气因以高昂。抗日烽火，熠熠其光。华夏如醒后之雄狮，振鬣怒吼，声震千冈。

　　失道必孤，审敌我之情势；抗战须久，振天地之聩昏。敌后为战略之首，兵民乃胜利之魂。是乃母亲嘱子，妻子送夫。宁为战死鬼，不做亡国奴。妇女纳鞋，为子弟兵助力；儿童效命，替游击队传书。不扰夜行之师，犬喑百里；暗张地下之网，道接千庐。地雷遍布原野，日伪陷于畏途。精卫之力填海，民众之心撼地。黄土岭上，凋零名将之花；青纱帐中，淬炼神兵之器。集结百团，破袭千里。作艰苦之战斗，拥政爱民；反残酷之扫荡，清野坚壁。已然忘死舍生，何曾游而不击。至若壮士跳崖，八女投水，大义凛然，感天动地者，岂可详记乎。

正义之战，天道崇真。反抗侵略，四海归心。炎黄衍一脉之血，华侨献爱国之忱。捐资献物，聚木成林。美中结盟，机飞驼峰之线；兵士奋勇，身化异国之尘。和平为世界共同之愿，侵略乃民心背离之因。

巨耐大千世界，万象纷繁。统一战线，几回分裂。故列阵黄桥，痛击来犯之恶；相煎泾县，铸成千古之冤。星月衔悲，河山含怒。操戈同室，国家命运堪忧；抗战一心，我党初衷如故。军垦南泥湾下，麦浪翻金；菜种土窑洞前，主席垂范。终见粮食满仓，牛羊满圈。

红色延安，成志士向往之圣地；青春热血，寻真理践行之大道。党内整风，新其里表。治病救人，革其神貌。于烈火中陶冶，锻炼霜锋；在斗争中自强，搏击苍昊。是以承民族强盛之希望，乃中国唯一之主导。峥嵘岁月，力挽澜倒厦倾；多难神州，又见星辉日耀。

嗟夫！十四年抗战史，好一曲悲壮歌。五十六民族同仇敌忾，三千万儿女血染山河。华夏翻身，一洗病夫之耻；世界瞩目，高扬独立之波。实力倍增，拥百万之劲旅；使命必达，斗独裁之恶魔。实民族复兴之转折，脊梁挺立而巍峨也。

七律·西安事变

黄 真

衰微国力不和戎，悲恸辽东失大同。
势若千钧缘一发，德遗百代赖双雄。

操戈还熄自家内，抗日重归携手中。

到此回看双十二，拯吾民族补天功。

注：西安事变[①]，又称双十二事变。张学良、杨虎城二人于1936年12月12日发动"兵谏"，督促蒋介石进行抗战。这一事件史称"西安事变"。西安事变的和平解决，成为时局转换的枢纽，它促进了中共中央逼蒋抗日方针的实现。从此，十年内战的局面基本停止，国内和平初步实现。中国共产党在这次事变中力主和平解决，充分体现了对团结抗日的诚意。在抗日的前提下，国共两党实行第二次合作成为不可抗拒的大势。

七律·第二次国共合作

多　建

卢沟夜半风云起，国难当头乱世艰。

兄弟阅墙终有异，民族大义本为先。

驱倭百战凭肝胆，荡寇千军奏凯旋。

众志同仇除外侮，前嫌摒弃向前瞻。

注：第二次国共合作[②]，1937年9月22日，国民党中央通讯社发表《中共中央为公布国共合作宣言》。23日，蒋介石发表谈话，指出团结御侮的必要，事实上承认了中国共产党在全国的合法地位。国共合作宣言和蒋介石谈话的发表，标志着国共两党第二次合作的正式形成。第二次国共合作受到全国各族人民、各民主党派和爱国民主人士的热烈欢迎，推动了全民族抗日统一战线的发展，保证了抗日战争的最后胜利。1946年6月，国民党发动全面内战，第二次国共合作结束。

---

① 龙新民主编：《中国共产党历史重要事件辞典》，中共党史出版社，党建读物出版社2019年版，第96—97页。

② 龙新民主编：《中国共产党历史重要事件辞典》，中共党史出版社，党建读物出版社2019年版，第104页。

七绝·延安宝塔山

孟宪明

延水如花心海绽，高山宝塔入云端。

小米艰难驰远目，步枪虎胆铸新天。

注：延安宝塔山①，一直以来都是"革命圣地"延安市的名片，经常出现在诗人、画家的笔下。它见证了中国革命的历史，更见证了新中国成立以来，特别是改革开放 30 多年来延安发生的巨大变化。宝塔山像一位饱经沧桑的老者，俯瞰着广袤肥沃的黄土地、蜿蜒曲折的延河水和繁华热闹的城区，构成了延安最华美动人的一道风景。

满江红·《实践论》

吴 蓓

真理何来？叩关键，知行二字。阐精奥，宋儒明哲，终唯心翳。马列东渐悬日月，放诸四海成公器。《实践论》，正合璧中西，交时利。 鱼饮水，方知味；书半亩，勤耕耜。实践出真知，间直不殢。问道浅深洄往复，执衡左右防倾坠。法辩证，一曲定风波，千秋义。

注：《实践论》②，毛泽东 1937 年 7 月撰写，文章是为着用马克思主义的认识论观

---

① 《宝塔山见证延安巨变》，人民网，http://politics.people.com.cn/n/2012/1105/c70731–19499010–4.html。

② 黄小同主编：《中国共产党历史重要文献辞典》，中共党史出版社，党建读物出版社.2019 年版，第 73 页。

点去揭露党内的教条主义和经验主义——特别是教条主义这些主观主义的错误而写的。全文论述了实践与认识的关系，指出真理的标准只能是社会的实践。《实践论》是毛泽东关于马克思主义认识论的代表著作，深刻地论述和丰富了马克思主义的认识论。它用科学的认识论武装了中国共产党，教育全党树立马克思列宁主义必须同中国实际相结合的观点。

浣溪沙·《矛盾论》

李清安

唯物唯心久有争，似乎从未见输赢。道非实践理难明。
经验分明当自警，教条容易陷泥坑。延河秋夜听涛声。

注：《矛盾论》[①]，毛泽东1937年8月所写，文章是为了克服存在于党内的严重的教条主义思想而写。文章从两种宇宙观、矛盾的普遍性、矛盾的特殊性、主要的矛盾和主要的矛盾方面、矛盾诸方面的同一性和斗争性、对抗在矛盾中的地位、结论等几方面进行了论述。文中指出事物的矛盾法则即对立统一的法则是唯物辩证法最根本的法则，事物发展的根本原因在于事物内部的矛盾性。文章从方法论上批判了"左"倾、右倾的错误思想。

七律·洛川会议

李创国

万里长征乍歇鞭，洛川高会定琴弦。
抗倭本是存亡策，联蒋重开手足篇。

---

① 黄小同主编：《中国共产党历史重要文献辞典》，中共党史出版社，党建读物出版社2019年版，第74页。

唤起人民鱼得水，驰来敌后气冲天。

江流远去声犹在，回首群英到眼前。

注：洛川会议[①]，六届中央政治局于 1937 年 8 月 22 日—25 日在陕北洛川冯家村召开扩大会议，会议制定的党的全面抗战路线，把实行全民族抗战与争取人民民主、改善人民生活结合起来，把反对外敌入侵与推动社会进步统一起来，正确处理了民族矛盾与阶级矛盾的关系。会议通过的《抗日救国十大纲领》阐明了共产党在抗日战争时期的基本政治主张，指明了坚持长期抗战、争取最后胜利的具体道路。

浣溪沙·党指挥枪

布凤华

夜色沉沉盼天明，南昌破雾起枪声。山长水远路纵横。

航海风帆凭舵手，筑楼工匠赖规绳。锤镰终是定盘星。

注：党指挥枪[②]，党对军队绝对领导的根本原则和制度，发端于南昌起义，奠基于三湾改编，定型于古田会议，是人民军队完全区别于一切旧军队的政治特质和根本优势。党指挥枪是保持人民军队本质和宗旨的根本保障，这是我们党在血与火的斗争中得出的颠扑不破的真理。

---

① 张启华主编：《中国共产党历史重要会议辞典》，中共党史出版社，党建读物出版社 2019 年版，第 56—57 页。

② 《习近平：党指挥枪是保持人民军队本质和宗旨的根本保障》，手机人民网，http://m.people.cn/n4/2017/0801/c190-9435350.html。

七律·《论持久战》

李创国

似虎倭奴张利牙，狂言一季灭中华。
如神高论辉灯塔，泛海航船过暗沙。

速胜难冈强击弱，不亡实为正驱邪。
三通鼓捣黄龙日，天上飞来五彩霞。

注：《论持久战》①，毛泽东在 1938 年 5 月 26 日—6 月 3 日在延安抗日战争研究会
　　上所作的讲演。该讲演全面分析了中日战争所处的时代和双方的基本特点，深
　　刻论述了抗日战争是持久战，必须经过战略防御、战略相持、战略反攻三个阶段，
　　批驳了"亡国论"和"速胜论"，深刻阐述了人民战争的思想。抗日战争的实
　　践充分证明了《论持久战》中的预见是完全正确的，是符合实际情况的。

第一编　波澜壮阔

089

沁园春·八路军开赴抗日前线

孙洪彦

五万洪流，勇渡黄河，剑指朔方。望旌旗猎猎，奋驱敌
寇，烽烟滚滚，毅拯沦亡。壁垒新营，倭奴再退，会战游击
斗志昂。雄师过，俱壶浆箪食，送子戎装。　　戈刀小米长
枪，似天降神兵斩虎狼。更平型首胜，百团鏖战，奸顽屡挫，

① 黄小同主编：《中国共产党历史重要文献辞典》，中共党史出版社，党建读物出版
　　社 2019 年版，第 79 页。

劲旅开荒。陕晋联防，热察挺进，九破重围战太行。丰碑铸，赋史诗巨制，伟业昭彰。

注：八路军开赴抗日前线①，红军改编为国民革命军后，迅速开赴抗日前线。八路军到达山西抗日前线后，即取得平型关战斗重大胜利。1937年9月25日，八路军第一一五师主力在平型关伏击日军，首战告捷。接着，八路军三个师又配合国民党军队进行忻口战役，相继取得雁门关伏击战、夜袭阳明堡日军机场等胜利。

七律·战斗在太行山上

孙洪彦

筑成铁壁卫关山，壮志民族大义担。

四处贼倭行肆虐，百团飞将斩凶顽。

劈柴扫院民心热，立马横刀敌胆寒。

寸土重拾殷寸血，旌旗指处换新天。

注：战斗在太行山上②，1938年2月初，刘伯承、邓小平在山西辽县主持召开了第129师团以上干部会议。会议总结了太原失陷以来全师的工作，进一步部署了开展全区的抗日游击战争和抗日根据地的创建工作。晋冀豫边区的抗日游击战争全面展开，抗日根据地基本形成。第129师在太行山安了家。以吕梁山脉为依托的晋西南地区，位于黄河以东、同蒲路以西、汾离公路以南，是陕甘宁边区的东部屏障和它联系晋冀豫边抗日根据地的纽带。

---

① 本书编写组编著：《中国共产党简史》，人民出版社，中共党史出版社2021年版，第78—79页。

② 张文杰，郭辉：《八路军抗战纪实》，人民出版社2005年版，第169—170页。

七律·平型关大捷

李宗健

东渡黄河拥旆旌，峰高嶂叠出奇兵。

板垣败阵军前死，八路扬名天下惊。

已见雄心为重任，更须热血筑长城。

隘关一战民心振，号角声中唤众生。

注：平型关战斗[1]，1937年9月25日，八路军利用有利地形，向日军发起猛烈攻击，歼敌1000余人。平型关战斗，是华北战场上中国军队主动寻歼敌人的第一个大胜仗，有力地配合了正面战场的防御作战。它打破了日军不可战胜的神话，振奋了全国人心，提高了共产党和八路军的威望。

七律·夜袭阳明堡

宋 彬

十月滹沱河水凉，敌仇北岸驻机场。

潜行影共秋星暗，奇袭声惊夜气苍。

铁翼终须输铁胆，强兵自可灭强梁。

此间永志英雄血，铭勒贞碑字有光。

注：夜袭阳明堡[2]，忻口战役中，1937年10月19日夜，第一二九师以1营兵力夜

① 龙新民主编：《中国共产党历史重要事件辞典》，中共党史出版社，党建读物出版社2019年版，第107—108页。
② 中共中央党史研究室：《中国共产党的九十年（新民主主义革命时期）》，中共党史出版社，党建读物出版计2016年版，第194页。

袭阳明堡日军飞机场，毁伤敌机 20 余架，消灭敌守备队 100 余人，削弱了敌人的空中突击和运输力量，有力地配合了友军在正面战场的作战。

七绝·黄土岭伏击战

郑多良

烽火满天起上庄，神兵布阵克敌狂。
将花已谢塞坨峪，八路声威天下扬。

注：黄土岭伏击战[1]，根据"巩固华北"的战略方针，八路军在华北依靠广大群众，坚持山地游击战争，发展平原游击战争。1939 年 11 月上旬，晋察冀部队在第一二〇师的配合下进行黄土岭伏击战，击毙日本独立混成第二旅团旅团长、所谓"名将之花"阿部规秀中将。《新中华报》发表短评："抗战以来，敌军中将指挥官，在战场上被我击毙者，此还算是第一次。真值得我们兴奋！"

七律·百团大战

罗胜前

法英绥靖锁吾边，战火飞来九月天。
四海陆沉降雾起，百团兵动战旗悬。
倭奴自诩囚笼策，战士齐挥断水鞭。
霹雳一声天下应，凯歌高奏美名传。

① 本书编写组编著：《中国共产党简史》，人民出版社，中共党史出版社 2021 年版，第 85 页。

注：百团大战①，时间为 1940 年 8 月 20 日—12 月 5 日。1940 年夏，为了粉碎日军
　　的图谋，打破其"囚笼政策"，克服国民党政府对日妥协投降的危险。从 8 月
　　20 日起，八路军在华北地区对各线日伪军发起进攻，炸毁了铁路、桥梁、公路，
　　使日军的交通线瘫痪。随着战役的展开，八路军参战部队达到 105 个团，20 余
　　万人，故称"百团大战"。百团大战，打出了共产党领导的敌后抗日军民的声
　　威，振奋了全国军民争取抗战胜利的信心，以事实驳斥了国民党顽固派对共产
　　党、八路军"游而不击"的污蔑。从战争全局看，百团大战具有积极的战略意义。
　　它牵制了日军的兵力，推迟了日军"南进"的时间，并对支持正面战场作战，
　　遏制妥协投降暗流，争取时局好转，起了积极的作用。

七律·左 权

蒿 峰

男儿效命在沙场，怒角寒旌满太行。

万里长征称将勇，五年逐寇数名扬。

统兵敌后军心壮，决策军前浩气长。

十字岭头君殉国，血花百代照清漳。

注：左权（②1905 年 3 月 15 日—1942 年 5 月 25 日），号叔仁，原名左纪权，湖南
　　醴陵人。黄埔军校第一期学生，1925 年加入中国共产党，曾参加长征、百团大
　　战等，是中国工农红军和八路军高级将领。1942 年 5 月 24 日，在山西辽县（今
　　左权县），率八路军总部直属部队突破日军包围转移时牺牲。

① 龙新民主编：《中国共产党历史重要事件辞典》，中共党史出版社，党建读物出版
　社 2019 年版，第 136—137 页。
② 何东，杨先材，王顺生主编：《中国革命史人物词典》，北京出版社 1991 年版，第 101 页。

七绝·狼牙山五壮士

钟振振

赚得群狼扑乱山，壮心元不傃生还。

能教五岳皆垂首，只在从容一跃间。

注：狼牙山五壮士^①，1941 年 9 月 25 日，晋察冀根据地党政机关和部队一部被 3500
余名日、伪军合围在狼牙山地区。第一团七连奉命执行掩护机关及群众转移任务。
七连完成任务后，由七连六班掩护全连撤退。当日、伪军冲上山时，六班五名
勇士马宝玉、葛振林、胡德林、胡福才、宋学义打光了最后一颗子弹。在弹尽
路绝的危急关头，誓不投降，纵身跳下悬崖。他们被誉为"狼牙山五壮士"。

五律·新四军

孙继云

旗树江南北，新编第四军。

出山循大道，定海立神针。

破阵乘星月，歼敌入沪申。

弯弓能射日，青史刻殊勋。

注：国民革命军陆军新编第四军，简称"新四军"^②，1937 年 8 月—10 月，国共双
方先后进行多次商谈，最终达成双方停战、改编南方红军游击队为国民革命军

---

① 龙新民主编：《中国共产党历史重要事件辞典》，中共党史出版社，党建读物出版
社 2019 年版，第 146 页。
② 龙新民主编：《中国共产党历史重要事件辞典》，中共党史出版社，党建读物出版
社 2019 年版，第 105 页。

陆军新编第四军（简称"新四军"）、合作抗战的协议。为了加强党对新四军的领导，中共中央成立中共中央东南分局和中共中央军委新四军分会，均由项英担任书记。

七律·彭雪枫

黎竞岸

千里阴云拂晓开，名关名将两崔嵬。

娄山已有雄师越，赤水谁将巨浪回。

豫皖不辞精卫血，人民还痛济时才。

只今铭记丹青里，更有风雷动地来。

注：彭雪枫①（1907年9月9日—1944年9月11日），河南南阳人，中国工农红军和新四军杰出指挥员、军事家，参加过第三、四、五次反"围剿"以及红军长征，是抗日战争中新四军牺牲的最高将领之一。1944年9月，在河南夏邑战斗中牺牲。

七律·叶　挺

林建华

百年回首祭英雄，名将威名九鼎崇。

同志北征钢铁铸，投身起义穗昌功。

---

① 何东，杨先材，王顺生主编：《中国革命史人物词典》，北京出版社1991年版，第707—708页。

平生悲壮精诚烈，不尽奇冤傲骨雄。

感叹杰魁罹难早，囚歌一曲贯长空。

注：叶挺[①]（1896年9月10日—1946年4月8日），字希夷，广东惠阳人。曾领导
北伐战争，所在的国民革命军第四军在北伐中被誉为"铁军"。曾参与指挥南
昌起义、广州起义等。皖南事变中被国民党扣押，他拒绝蒋介石的威逼利诱，
写出了著名的《囚歌》以明志。1946年3月4日，获救出狱，后被中国共产党
重新接纳为党员。1946年4月8日与夫人李秀文以及秦邦宪、邓发、王若飞等
同志在返回延安途中，在山西黑茶山遇空难不幸离世。

七律·项　英

周坚桥

从来得失费铨评，我慕丹心照月明。

道路或因探险曲，头颅只为救民生。

车夫竟毁陈王业，斜谷不磨诸葛名。

碧血涓涓成激素，后人脉管起涛声。

注：项英[②]（1898年5月—1941年3月），原名项德隆，湖北武昌人。党和红军早
期的领导人之一，新四军的创建人和主要领导人之一。1922年加入中国共产党，
曾任中华苏维埃共和国中央副主席。1941年3月，在泾县蜜蜂洞被叛徒杀害。

---

① 何东，杨先材，王顺生主编：《中国革命史人物词典》，北京出版社1991年版，第112页。

② 何东，杨先材，王顺生主编：《中国革命史人物词典》，北京出版社1991年版，第523页。

七律·张云逸

孙继云

不为钱财不为名，欲除黑暗敢牺牲。

揭竿辛亥乾坤动，亮剑江淮日伪惊。

勇士三千皆火种，民工百万亦雄兵。

山河犹待重收拾，八桂欢声唱政声。

注：张云逸[1]（1892年8月10日—1974年11月19日），广东省文昌县（今属海南省）人。早年加入中国同盟会，参加了黄花岗起义、辛亥革命、护国战争和北伐战争。1926年参加中国共产党，1929年参加中国工农红军。在抗日战争、解放战争时期都担任重要职务。全国解放后曾任中共广西省委书记等职务。1955年被授予大将军衔。1974年11月19日病逝于北京。

七律·建立敌后根据地

蒿　峰

遍地雄风出洛川，全民战倭有新篇。

千村万社铜墙筑，塞北江南烽火燃。

困敌泥潭强寇死，开天建政赤旗悬。

八年浴血扬眉日，收拾山河再着鞭。

注：敌后抗日民主根据地[2]，1937年9月—1938年10月，八路军、新四军根据中共

---

[1] 何东，杨先材，王顺生主编：《中国革命史人物词典》，北京出版社1991年版，第374页。

[2] 龙新民主编：《中国共产党历史重要事件辞典》，中共党史出版社，党建读物出版社2019年版，第108页。

中央和毛泽东的战略部署，开展独立自主的敌后游击战争，建立抗日民主政权。敌后游击战争不仅配合国民党军队在正面战场上的作战，直接给日本侵略者以有力打击，而且对阻止日军的战略进攻，稳定全国战局，使抗战由战略防御阶段转入战略相持阶段，起了重要的作用。敌后战场的开辟和抗日民主根据地的建立，成为八路军、新四军坚持长期抗战的强大基地。

鹧鸪天·白洋淀雁翎队

王海亮

十万蒲芦作战场，雁翎一羽色如霜。
清波百丈凝冰雪，短艇三千趁夜光。
张水网，布机枪，风涛云阵剿豺狼。
鱼虾满载人归去，又向荷花深处藏。

注：白洋淀雁翎队[①]，抗日战争时期，为了镇压白洋淀人民的反抗，日军于1938年强迫当地猎户交出土枪土炮。中共新安县三区区委书记徐建和区长李刚义来到猎户集中的大张庄村，召集猎户开会，号召组织抗日武装。22名猎户当场报名参加，自带枪排、大抬杆和火枪组成抗日武装。由于火枪和大抬杆的引火处容易被水打湿，便插上雁翎，"雁翎队"的队名便由此而来。

① 本书编写组编著：《河北雄安新区规划纲要读本》，人民出版社 2018 年版，第 94 页。

鹧鸪天·铁道游击队

王海亮

勇似金刚矫似龙，列车呼啸自从容。

拿云手段硝烟里，抗日雄心热血中。

飞虎将，踏霓虹，琵琶声里挽雕弓。

微山湖上秋风劲，扫却残阳一抹红。

注：铁道游击队①，在山东，有一支名声响亮的队伍，1940年2月，苏鲁支队正式
将其命名为铁道游击队，并派杜季伟任政委。从此之后，这支游击队利用铁路，
消灭日军，抢夺敌人的枪支物品，破坏铁路，支援正规军的战斗，名闻千里。

五律·敌后武工队

赖先楚

青纱帐里伏奇兵，来去无踪踹敌营。

独闯龙潭枭贼首，健儿个个显豪英！

注：敌后武工队②，在1941年至1942年间，中共中央先后制定了"十大政策"。在
军事上，实行敌进我进的作战指导方针，组织武工队深入"敌后之敌后"，配
合根据地军民的反"扫荡"、反"清乡"、反"蚕食"斗争，变被动为主动。
同时，实行主力军地方化，地方武装群众化，以适应广泛的群众性的游击战争
的需要。"武工队"的组织形式和斗争形式，是根据地军民在当时形势下的一
大创造，在斗争中起了重要作用。

---

① 张文杰，郭辉：《八路军抗战纪实》，人民出版社2005年版，第680—681页。
② 诸葛渔阳编著：《浴血奋战在敌后战场》，人民出版社1997年版，第106、270页。

西江月·地雷战

赖先楚

山下挖坑发力，山头放哨凝神。屄屄埋入地雷群，霹雳奇兵列阵。　　前路掀翻战马，后边震碎车轮。倭奴扫荡必丢魂，炸得尿流屁滚！

注：地雷战[1]，在1943年春的一次保卫麦收战斗中，瑞宇村民兵队长于凤鸣把两颗12.5公斤重的大地雷埋在青（岛）威（海）公路上，炸中了5个日本兵。消息传开后，人们受到很大鼓舞。与此同时，其他村庄的民兵也都积极行动起来，广泛开展了"地雷战"。猖狂一时的日军，在我民兵爆炸队的沉重打击下，闻风丧胆，见雷失魄，士气低落，节节败退，最后只得夹着尾巴逃入老巢。

七律·地道战

赖明汉

春秋扫荡最疯狂，我在平原来布防。
隧洞循环通屋舍，井栏隐蔽过村庄。
前方雷响刚三阵，后面声敲又一枪。
堡垒深藏惊日寇，闻风四散尽逃亡。

注：地道战[2]，是依托地道，人自为战，村自为战，出其不意地打击敌人，是在平原

---

① 诸葛渔阳编著：《浴血奋战在敌后战场》，人民出版社1997年版，第129—130、第139—140页。

② 诸葛渔阳编著：《浴血奋战在敌后战场》，人民出版社1997年版，第140—145页。

和村镇抗击日寇的有效战法。抗日战争中，许多抗日根据地开展了地道战。尤以冀中地道战最为精彩。地道的不断发展和完善，不仅更加有利于我方军民隐蔽和转移，而且便于我方有效地歼灭敌人。

七律·狼牙山五壮士

赖明汉

名山挺拔耸云天，敢向倭奴把剑悬。
阵立长蛇听号令，石扔一字起烽烟。
誓为绝地红旗舞，宁共危崖碧血连。
振臂一呼声未息，松涛夜夜满峰巅。

七律·抗日军政大学

孙德政

一肩书箧一肩枪，窑洞传钟入课堂。
万楮熟吟平虏策，千峰推演练兵场。
东行碧水驱鬼魅，北上青山卫国疆。
赤子身担民族梦，长缨在手缚豺狼。

注：中国人民抗日军政大学 ①，中国人民抗日军政大学的前身是 1931 年创建于江西

---

① 龙新民主编：《中国共产党历史重要事件辞典》，中共党史出版社，党建读物出版社 2019 年版，第 98—99 页。

瑞金的中国红军学校。1936年5月，中共中央创办西北抗日红军大学（简称红大）。1937年1月20日，红大迁至延安，改称中国人民抗日军事政治大学（简称抗大）。全民族抗战8年间，抗大培养了十多万名党政干部，成为抗日战争时期革命干部学校的典范，为人民军队的发展壮大和抗日战争的胜利作出了巨大贡献。

【仙吕宫·一半儿】南泥湾

石 音

支枪挂甲舞新锄，火种刀耕唱布谷。南泥湾里笑早熟，画一幅，一半儿稻花一半儿黍。

注：南泥湾[①]，1939年2月，当困难刚刚露头的时候，毛泽东就发出了"自己动手"的号召。1941年，党中央再次强调必须走生产自救的道路。同年春，八路军第三五九旅开进南泥湾实行军垦屯田。他们发扬自力更生、奋发图强的精神，使昔日荒凉的南泥湾变成了"陕北的好江南"。

七律·读《在延安文艺座谈会上的讲话》

朱庆文

朴语一篇惊世界，堪称天下大文章。
才华要绘江山丽，词赋宜随时代扬。

---

① 本书编写组编著：《中国共产党简史》，人民出版社，中共党史出版社2021年版，第93页。

开启新风拂华夏，迎来利笔胜刀枪。

更催文艺唤心力，世有精神国运昌。

注：《在延安文艺座谈会上的讲话》[1]（1942年5月），《讲话》分两大部分，一是在开幕式上的引言；二是会议结束时的结论性讲话。引言主要指出了革命文艺的重要性，回答了中国革命文艺运动中长期争论的一系列根本性的问题，阐明了马克思主义的文艺理论和党的文艺路线。结论部分主要阐述了五个问题，即我们的文艺是为什么人的；如何去服务；党的文艺工作与党的整个工作关系问题；党的文艺工作和非党的文艺工作关系问题；文艺批评问题；文艺界的整风问题。该《讲话》对文艺界的整风运动起了积极的推动作用。

七律·延安整风运动

李俊生

号令纠偏晓雾开，三风恶习几成灾。

敢持刀斧新开径，要扫灵魂久积埃。

鉴古知今凝共识，揭顽去障上高台。

若非阵阵及时雨，哪有清明气象来。

注：延安整风运动[2]，时间为1941年5月—1945年4月。1941年5月，毛泽东在延安高级干部会议上作《改造我们的学习》的报告，标志着整风运动的开始。全党普遍整风从1942年春开始。全党整风运动的内容是反对主观主义以整顿学风、反对宗派主义以整顿党风、反对党八股以整顿文风。整风运动对加强无产阶级政党的建设，增强党的战斗力，是一次成功的实践，是一个伟大的创举。

---

[1] 黄小同主编：《中国共产党历史重要文献辞典》，中共党史出版社，党建读物出版社2019年版，第108页。

[2] 龙新民主编：《中国共产党历史重要事件辞典》，中共党史出版社，党建读物出版社2019年版，第143—145页。

七律·通过《关于若干历史问题的决议》

李俊生

二十余年风雨事，多磨多难也多欢。

催春决议欣来早，入夜风霜未觉寒。

回首曾经知进退，前行能不正衣冠。

众心一统航标定，所向人间道更宽。

注：《关于若干历史问题的决议》[①]，中国共产党第六届中央委员会扩大的第七次全体会议 1945 年 4 月 20 日通过。《决议》充分肯定了中国革命在中国共产党领导下取得的伟大成绩和宝贵经验，高度评价了毛泽东运用马克思列宁主义的思想解决中国革命问题所作出的杰出贡献，指出了在全党确立毛泽东领导地位的重大意义。《决议》的通过，增强了全党在毛泽东思想基础上的团结，为党的七大的胜利召开创造了充分的思想条件。

七律·为人民服务

孙 燕

四海同根本一家，丹心淬取趁年华。

诚如蜡烛生光热，拟做春蚕织锦霞。

鸿羽纤毫原有价，泰山万仞信无涯。

前方有路征程远，自有人民最可夸。

[①] 黄小同主编：《中国共产党历史重要文献辞典》，中共党史出版社，党建读物出版社 2019 年版，第 121 页。

注：为人民服务^①，1944 年 9 月，中央警备团战士张思德，在大生产中因炭窑崩塌而牺牲，毛泽东在张思德追悼会上发表《为人民服务》的讲演，指出："我们这个队伍完全是为着解放人民的，是彻底地为人民的利益工作的。""我们为人民而死，就是死得其所。"后来"全心全意为人民服务"成为中国共产党的宗旨。

永遇乐·中国共产党第七次全国代表大会

孙义福

旗展延安，风云激荡，曙光初显。宝塔山前，整军强党，共把宏图展。内统思想，外强联合，百里山花浪漫。点明灯，鲜明纲领，更把九州来挽。　　党章首定，光辉理论，三大作风堪赞。策马挥戈，摧枯拉朽，形势如风卷。黄河东渡，北平赶考，前路浩歌正远。今犹记、无边锦绣，征程璀璨。

注：中国共产党第七次全国代表大会^②，于 1945 年 4 月 23 日—6 月 11 日在延安杨家岭中央大礼堂举行。党的七大制定了正确的路线、纲领和策略，克服了党内的错误思想，使全党特别是党的高级干部对于中国民主革命的发展规律有了比较明确的认识，为迎接抗日战争的胜利和新民主主义革命在全国的胜利，奠定了政治上、思想上、组织上的基础。

---

① 本书编写组编著：《中国共产党简史》，人民出版社，中共党史出版社 2021 年版，第 94 页。

② 张启华主编：《中国共产党历史重要会议辞典》，中共党史出版社，党建读物出版社 2019 年版，第 68—69 页。

七律·毛泽东思想之确立

张文富

文若雷霆有话风，五千年史也称雄。

人民意志为生命，马列精神贯始终。

拓棘途开经略处，指冰山倒笑谈中。

回头愈觉真情在，一脉才华谁与同。

注：毛泽东思想[1]，毛泽东思想是在党领导人民艰苦奋斗的基础上，通过总结正反两方面的经验，在实践中逐步形成的。它是中国共产党集体智慧的结晶，以独创性理论丰富和发展了马克思主义，实现了马克思主义中国化的第一次历史性飞跃，而毛泽东是马克思主义中国化的伟大开拓者。

七律·《愚公移山》

高　源

久困门前两座山，时空逼仄百年间。

奋移顽石开新路，勇踏惊雷过险关。

感动苍天天抖擞，铺成盛景景斑斓。

国人今有愚公志，万丈珠峰亦可攀。

注：《愚公移山》[2]，毛泽东 1945 年 6 月 11 日在中国共产党第七次全国代表大会上

---

① 本书编写组编著：《中国共产党简史》，人民出版社，中共党史出版社 2021 年版，第 106 页。

② 黄小同主编：《中国共产党历史重要文献辞典》，中共党史出版社，党建读物出版社 2019 年版，第 124 页。

的闭幕词。闭幕词指出现在有两座压在中国人民头上的大山，一座叫作帝国主义，一座叫作封建主义。中国共产党早就下了决心，要挖掉这两座山。中国人民将要在中国共产党领导之下，在中国共产党第七次大会的路线的领导之下，得到完全的胜利，而国民党的反革命路线必然要失败。

水龙吟·抗战胜利

李福祥

史观百载沧桑卷，最是八年昏暗。卢沟桥怒，松花江怨，金陵城乱。土地遭侵，资源被掳，生灵涂炭。挽破碎河山，飘摇社稷，驱倭寇，消磨难。　　已结五湖战线，大神州、烽烟迷漫。太行列阵，黄河设险，刀飞闪电。国共并肩，北南联手，神兵如雁。喜千军得胜，何妨吟啸，把英雄赞！

注: 抗日战争[1]，1931 年 9 月 18 日，日本发动九一八事变，中国军队局部抗战开始。1945 年 10 月 25 日，中国政府在台湾举行受降仪式。被日本占领 50 年之久的台湾以及澎湖列岛，重归中国主权管辖之下。这成为抗日战争取得完全胜利的重要标志。中国人民抗日战争是近代以来中国人民反抗外敌入侵持续时间最长、规模最大、牺牲最多的民族解放斗争，也是第一次取得完全胜利的民族解放斗争。

[1] 本书编写组编著：《中国共产党简史》，人民出版社，中共党史出版社 2021 年版，第 108 页。

第一编　波澜壮阔

七律·重庆谈判

李福祥

山城迷雾锁夔门，朝野疾呼扫战云。

国共和谈谋共契，弟兄握手拯危民。

涉足险地唯诚意，筹计鸿门少善心。

更复密颁围剿令，双十协定作空文。

注：重庆谈判[①]，时间为 1945 年 8 月 29 日—10 月 10 日。8 月 28 日，毛泽东、周恩来、王若飞赴重庆同国民党进行谈判。谈判从 8 月 29 日开始，经 43 天，国共双方代表签署《政府与中共代表会议纪要》，国民党接受中共提出的和平建国基本方针，这是国共会谈取得的主要成果。谈判中未能达成协议的，主要是解放区政权问题、国民大会及军队整编问题。重庆谈判体现了共产党争取和平民主、反对内战独裁的诚意，增进了国内外进步势力对共产党的理解与信任。

七律·《沁园春·雪》

李群杰

陪都谈判盖群伦，咏雪一词惊世人。

顽石传书追悔晚，柳公得句点评真。

骚坛经典传千载，雅韵新声遍万民。

谋远图长昭日月，降魔济世九州春。

---

① 龙新民主编：《中国共产党历史重要事件辞典》，中共党史出版社，党建读物出版社 2019 年版，第 187 页。

注：《沁园春·雪》[1]，1935年10月，红军胜利到达陕北。1936年2月，毛泽东率
领中国人民红军抗日先锋军东渡黄河，奔赴抗日前线。当时整个西北高原冰雪
覆盖，真是既雄伟又壮丽，而冰冻了的黄河别有一番独特景象。毛泽东来到陕
西省清涧县高杰村附近的袁家沟，面对银装素裹的大好河山，回顾中华民族灿
烂悠久的文明史，不禁豪情满怀，写下了壮丽诗篇《沁园春·雪》。

七律·王若飞

李群杰

旅法留苏一颗星，高空失事陕甘惊。

运筹农运丹心谱，走马晋绥青史明。

赤帜染成忧国胆，铁窗难锁爱民情。

狂澜力挽中流柱，赫赫功勋壮去程。

注：王若飞[2]（1896年10月—1946年4月8日），原名运生，字继仁。贵州安顺人。
参加过辛亥革命和讨伐袁世凯运动，先后赴日本、法国勤工留学。曾任中共中
央秘书长，并作为中共代表团代表之一，与毛泽东、周恩来赴重庆谈判，同国
民党政府签订了著名的《双十协定》。1946年4月8日，乘飞机离重庆回延安，
因飞机失事于山西兴县黑茶山不幸遇难。

① 汪建新：《惊涛拍岸千堆雪——〈沁园春·雪〉发表的前前后后》，人民网，http://
dangshi.people.com.cn/n1/2017/0224/c85037-29105510.html?ivk_sa=1024320u。

② 何东，杨先材，王顺生主编：《中国革命史人物词典》，北京出版社1991年版，第42页。

七律·刘胡兰

何智勇

日暗云阴刀近躯，昂昂独立气非殊。

青春已重回天志，赤帜高擎革命途。

死最光荣生伟大，心甘道义弃头颅。

标名英杰垂千古，岂逊堂堂烈丈夫。

注：刘胡兰[①]（1932年10月8日—1947年1月12日），女，山西文水人。自幼受革命战争的洗礼。1945年9月参加中共文水县委举办的妇女干部训练班，后任村妇救会秘书、区妇救会干事。1946年6月加入中国共产党，组织群众参加土地改革斗争和支援前线工作。1947年1月国民党阎锡山军队突袭云周西村时被捕牺牲，时年仅15岁。中共中央主席毛泽东为她亲笔题词："生的伟大，死的光荣"。

满江红·保卫延安

陆正之

瞩目清凉，登宝塔，延河关堑。胡马啸，重兵突骑，漫天黑焰。百万兵民鱼与水，十三节义肝同胆。蘑菇战，羊马走蟠龙，赢青砭。　　圣地梦，忠血染。横刀立，千军暗。保边区戴月，倚天挥剑。捷报飞来窑洞里，国基初奠枣园艳，看红星遍照好河山，崇光泛。

---

① 龙新民主编：《中国共产党历史重要事件辞典》，中共党史出版社，党建读物出版社2019年版，第198页。

注：延安保卫战[1]，1947年3月，蒋介石放弃全面进攻计划，实行被称为"双矛攻势"的重点进攻。蒋介石计划首先攻占延安，摧毁中国共产党的党、政、军指挥中心。1947年2月下旬，蒋介石飞抵西安，部署进攻延安。由于敌我兵力过于悬殊，中共中央决定暂时放弃延安，依靠陕北优越的群众条件和有利地形，与敌周旋，寻机歼敌。3月13日，胡宗南部发起大规模进攻。3月19日，西北人民解放军主动撤离延安。

破阵子·挺进中原

郭　健

敌势渐趋弩末，我军渐露锋芒。百战中原宜逐鹿，万年大野可挥缰。千军下太行。　　飞将擎旗千里，雄兵捷报飞觞。刘邓韬光真典范，陈谢戎机有妙章。丰功谁肯忘。

注：挺进中原[2]，1947年5月至8月，中共中央和中央军委根据整个战局的发展情况，针对蒋介石关于将战争引向解放区，进一步破坏和消耗解放区的战略企图，以及国民党军队在南线的战略布局，先后作出了三支野战军采取中央突破战术，转入战略进攻的新的部署，这就是挺进中原。

---

[1] 龙新民主编：《中国共产党历史重要事件辞典》，中共党史出版社，党建读物出版社2019年版，第205页。
[2] 中共中央党史研究室：《中国共产党历史》（上卷），人民出版社1991年版，第749—750页。

七律·沙河崖刘邓大军渡河指挥部

李兴来

九曲长河流日夜，东风浩荡满天涯。

挥鞭遥指中原地，蹀躞重寻北斗槎。

事业屠龙人历历，舟车逐梦雁斜斜。

金堤杨柳添新绿，万里空明入暮霞。

注：刘邓大军渡过黄河①，1947年6月30日晚，刘邓大军四个纵队12万余人，于山东省的临濮集至张秋镇150公里的地段上，一举突破黄河天险，挺进鲁西南，发起鲁西南战役。在约一个月的时间内，歼敌四个整编师师部、九个半旅共6万余人，由此揭开人民解放军战略进攻的序幕。

七律·千里跃进大别山

黄莽

刘邓大军千里行，桂花八月见豪情。

英雄不惧山川险，炮火恰如雷电明。

顽旅合围终有日，轻骑跃进却无声。

纵深战略穿心脏，神速奇兵踏敌营！

注：刘邓大军挺进大别山②，时间为1947年8月7日—11月下旬，鲁西南战役胜利后，

---

① 中共中央党史研究室：《中国共产党历史》（上卷），人民出版社1991年版，第751页。
② 龙新民主编：《中国共产党历史重要事件辞典》，中共党史出版社、党建读物出版社2019年版，第210—211页。

刘（伯承）邓（小平）大军不经休整，于1947年8月7日起分三路向南疾进，开始千里跃进大别山。先后跨越陇海路、黄泛区、淮河等重重障碍进入大别山区。到11月下旬，刘邓大军共歼敌3万余人，初步完成了在大别山区的战略展开。刘邓大军挺进大别山的战略行动，是一次无后方依托、以长驱直进插入敌人战略纵深的壮举，为解放中原与南渡长江解放华中、华南地区创造了有利条件。

七律·关向应

沈鹏云

当年号角励精英，北讨南征贯一生。

湘鄂突围嘶战马，晋绥驱寇舞长缨。

孤军穿越武陵险，两路会师延水清。

大业垂成星陨落，痛将遗志染新旌。

注：关向应①（1902年—1946年7月21日），满族，奉天（今辽宁）金县人。中国共产党早期军事领导人。1925年加入中国共产党。曾任中国共产主义青年团中央书记等。1937年任八路军第一二〇师政治委员，与贺龙一起开辟了晋绥抗日根据地。1946年7月21日因肺炎病逝于延安。

① 何东，杨先材，王顺生主编：《中国革命史人物词典》，北京出版社1991年版，第209页。

沁园春·宋庆龄

吴宝军

千古钟灵，毓秀浦江，负笈美洲。念担簦求道，非图驷马，纫兰为佩，岂羡貂裘。群玉山头，瑶台月下，试问谁堪相匹俦？坚贞外，更分毫未减，一点温柔。　　佳人如此风流，在苟利国家生死谋。尽许身笃爱，烟尘并辔，倾心大义，风雨同舟。填海情怀，补天事业，磊磊何须勒石留。凭君看，有清芬浩气，长绕神州。

注：宋庆龄[①]（1893年1月27日—1981年5月29日），宋耀如之次女，宋霭龄胞妹，宋美龄胞姊。青年时代追随孙中山，献身革命，在近70年的革命生涯中，始终坚定地和中国人民、中国共产党站在一起。是中华人民共和国的缔造者之一、国家名誉主席，举世闻名的20世纪的伟大女性。1981年5月29日在北京病逝。

五律·邵力子

李树喜

力子由天赋，求真西复东。
吴兴施教义，南社著诗名。
国共曾分散，农工又践盟。
人才奋争路，不必尽相同。

---

① 何东，杨先材，王顺生主编：《中国革命史人物词典》，北京出版社1991年版，第356—357页。

注：邵力子[1]（1882年1月26日—1967年12月25日），又名闻泰，字仲辉，笔名力子，浙江绍兴人。早年加入同盟会，曾任上海大学副校长。上海共产主义小组成员，是我们党最早的党员之一。于1926年11月退出中国共产党，加入国民党，并任国民党中央政治会议委员等职。1949年4月，赴北平与中共代表团和谈，和谈破裂后拒不南返，后参加新政协筹备工作。1967年12月25日，在北京寓所无疾善终。

七律·胡厥文

雷经升

沉沉暗夜向苍天，求索工商任在肩。

报国图存千万里，蓄髯记难十余年。

青萝着意施松柏，老骥同心度岭川。

矢志一生民主路，更留肝胆照遗篇。

注：胡厥文[2]（1895年10月7日—1989年4月16日），又名胡保祥，上海嘉定人。著名爱国民主人士、政治活动家、杰出实业家。曾任上海市政协副主席、上海市副市长；第一届全国人大代表，第二、三届全国人大常委会委员等。1989年4月在北京病逝。

---

① 何东，杨先材，王顺生主编：《中国革命史人物词典》，北京出版社1991年版，第460—461页。

② 何东，杨先材，王顺生主编：《中国革命史人物词典》，北京出版社1991年版，第547—548页。

七律·张　澜

雷经升

川江万里势如奔，惊起波澜岸有痕。

长路追寻民主梦，杏坛浇灌自由魂。

百年风雨心相鉴，一袭衣衫气永存。

勉戒箴言犹在耳，英名似炬耀乾坤。

注：张澜[1]（1872年4月2日—1955年2月9日），字表方，四川南充人。清末秀才，中国民主同盟的创建者和领导者。1941年发起中国民主政团同盟（1944年改为中国民主同盟），任中国民主同盟主席，1949年9月出席中国人民政治协商会议，当选为中央人民政府副主席。1955年2月9日在北京病逝。

七律·许德珩

路宏兴

柴桑投笔乐从戎，许国忘身胆气雄。

宁作楚囚轰汉贼，不教陈土插洋葱。

青衿已是大钊粉，鹤鬓更兼夕照红。

五老峰前堪纵目，匡庐一子耀苍穹。

注：许德珩[2]（1890年—1990年2月8日），原名许础，字楚生，江西德化（今九江市）

① 何东，杨先材，王顺生主编：《中国革命史人物词典》，北京出版社1991年版，第369—370页。

② 何东，杨先材，王顺生主编：《中国革命史人物词典》，北京出版社1991年版，第225—226页。

人。九三学社创始人和杰出领导者。中华人民共和国成立后，曾任水产部部长、全国政协副主席、全国人大常委会副委员长等职务。1990 年 2 月在北京病逝。

破阵子·龙潭三杰

陆正之

虎穴龙潭朝暮，向阳葵藿坚贞。十载风尘三蛰伏，一剑纵横百万兵，汗青著令名。　　密电知时警敌，良谋达道归营。吐哺周公频握发，自有英贤屡夺旌，神州指日兴。

注：龙潭三杰[①]，"龙潭三杰"是李克农、钱壮飞和胡底。他们打入敌人的心脏，为党做了大量的工作。利用国民党内部的派系矛盾，设立和控制了国民党公开的情报机关。他们的杰出贡献，是及时了解了敌人企图危害我党中央安全的阴谋活动，一举粉碎了叛徒顾顺章及其主子蒋介石妄图将我党中央在沪领导人一网打尽的阴谋，为我们党隐蔽战线事业谱写了光辉的篇章。

117

七律·济南战役

魏律民

泉城只道若金汤，我部攻坚气势狂。
固垒三千八日破，敌兵十万一时光。

① 中共中央文献研究室科研管理部编：《中国共产党 90 年研究文集》（下），中央文献出版社 2011 年版，第 1824—1825 页。

可怜魁首骄司令，认举白旗甘受降。

溪口槐杨应见老，晚秋落日已昏黄。

注：济南战役[1]，时间为 1948 年 9 月 16 日—24 日，华东野战军于 1948 年 9 月 16 日对济南发起全线攻击，共歼守敌 10.4 万余人。济南攻克后，菏泽、临沂等地的国民党军队纷纷弃城逃窜。至此，山东除青岛及少数据点外，全获解放，使华北、华东两大解放区完全连成一片，并为解放军南下歼灭徐州地区的国民党军队创造了有利条件。济南战役是人民解放军攻克敌人重点设防的大城市的开始，也是蒋介石以大城市为主的"重点防御"体系总崩溃的开始。

七律·辽沈战役

朱 彦

谁将辽沈掌中论，夜雨秋高山海门。

五十二天城堡火，三千里地马蹄痕。

铜墙铁网随风裂，白日军旗带血翻。

衣角飘飘连眼角，一声战鼓是军魂。

注：辽沈战役[2]，时间为 1948 年 9 月 12 日—11 月 2 日。9 月 12 日东北野战军在北宁路发起辽沈战役。1948 年 7 月—11 月，人民解放军共歼灭国民党军队 100 万人。至此，人民解放军不但在质量上占有优势，而且在数量上也取得优势。中国的军事形势达到一个新的转折点，改变了长期以来敌强我弱的基本格局。近百万人的东北野战军成了全国战局中一支强大的战略预备队。随着它投入关内其他战场，加速了革命战争在全国的胜利。

---

① 龙新民主编：《中国共产党历史重要事件辞典》，中共党史出版社、党建读物出版社 2019 年版，第 222 页。

② 龙新民主编：《中国共产党历史重要事件辞典》，中共党史出版社、党建读物出版社 2019 年版，第 221—222 页。

七律·锦州战役

杨文生

国共双方频运筹，排兵布阵斗机谋。

天成良策锁东北，独具机心困锦州。

火炮千尊威正起，雄师百万志新猷。

关门打狗神来笔，先得金瓯一半秋。

注：锦州战役[①]，时间为 1948 年 10 月 7 日—10 月 15 日，1948 年 10 月 3 日东北野战军最终决定攻打锦州，截断敌军由陆上撤退的通路。在司令员林彪、政治委员罗荣桓的指挥下，于 10 月 9 日发起锦州外围作战。东北野战军预先设置在塔山地区的两个纵队进行顽强阻击，鏖战六昼夜，打垮国民党军队的数十次冲击，成功阻止了敌军东进。14 日，担负围攻锦州任务的部队发起总攻，15 日，攻克锦州。

七律·黑山阻击战

杨文才

八阵雄图布黑山，貔貅卅万斩凶顽。

三天死守金汤固，两翼围歼铁桶环。

炮火燃红营垒雪，神兵荡尽鼠狐奸。

四千英烈魂归处，忍拂残碑认血斑！

① 龙新民主编：《中国共产党历史重要事件辞典》，中共党史出版社，党建读物出版社 2019 年版，第 222 页。

注：黑山阻击战^①，1948 年 10 月 24 日清晨，国民党军以 4 个师的兵力、5 个炮团的
火力向我黑山、大虎山阵地发起全线进攻，黑山阻击战打响。该战是辽沈战役
中具有决定意义的一战。十纵以顽强的战斗精神，顶住了东北国民党军最精锐
的廖耀湘兵团，封闭了他们的南逃之路。为我东北野战军主力从锦州北上赢得
了宝贵时间，达到全歼这个国民党军重兵集团的目的。

七律·淮海战役

李发杰

百战将军善用兵，运筹帷幄指挥明。
冲锋陷阵雄狮勇，补水搬枪百姓情。
拿下济南兵破胆，生擒老杜敌归零。
世传刘邓威风起，淮海神通万古评。

注：淮海战役^②，时间为 1948 年 11 月 6 日—1949 年 1 月 10 日，淮海战役是解放战
争战略决战三大战役中起承前启后作用的第二大战役，也是三大战役中在战场
兵力对比上敌占相对优势的情况下进行的一次战役。这一胜利，使长江以北的
华东、中原地区基本上获得解放，使国民党反动统治的中心地带南京、上海直
接暴露在人民解放军的铁拳面前，为解放军渡江作战创造了极为有利的条件。

---

① 刘统：《东北解放战争纪实：1945—1948》，人民出版社 2004 年版，第 724—741 页。
② 龙新民主编：《中国共产党历史重要事件辞典》，中共党史出版社，党建读物出版
社 2019 年版，第 224—225 页。

七律·淮海战役中的支前大军

杨鹏飞

赤情澎湃支前路，百万行轮不畏艰。

朝发匆匆粮草去，暮驮隐隐炮声还。

霞能捧日千竿上，水可倾舟片刻间。

宗旨为民民自勇，小车推出大江山。

注：淮海战役中的支前大军①，淮海战役是一个规模巨大的战略性战役，而当时的运输工具，除少量汽车外，主要依靠人力。据统计，全战役共组织民工，包括随军的民工和担任二线转运任务的民工以及后方临时动用的民工（不包括在后方碾米，磨面，缝军衣、军鞋的民工）即达543万人，为参战部队的9倍。

七律·解放战争中的粟裕

杨新跃

七战偏能七捷回，孟良崮上势如雷。

苏中十载多兵事，将首当年本帅才。

底定江淮成保障，平生风骨见崔嵬。

横流沧海身如粟，誓挽狂澜靖远埃。

注：粟裕②（1907年8月10日—1984年2月5日），湖南会同人。中国人民解放军

① 沙健孙主编：《中国共产党与新中国的创建（1945—1949）》（下册），中央文献出版社2009年版，第496页。

② 何东，杨先材，王顺生主编：《中国革命史人物词典》，北京出版社1991年版，第725—726页。

高级将领，中华人民共和国十大大将之首。1927年加入中国共产党，曾参加南昌起义、历次反"会剿"战争，长征时留在南方组织游击战争。抗日战争期间，任新四军第二支队副司令员等职。解放战争期间，任华中野战军司令等职，主要指挥淮海战役、渡江战役等。军事才能卓越，为中国革命在全国的胜利建立卓著功勋。建国后，任中国人民解放军总参谋长等职。1984年2月在北京病逝。

鹧鸪天·粟　裕

刘雅兰

戎马一生苦雨中，身经百战更从容。运筹帷幄长谋策，剑胆琴心每建功。　　烽火紧，炮声隆。旌旗血染马嘶风。忠贞为国垂青史，铁骨英姿似雪松！

七律·平津战役

杨鹏飞

一剑封喉势锁城，亦擒亦纵出奇兵。

渠魁渐识生民意，燕赵待擎龙虎旌。

沥胆千军摧腐朽，披襟八项见高明。

南天遥看霜和雪，盼渡东风放暖晴。

注：平津战役①，时间为1948年11月29日—1949年1月31日，参加平津战役的

---

① 龙新民主编：《中国共产党历史重要事件辞典》，中共党史出版社，党建读物出版社2019年版，第225—226页。

部队共约 100 万人。战役分为三个阶段：第一阶段将傅作义集团分割包围，切断其西撤和南逃的退路。第二阶段围歼新保安、张家口、天津国民党守军，使北平守军陷入绝境。第三阶段是傅作义率 25 万人接受改编，北平和平解放。平津战役历时 64 天，使华北地区除归绥、大同、新乡、太原、安阳等少数据点外，全国获得解放，东北、华北两大解放区完全连成一片。

望海潮·解放天津

鲍莹珂

涅槃中国，津门是要，一城一水氤氲。明堡暗碉，连营固垒，飞萤无处藏身。枭首点兵勤。泰然思忖度，守静微欣。可待花朝，功成大业醉清醇。　　北风更长精神。励三军将士，几度星辰。南北割拦，东西对进，金汤不护王孙。挺进旧城门。看红旗舞处，百姓歌新。安稳高堂信坐，应念献身人。

注：解放天津 ①，1949 年 1 月 10 日，党中央决定成立由林彪、罗荣桓、聂荣臻三人组成以林彪为书记的平津前线总前委。天津守敌拒绝接受和平改编后，1 月 14 日，解放军以强大兵力发起总攻，经过 29 小时激战，攻克天津，全歼守敌 13 万人。天津解放使得北平 20 余万守军在解放军严密包围下完全陷于绝境。

---

① 本书编写组编著：《中国共产党简史》，人民出版社，中共党史出版社 2021 年版，第 133 页。

破阵子·解放军北平入城式

鲍莹珂

血脉同宗千古，相逢一笑陶然。炼狱劫波携手送，立马听鸡把酒弹。艳阳霜后天。　　街巷旌旗曼舞，云霞锣鼓纷传。今夜沸腾无战事，明日重生是纪元。神州享永年。

注：解放军北平入城式[1]，1949 年 1 月 31 日，北平宣告和平解放。2 月 3 日，中国人民解放军举行入城仪式。入城式向全国、全世界展现了人民解放军的高昂士气，预示着解放战争的全面胜利和新中国的诞生，在全国和全世界引起强烈反响。

七律·渡江战役

杨逸明

一日千帆过大江，征程挺进不彷徨。
载舟原有民为水，颁令真能笔作枪。
血雨腥风先洗礼，翻天覆地再持觞。
木船今已成航母，要守平安到海疆。

注：渡江战役[2]，1949 年 4 月 20 日，当南京国民党政府最后决定拒绝在《国内和平

---

[1] 龙新民主编：《中国共产党历史重要事件辞典》，中共党史出版社，党建读物出版社 2019 年版，第 228 页。

[2] 龙新民主编：《中国共产党历史重要事件辞典》，中共党史出版社，党建读物出版社 2019 年版，第 232 页。

协定》（最后修正案）上签字后，人民解放军立即发起渡江战役。渡江战役历时 42 天，解放了南京、上海、武汉等大城市，江苏、安徽两省全境和浙江大部，江西、湖北、福建等省部分地区也获得解放，为华东全境及华南、西南地区的解放创造了有利条件。

鹧鸪天·炮击"紫石英号"军舰

阮莲芬

城下之盟膝下卑，主权割让敞门扉。清廷庸弱蒙羞辱，自有英雄解殆危。　　挥巨手，响惊雷，炮轰敌舰凯旋归。驱除列霸开新纪，但使神州振国威。

注：英舰"紫石英号"事件[1]，1949 年 4 月 20 日 9 时许，英国"紫石英号"军舰闯进人民解放军长江防线，强行溯江上驶。双方发生激烈炮战，该舰被击伤搁浅。人民解放军总部发言人在 4 月 30 日发表声明，要求英国、美国、法国在长江、黄浦江和在中国其他各处的军舰、军用飞机、陆战队等武装力量，迅速撤离中国的领水、领海、领土、领空。声明表达了中国人民不怕威胁、坚决反对帝国主义侵略的严正立场，标志着自鸦片战争以来，帝国主义者依仗船坚炮利在中国横行霸道的时代，一去不复返了。

---

[1]　龙新民主编：《中国共产党历史重要事件辞典》，中共党史出版社，党建读物出版社 2019 年版，第 231—232 页。

七律·人民解放军占领南京

杨逸明

又见秦淮映夕阳，金陵再度变沧桑。

红旗直插黄龙府，将士全穿解放装。

更迭旧朝民共奋，掀开新历国方强。

当年战役添新证，得道人昌失道亡。

注：人民解放军占领南京①，1949年4月20日，人民解放军发起渡江战役。解放军参战部队有第二、第三野战军等部约100万人，第四野战军先遣兵团约12万人。1949年4月23日，南京解放，标志着国民党在大陆22年反动统治的崩溃，渡江战役第一阶段突破江防的任务胜利完成。

七律·1949年西郊阅兵

高　源

为鉴前车赶考忙，进京交卷向东方。

先收辽沈兼淮海，再夺平津下鄂湘。

碧血染红新世界，春风吹绿古城墙。

阅兵场上旌旗猎，满眼云飞万丈光。

注：中共中央在北平西苑机场举行阅兵式②，1949年3月25日，毛泽东、朱德、刘少奇、

① 龙新民主编：《中国共产党历史重要事件辞典》，中共党史出版社，党建读物出版社2019年版，第232页。
② 龙新民主编：《中国共产党历史重要事件辞典》，中共党史出版社，党建读物出版社2019年版，第230页。

周恩来、任弼时等率领中共中央机关和中国人民解放军总部由西柏坡迁至北平。25 日下午，在西苑机场举行了盛大的欢迎式和阅兵式。阅兵部队由第四野战军 3 个步兵团、1 个摩托化团、2 个炮兵团、1 个坦克营和英雄模范功臣代表及连以上干部约 3 万人组成，第四野战军参谋长刘亚楼任阅兵总指挥。

七律·中国人民政治协商会议

褚宝增

济济怀仁堂内人，信凭群策定乾坤。

山河自此披新翠，政法焉能效旧秦。

多党协商成大统，全民愿望致同心。

一经站立将高耸，不惧风吹因有根。

注：中国人民政治协商会议第一届全体会议[1]，于 1949 年 9 月 21 日—30 日在北平召开。会议通过了《中国人民政治协商会议共同纲领》。《中国人民政治协商会议共同纲领》在一个时期内起着临时宪法的作用。会议决定：中华人民共和国的国都定于北平，将北平改为北京；采用公元纪年；以《义勇军进行曲》为国歌；国旗为五星红旗。会议选举毛泽东为中央人民政府主席。中国人民政治协商会议的召开，是中国共产党领导的中国革命民族统一战线的伟大胜利。

---

① 张启华主编：《中国共产党历史重要会议辞典》，中共党史出版社，党建读物出版社 2019 年版，第 79—80 页。

七绝·中国人民政治协商会议共同纲领

褚宝增

皆视人民应至高，立国仰仗六十条。

夯实基础广而厚，大厦千秋不动摇。

注：中国人民政治协商会议共同纲领[1]，于中国人民政治协商会议第一届全体会议
1949 年 9 月 29 日通过。《共同纲领》包括：序言；总纲；政协机关；军事制度；
经济政策；文化教育政策；民族政策；外交政策。共八章六十条。《共同纲领》
规定了中华人民共和国是以工人阶级为领导的，以工农联盟为基础的，团结各
民主阶级和国内各民族的人民民主专政的国家。

七律·国　徽

吴明哲

五星凝聚山河气，城邑双清入翠微。

麦稻晶莹澄血汗，齿轮璀灿若珠玑。

九天晴翠开生面，一夜春风见国辉。

来趁千江帆竞发，摄身争欲挟云飞。

注：中华人民共和国国徽[2]，1950 年 9 月 20 日，中央人民政府主席毛泽东向全国颁
发了公布国徽的命令。从此，我国庄严而美丽的国徽诞生了。我国国徽鲜明地表
明了我们国家的性质，它标志着中国人民自五四运动以来的新民主主义革命斗争
的胜利和工人阶级领导的以工农联盟为基础的人民民主专政的新中国的诞生。

---

[1] 黄小同主编：《中国共产党历史重要文献辞典》，中共党史出版社，党建读物出版
社 2019 年版，第 185 页。

[2] 王庚南编著：《中国的国旗、国徽和国歌》，人民出版社 1987 年版，第 40—41 页。

七律·国 旗

吴明哲

擦亮红星愿染绸，迎霜斗雪艳神州。

初心不改凌云志，热血犹催破浪舟。

舞遍乾坤披锦绣，裁成图画载风流。

大旗浩荡情千里，相共扬帆最上游。

注：中华人民共和国国旗①，1949年7月4日，负责制定新中国国旗的全国政协筹
备会第六小组召开第一次会议，决定登报公开征求国旗、国徽图案和国歌词谱；
8月中旬，曾联松将设计好的五星红旗图案稿寄给了全国政协筹备会。9月27日，
中国人民政治协商会议第一届全体会议通过了关于中华人民共和国国都、纪元、
国歌、国旗的决议，确定国旗为"五星红旗"。

七律·国 歌

吴化强

一曲铿锵义勇传，英雄齐唱百年篇。

排山精卫填沧海，浴火凤凰邀碧天。

千载音符神籁发，万邦乐奏笑雷阗。

风鹏正举新时代，曲壮寰球正凯旋。

注：中华人民共和国国歌②，国歌《义勇军进行曲》创作于1935年，由田汉作词，
聂耳谱曲。《义勇军进行曲》是作者当时为电影《风云儿女》创作的主题歌。

---

① 王庚南编著：《中国的国旗、国徽和国歌》，人民出版社1987年版，第5、21页。

② 王庚南编著：《中国的国旗、国徽和国歌》，人民出版社1987年版，第50、58—62页。

在毛泽东召集的座谈会上，徐悲鸿提出了以《义勇军进行曲》作代国歌的建议。不久，在第一次政协会议上，正式通过《义勇军进行曲》为代国歌。后来一度更改歌词，1982 年 12 月 4 日第五届全国人民代表大会第五次会议上通过决定，恢复《义勇军进行曲》为国歌。

第二编

万象更新

过渡时期赋

马飞骧

己丑嘉岁，十月清秋。山岳降瑞，江河献讴。溶千载光阴，彩彻禹甸；拯万民水火，福庇神州。天安门上，济济元勋气度；金水桥边，赫赫王师威仪。夷獠惊梦，东方雄狮已醒；领袖宣言，人民共和奠基。

施政共同纲领，鸿图厥肇；七届三中全会，路线庙筹。合各族，交友邦；剿匪寇，势方遒。志士海归以报国，基层权建以嘉猷。褫官僚资本，国营举步；黜帝国特权，贸易渊谋。一战银元，奸商束手；再战米棉，特务就囚。物价维稳，搏兔何须全力；财经一统，指挥已显风流。

然美帝霸凌，鸠聚乌合；欺我初度，犯我疆域。而天佑自助，谁畏凶逆？共作干城，报怨以直。跨鸭绿之江，雄师直指；拒三八之线，豺狼败北。友谊铸国际精神，和平浸英雄血色。板门协定，列强无奈低首；小米步枪，五洲因为震赫。

镇反肃匪，成摧枯之势；土改增产，开兴农之务。厂矿已饬，工人自主。劳资兼公私之利，城乡通内外之辂。

淑婚姻，禁赌毒；除恶霸，易风俗。舆论领航，宣马列之真理；思想指南，扬毛选之大纛。拒蚀不腐，守朴必素。三反五反，勇自新以针石；一化三改，渐鼓奋于羽翼。搴过渡期纲领，一五计划；标重工业优先，全国布局。经济居要，谋烝民之福祉；自力更生，豫外援之后虑。农合三定，宜争朝夕；公私合营，还惜尺璧。

宪法洪范，为国立极。人民民主，开旷古未有之境；社会主义，标奕世复兴之则。区域自治，洽各族素望；政治协商，合万众心力。文教绽百花，科研育英才。节育国策，唯物史裁。务军事现代，维强维精；见国防卓识，以弹以核。五项原则，拆强权之樊笼；求同存异，欣弱国以春雷。

民为邦本，党为民心。整风以清，顽石必摧；执政维公，着手成春。还资本于社会，除积弊以维新。草木焕乎文章，山河蔚乎经纶。看龙骧虎步，列强无胆；诚扶弱济困，四海为邻。丕命方宣，承大任于孔德；远航既启，据骏业于要津。

注：过渡时期[①]，1953 年，毛泽东在审阅中央宣传部起草的关于党在过渡时期总路线的学习和宣传提纲时，将过渡时期总路线的完整表述最后确定下来。即"从中华人民共和国成立，到社会主义改造基本完成，这是一个过渡时期。党在这个过渡时期的总路线和总任务，是要在一个相当长的时期内，逐步实现国家的社会主义工业化，并逐步实现国家对农业、对手工业和对资本主义工商业的社会主义改造"。

八声甘州·开国大典

程运生

自惊雷掠地掣苍穹，猎猎大旗红。有五星环聚，声闻海内，名震寰中。趁取云舒云卷，赶考岂能空。白纸欣铺定，泼墨从容。　　极目关河依旧，正赤旗高举，万木葱茏。待

① 龙新民主编：《中国共产党历史重要事件辞典》，中共党史出版社，党建读物出版社 2019 年版，第 270—271 页。

扬帆共济，策马跃工农。正金声、发聋振聩，盼经年、傲立亚洲东。今堪慰，神州明日，翠霭千重。

注：开国大典[1]，1949 年 10 月 1 日，庆祝中华人民共和国中央人民政府成立典礼在首都北京隆重举行，史称"开国大典"。开国大典是中华人民共和国成立的标志。新中国的成立，壮大了世界和平、民主和社会主义阵营的力量，鼓舞了世界被压迫民族和被压迫人民争取解放的斗争。中国共产党成为执掌全国政权的党，担负起领导全国各族人民建设新社会、新国家的重任，党的历史揭开了新的篇章。

七绝·中国人民站起来了

彭继旺

旭日东升混沌开，百花开上最高台。

晴天霹雳一声吼，中国人民站起来。

注：中国人民站起来了[2]，1949 年 10 月 1 日中华人民共和国的成立开辟了中国历史的新纪元。从此，中国结束了 100 多年来被侵略、被奴役的屈辱历史，成为真正具有独立主权的国家。中国人民从此站立起来，成为了国家的主人。

---

[1]　龙新民主编：《中国共产党历史重要事件辞典》，中共党史出版社，党建读物出版社 2019 年版，第 240 页。

[2]　龙新民主编：《中国共产党历史重要事件辞典》，中共党史出版社，党建读物出版社 2019 年版，第 240 页。

水龙吟·天安门城楼

吴宝军

轴交南北东西，九寰于此中枢定。江山万里，风流千古，独推形胜。金水汤围，玉狮神佑，华灯彪炳。看徽光画栋，像悬崇堞，英雄气，垂无竟。　　磐峙何其永永。只缘他、恰逢明盛。烟尘散却，乾坤扭转，也曾见证。振臂高呼，人民万岁，地回天应。更今朝任尔，登临指顾，为苍生庆。

注：天安门城楼[①]，天安门广场正北方是天安门城楼。城楼始建于明永乐十五年（1417年），当时只是一座木牌坊，原名承天门，后被火烧毁。现存建筑是清顺治八年（1651年）重新改建的皇城正门，改称天安门。1949年10月1日，毛泽东主席登上天安门城楼，向全世界庄严宣告中华人民共和国成立，并在此升起了第一面五星红旗。从此，天安门城楼成了新中国的标志和中国各族人民大团结的象征。

七律·中苏建交

何　江

新华惊世瓒金声，枷锁劈开任纵横。
未扫丹墀宾客至，需披肝胆路途征。
国书一纸春秋册，学子三千兄弟情。
红场故宫连壁垒，相携宇内舞长缨。

---

① 周侃编著：《红景中国——改变中国命运的100个地方》，东方出版社2005年版，第3—4页。

注：中苏建交[1]，中华人民共和国宣告成立后，第一个承认新中国的是苏联。1949年10月1日，中国外交部部长周恩来向各国政府发送中央人民政府公告。第二天苏联政府就发来照会，决定与中华人民共和国建立外交关系，并互派大使。10月3日，周恩来复电，表示热忱欢迎中苏建交，并互派大使。中苏建交，带动了一批新民主国家同中国建立正式外交关系。

七律·琼崖纵队

何　鹤

寒来四月势汹汹，滚滚乌云处处浓。
星火预言凭底气，军民抗日赖先锋。
潮红孤岛滩头血，魂铸琼崖山上松。
且看东方狮醒后，中华从此换新容。

注：琼崖纵队[2]，1939年2月，日军从三亚榆林、东方十所、海口天尾港等多个港口登陆，侵占琼州。日军封锁了出海口，整个海南岛与大陆的联系几乎隔绝，成为孤岛。在这样的情况下，一支既缺援兵、又少弹药的队伍，领导岛上的人民奋起反抗，坚持到世界反法西斯战争的胜利。这支队伍就是琼崖纵队。

137

① 中共中央文献研究室编：《毛泽东传：1893—1976》（第3册），中央文献出版社2010年版，第990页。
② 人民日报社政治文化部编：《你不知道的抗战故事》，人民出版社2015年版，第61页。

七绝·琼崖人民革命武装
"二十三年红旗不倒"

何　鹤

血雨腥风多少年，敢轻生死闯重关。

红旗不倒知何故，毕竟人民是靠山。

注：二十三年红旗不倒①，中国共产党领导的海南革命武装斗争从 1927 年 9 月 23 日
起至 1950 年 5 月 1 日海南岛解放，曾两次长达数年失去与上级组织、与中央的
联系，依然坚持孤岛奋战 23 年红旗不倒，创造了中国现代革命史上的奇迹。
聂荣臻元帅在冯白驹故居题词："孤岛奋战，艰苦卓绝，二十三年红旗不倒。"

七律·新疆和平解放

程　悦

上将倾诚能解悬，神州已定更安边。

三秋朝日升沙海，万里和风动酒泉。

扫却余埃军气盛，谱成新史稷功传。

当看开国振邦日，春入玉门杨柳鲜。

注：新疆和平解放②，1949 年 9 月 25 日，陶峙岳率国民党军驻新疆全体官兵发出起
义通电；9 月 26 日，包尔汉率新疆省政府委员，发出起义通电。陶、包通电起义，
宣告新疆和平解放。10 月 10 日，中国人民解放军进军新疆，20 日进驻新疆省

---

① 人民日报社政治文化部编：《你不知道的抗战故事》，人民出版社 2015 年版，第 65 页。

② 何明编著：《建国大业》，人民出版社 2009 年版，第 40 页。

会迪化（今乌鲁木齐），新疆和平解放。新疆和平解放，标志着大西北陕西、甘肃、青海、宁夏、新疆五省区全部解放了。

沁园春·西藏和平解放

王海亮

雪舞高原，漫卷红旗，辟地开天。仰昆仑一脉，龙腾华夏；霓虹万里，气壮河山。星拂昌都，云开拉萨，怀抱终归奏凯旋。欣看取、踏锅庄舞起，襟袖如帆。　　乘风奋力登攀。率各族人民齐向前。喜金沙浪涌，涤清苦难；珠峰雪簇，辉映民权。酒祝金瓯，茶烹玉碗，众手同浇幸福泉。新生活，指康庄大道，跃马扬鞭。

注：和平解放西藏[①]，1951 年 4 月 29 日，中央人民政府派出谈判团同西藏地方政府代表团开始举行会谈，5 月 23 日签订了《中央人民政府和西藏地方政府关于和平解放西藏办法的协议》。10 月 26 日，中国人民解放军主力部队进入拉萨，并于年底进驻西藏各地，圆满实现了和平解放西藏的任务。西藏和平解放，粉碎了帝国主义及西藏上层分裂主义分子策划"西藏独立"的迷梦，结束了西藏长期有边无防的历史，捍卫了国家的主权和领土完整。

---

① 龙新民主编：《中国共产党历史重要事件辞典》，中共党史出版社，党建读物出版社 2019 年版，第 258 页。

七绝·没收官僚资本

蔡明海

资本充公归国有，民心天意两相和。

政经一统安天下，万里神州万里歌。

注：没收官僚资本组建国营经济①，时间为1949年底，没收官僚资本归国家所有，是建立国营经济的最重要的物质前提。官僚资本企业中的工人、职员成了企业的主人。没收官僚资本和建立社会主义的国营经济，剥夺了中国资产阶级中最反动、最集中、最主要的部分，解放了生产力，为整个国民经济的改组和恢复奠定了重要的物质基础。

七律·"银元之战"和"米棉之战"

蔡明海

红旗插上沪城头，黄浦云开见鹭鸥。

岂任暗礁翻恶浪，立挥长剑斩魔酋。

宏韬速决银元战，稳市先将棉米筹。

三线笙歌频奏凯，从兹福祉满神州。

注："银元之战"和"米棉之战"②，中央人民政府成立时，财政经济面临严重困难。在这种情况下，旧社会留下来的畸形发展的投机资本在新解放城市继续兴风作

① 龙新民主编：《中国共产党历史重要事件辞典》，中共党史出版社，党建读物出版社2019年版，第246页。

② 中共中央党史研究室著：《中国共产党的九十年（社会主义革命和建设时期）》，中共党史出版社，党建读物出版社2016年版，第371—372页。

浪，加剧物价上涨，市场混乱。党和人民政府采取必要的行政手段和有力的经济措施，成功组织了同投机资本作斗争的"两大战役"。首先是"银元之战"，再一场是"米棉之战"。经此"两大战役"，不法投机资本一蹶不振，国营经济取得稳定市场的主动权。

七绝·中国海军成立

李少青

铁舰帆船列队忙，水军初建在长江。
蛟龙御寇海门外，要筑长城在大洋。

注：中国人民解放军海军成立[1]，1949年4月23日，就在人民解放军强渡长江天险、将红旗插上南京国民党总统府的同一天，中央军委急令第三野战军前敌委员会立即组建海军，定名为中国人民解放军华东军区海军，任命张爱萍为司令员兼政治委员。当日下午，张爱萍在江苏泰州白马庙三野东路渡江战役指挥部主持召开了组建华东军区海军的第一次会议，这次历史性会议，标志着在中国人民解放军序列里出现了一个新军种——人民海军。

五律·中国空军成立

蔡圣栋

城头升五星，天下复河清。
飞虎千山跃，雄鹰万里征。

---

① 齐霁：《中国人民解放军海军诞生记》，人民网，http://dangshi.people.com.cn/n1/2019/0401/c85037-31005985.html。

丹心铭耻辱，碧血铸和平。

旗向长空舞，云开玉宇晴。

注：中国人民解放军空军成立①，1949年11月11日，中国人民解放军空军领导机构在北京成立。中央军委任命刘亚楼为空军司令员，萧华为空军政治委员兼政治部主任。至此，空军正式成为中国人民解放军的一个军种。后来中央军委把11月11日定为人民空军成立日。

七绝·毛主席访问苏联

臧春艳

硝烟散尽访高朋，甲胄才收遂北行。

已有绸缪天下策，东方脚步世人惊。

注：毛主席访问苏联②，时间为1949年12月6日—1950年2月17日，为建立新的中苏关系，1949年12月6日，毛泽东率随行人员前往苏联访问，于16日抵达莫斯科。访苏期间，中苏双方领导人多次举行会谈。1950年2月14日，中苏两国政府在克里姆林宫正式签订了《中苏友好同盟互助条约》等协定。此次会谈是新中国建立后中苏之间的第一次最重要的正式外交会谈，通过会谈和讨论，决定了中苏两国之间的一系列重大问题。不仅加强和促进了两国关系，而且对国际政治特别是远东的形势产生了重大影响。

---

① 《历史上的今天：中国人民解放军空军成立》，人民网，http://world.people.com.cn/n/2012/1111/c244014-19539293.html。

② 龙新民主编：《中国共产党历史重要事件辞典》，中共党史出版社，党建读物出版社2019年版，第244页。

七律·跨过鸭绿江

白明路

南征穷寇已全降，东去重翻鸭绿江。

岂畏声称联合国，悬知实作虎狼邦。

丹心已使明千载，碧血犹甘洒一腔。

滚滚烽烟来岭上，至今传唱世无双。

注：跨过鸭绿江[①]，1950年6月25日，朝鲜内战爆发。10月4日和5日，中央政治局召开扩大会议，决定派遣中国人民志愿军入朝作战。1950年10月19日，中国人民志愿军首批四个军及三个炮兵师从安东、长甸河口和集安隐蔽渡过鸭绿江，进入朝鲜战场，同朝鲜人民并肩作战。

沁园春·彭德怀在朝鲜战场

张福有

　　长白相招，鸭绿相邀，领命挺身。敢横刀立马，信毛主席；保家卫国，赖大将军。枪眼重生，长眠火海，黄继光和邱少云。英雄颂，喊铁军万岁，举世传闻。　　诚尊可爱之人，唱一阕清词咏战神。敬守三八线，苦熬岁月；经千百战，扭转乾坤。学史珍今，养根蓄志，温故知新懂感恩。环球顾，证战方立国，至理长存。

---

① 龙新民主编：《中国共产党历史重要事件辞典》，中共党史出版社，党建读物出版社2019年版，第257—258页。

注：彭德怀在朝鲜战场[1]，彭德怀肩负着党中央和毛泽东的重托，率领中国人民志愿军雄赳赳、气昂昂地踏上硝烟弥漫的抗美援朝战场，与朝鲜人民并肩战斗，经过三年零三十二天浴血奋战，胜利地回到了祖国。

七律·毛岸英

邹积慧

流浪曾经似转蓬，凤凰浴火又重生。
青春已寄抟鹏志，赤子常怀跪乳情。
半岛请缨彰正义，大榆殉难傲苍穹。
男儿铁血青山在，旷世忠魂化彩虹。

注：毛岸英[2]（1922年10月24日—1950年11月25日），湖南湘潭县人，生于长沙。毛泽东的长子。1936年前往苏联，1943年加入苏联共产党，参加过解放波兰等东欧国家的战斗，1946年回国后转入中国共产党。1950年10月参加中国人民志愿军入朝参战，任志愿军总部机要秘书，同年11月25日牺牲，安葬于朝鲜的中国人民志愿军烈士陵园。

① 黄禹康：《彭德怀在抗美援朝前线的最后时刻去了哪里》，中国军网，http://www.81.cn/2017jj90/2017–07/09/content_7668344.htm。
② 何东，杨先材，王顺生主编：《中国革命史人物词典》，北京出版社1991年版，第68页。

百年诗颂（加注版）

144

七绝·杨根思

马中立

横穿弹雨卧冰霜，拔寨攻坚血气刚。

炮火万钧浑不惧，孤身一跃耀天光。

注：杨根思^①（1922年—1950年11月29日），本名羊庚玺，江苏泰兴人，中共党员。1944年入伍，生前系中国人民志愿军第20军58师172团3连连长。1950年11月29日，在坚守长津湖畔1071.1高地东南侧小高岭战斗中，率领3连打退美军八次进攻，在最后只剩下他一人时，毅然抱起炸药包冲向敌群，与敌人同归于尽。1952年5月9日，中国人民志愿军领导机关追记杨根思特等功，授予他"特级战斗英雄"的光荣称号。因此他成为新中国第一位特等功臣和特级战斗英雄。

七律·黄继光

汪冬霖

铁铸胸膛岂可摧，男儿本不是凡胎。

堵封枪眼浑无惧，仆卧他乡未有哀。

隔岸梅风凉复暖，沿江春信去还来。

至今遥望上甘岭，金达莱花带血开。

注：黄继光^②（1931年1月8日—1952年10月20日），原名黄积广，四川省中江县人，中国人民志愿军第15军45师135团2营通讯员。1951年3月参加中国

---

① 《杨根思》，百度百科，https://baike.baidu.com/item/%E6%9D%A8%E6%A0%B9%E6%80%9D/987567?fr=aladdin。

② 《黄继光》，百度百科，https://baike.baidu.com/item/%E9%BB%84%E7%BB%A7%E5%85%89/381438?fr=aladdin。

人民志愿军。1952 年 10 月 19 日，在朝鲜上甘岭战役中，用胸膛堵住疯狂扫射的敌机枪眼英勇牺牲。中国人民志愿军给他追记特等功，追授"特级英雄"称号，所在部队追认他为中国共产党党员。

七律·邱少云

汪冬霖

战地尖刀隐迹深，敌机呼啸枉搜寻。

舍身不避燃烧弹，取义全凭壮士心。

为给黎明铺坦路，甘将热血化青林。

残衣一片如丹火，六十九年燃到今。

注：邱少云①（1926 年—1952 年 10 月 12 日），四川省铜梁县（今重庆市铜梁区）人，中共党员。1949 年入伍，生前系中国人民志愿军第 15 军 87 团 9 连战士。1952 年 10 月中旬，在抗美援朝一次战斗中，邱少云所在营奉命担负潜伏任务。一颗美军燃烧弹飞迸的燃烧液溅落在他的左腿上，烧着了他的棉衣、头发和皮肉。为了不暴露潜伏部队，他严守纪律，一动不动，直至壮烈牺牲，年仅 26 岁。

① 《邱少云》，百度百科，https://baike.baidu.com/item/%E9%82%B1%E5%B0%91%E4%BA%91/560932?fr=aladdin。

（百年诗颂（加注版））

七律·清川江空战大捷

张桂兴

蓝天岁月正年轻，卫国援朝令出征。

欲取凶顽凭智慧，敢擒飞敌示忠诚。

骄横帝国阴魂丧，神勇男儿天地惊。

胜利从来归正义，雄师一战铸英名。

注：清川江空战大捷[1]，朝鲜战争时期，志愿军空军 3 师立下不朽功勋，在中国空军史上写下了光辉的一页。在 1951 年 10 月 21 日到 1952 年 1 月 14 日，空 3 师在轮战的 86 天内，共击落美机 87 架，击伤 27 架。其中王海的 1 大队首开纪录，接连又打了几仗，11 月 18 日，在清川江上空一战，打得最为出色，一口气击落5 架轰炸清川江大桥的美机，而自己无一损失，取得 5 比 0 的辉煌战绩。

七律·上甘岭战役

邹积慧

五圣山高卷战云，杀声号角动天襟。

旗扬百孔血兼火，炮泻万枚晨与昏。

枪眼敢扑惊半岛，强敌力挫振三军。

雄师一役垂青史，光耀千秋励后昆。

注：上甘岭战役[2]，时间为 1952 年 10 月 14 日—11 月 25 日，抗美援朝战争期间，

---

[1] 罗胸怀：《中美空中较量》，人民出版社 2008 年版，第 51—57 页。

[2] 龙新民主编：《中国共产党历史重要事件辞典》，中共党史出版社，党建读物出版社 2019 年版，267—268 页。

中国人民志愿军在上甘岭地区进行坚守防御战役。战役共分为三个阶段。第三阶段志愿军对美军进行了决定性攻击，收复失地并全歼守敌。上甘岭战役历时43天，使敌军付出伤亡2.5万人的惨重代价，战斗激烈程度为第二次世界大战以来所罕见，彻底粉碎了美军所谓的"金化攻势"。

排律·抗美援朝的"钢铁运输线"

郭正祥

为争粮草勇争先，千里烽烟到眼前。

昼夜横戈修道路，往来破敌卫山川。

中朝新铸工兵铁，墩坝浓书友谊篇。

合并续行知进退，迂回便线巧徙迁。

东西分筑神难测，南北交通途永连。

美利坚旗空惨淡，清川江水自盘旋。

癫狂绞杀终成幻，涤荡风云朗朗天。

注：抗美援朝战争中的钢铁运输线[①]，1951年8月至1952年6月，美军凭借其"空中优势"实施了称为"空中封锁交通线战役"的"绞杀战"。志愿军后方部队在中朝人民的全力支援下，各军兵种密切协同，战胜了各种困难，创造了一条"打不烂、炸不断的钢铁运输线"，基本保障了作战物资的供应。

---

① 中国军事博物馆：《抗美援朝战争》，人民出版社2000年版，第124页。

七律·《朝鲜停战协定》签订

张福有

阵前宿敌又遭逢，三八线间临酷冬。

下桧川攻何激烈，上甘岭守岂从容。

谈成抗美板门店，打出妙香松馆峰。

停战文书签署处，硝烟依旧罩行踪。

注：《朝鲜停战协定》[①]，1953 年 7 月 27 日在朝鲜板门店签订。停战协定共五条
六十三款。第一条确定了军事分界线与非军事区；第二条对停火和停战做了具
体安排；第三条是关于战俘的安排；第四条向双方有关政府提出的建议；第五
条附则，声明该协议的一切规定自 1953 年 7 月 27 日 22 时生效。双方还于当天
签订了附件《中立国遣返委员会的职权范围》和《关于停战协定的临时补充协议》。
长达三年之久的朝鲜战争宣告停止。

七律·任弼时

孙达道

以身许党驭征帆，坎坷严刑若等闲。

觅渡留学酬壮志，抗倭倒蒋斗独权。

智才良策凭忠骨，高位殊勋更谨廉。

耀宇明灯逐梦远，骆驼一匹越雄关。

① 黄小同主编：《中国共产党历史重要文献辞典》，中共党史出版社，党建读物出版
社 2019 年版，第 232 页。

注：任弼时[1]（1904年4月30日—1950年10月27日），原名任培国，湖南汨罗人。中国共产党和中国人民解放军的卓越领导人，是以毛泽东同志为核心的中国共产党第一代中央领导集体的重要成员。曾任中共第七届中央政治局委员、中央书记处书记。1950年10月27日在北京逝世。

七绝·李维汉

王少峰

陇西才俊誉湘江，留法当年意气扬。
心血半生惟统战，犹传薪火耀家邦。

注：李维汉[2]（1896年6月2日—1984年8月11日），又名罗迈，湖南长沙人。1918年，同毛泽东、蔡和森等同志一道在长沙组织新民学会。1919年，赴法国勤工俭学，回国后为中国革命运动作出突出贡献。新中国成立后，曾担任中共中央统战部部长等职务。1984年8月在北京病逝。

七律·荣毅仁

沈鉴宇

鹤发松姿气宇翩，殚心实业济春天。
百年商界传君识，万亿身家为国捐。

---

① 何东，杨先材，王顺生主编：《中国革命史人物词典》，北京出版社1991年版，第171—172页。
② 何东，杨先材，王顺生主编：《中国革命史人物词典》，北京出版社1991年版，第284页。

试水通洋托中信，扶贫引路赖高巅。

宽仁勇毅人皆睹，一览生平一肃然。

注：荣毅仁[1]（1916年5月1日—2005年10月26日），江苏无锡人。1937年毕业于上海圣约翰大学历史系。民建成员。中华人民共和国原副主席，第六、七届全国人民代表大会常务委员会副委员长，中国人民政治协商会议第五届全国委员会副主席，中华全国工商业联合会原主席，中国国际信托投资公司原董事长。中国现代民族工商业者的杰出代表。2005年10月26日，因病在北京逝世。

玉蝴蝶·《婚姻法》颁布

沈华维

更改千秋陋习，沧桑世变，往事难追。无语凄凉，那堪泪自空垂。忍愁颜、香消瘦损；新律令、终结陈规。谴尊卑。同为男女，汝是她非。　　应回。姻缘在分，未辜风月，花待伊谁？海阔山遥，鸳鸯双宿并双飞。始牵手、两相情愿；守蓬蒿、时有人陪。早知归。犹期白首，共展清眉。

注：《中华人民共和国婚姻法》[2]，改革封建婚姻制度，是党推进民主改革和社会改造的又一个重要方面。1950年5月1日，中央人民政府颁布《中华人民共和国婚姻法》，这是新中国制定的第一部法律，是几千年来中国社会家庭生活的一个伟大变革。经过贯彻《婚姻法》运动，广大群众普遍树立起婚姻自由、男女平等的思想，开始形成新的社会风气。

---

[1] 《荣毅仁》，百度百科，https://baike.baidu.com/item/%E8%8D%A3%E6%AF%85%E4%BB%81/115316?fr=aladdin。

[2] 本书编写组编著：《中国共产党简史》，人民出版社，中共党史出版社2021年版，159—160页。

最高楼·《毛泽东选集》第一卷出版

宋彩霞

雄文出，一卷惊天外。真理光芒开九派。金章警句重温起，克难当有铭心解。翻文献、寻规律，行无碍。　　代价换来今日泰。细照笃行欣自在。每闻经典如天籁。常新静读航灯亮，满天星月光同载。借东风、开红紫，初心在。

注：《毛泽东选集》第一卷①，《毛泽东选集》收集了毛泽东同志从一九二六年以来在中国共产党所经历的五个历史时期的重要著作。是毛泽东同志应用马克思、恩格斯、列宁、斯大林的学说解决中国革命问题的成果的汇集，它的出版是马克思列宁主义事业中的重要事件。《毛泽东选集》第一卷是毛泽东同志在第一次国内革命战争时期和第二次国内革命战争时期的著作，共计十六篇。

七律·土地改革

汪俊辉

耕者有田渊孟轲，古来贤圣奈其何。

天朝频制终归梦，民国均权也逝波。

唯见镰锤旗帜举，始将蓑笠命根呵。

笑颜泪湿新红契，不赞华胥赞共和。

注：《中华人民共和国土地改革法》②，中央人民政府委员会第八次会议 1950 年 6

① 人民出版社编辑：《毛泽东选集介绍》，人民出版社 1963 年版，第 1 页。

② 黄小同主编：《中国共产党历史重要文献辞典》，中共党史出版社，党建读物出版社 2019 年版，第 199 页。

月 28 日通过，1950 年 6 月 30 日公布施行。《土地改革法》指出，要废除地主阶级封建剥削的土地所有制，实行农民的土地所有制，借以解放农村生产力，发展农业生产。该法是将封建半封建的土地所有制改变为农民的土地所有制的法律文件，1987 年底失效。

五律·国民经济恢复

宋善岭

一从新日出，举国尽春风。

分地川原绿，冶钢炉火红。

犹将政权稳，更把路桥通。

万岁由衷喊，救星毛泽东。

注：国民经济恢复[1]，新中国成立后，党和政府采取了一系列的正确措施，为恢复和发展国民经济付出了巨大的努力。从 1949 年 10 月到 1952 年底，胜利地完成了国民经济的恢复工作。财政状况的根本好转，有力地支持了各项经济恢复和建设事业。工农业生产和国民经济的全面恢复，为开始进行大规模的经济建设创造了前提条件。

---

[1]　龙新民主编：《中国共产党历史重要事件辞典》，中共党史出版社，党建读物出版社 2019 年版，第 268 页。

七律·"五反"运动

朱超范

建国始逢艰苦期，援朝抗美正其时。

千钧承诺扶黎庶，五反初施护鼎彝。

得治疮伤朝夕迫，为除蝇鼠胆肝披。

廉勤可令清风起，驱却阴霾见赫曦。

注："五反"运动①，1952年1月26日—1952年10月25日，中央决定，在党政机关工作人员中开展"三反"斗争的同时，在工商业界开展一场反对行贿、反对偷税漏税、反对盗骗国家财产、反对偷工减料、反对盗窃国家经济情报的"五反"运动。"五反"运动有力地打击了不法资本家严重的"五毒"行为，在工商业者中普遍进行了一次守法经营教育，推动了在私营企业中建立工人监督和民主改革的进程。

望海潮·社会主义改造

沈华维

政权初创，翻身做主，神州百业凋零。雨沛桑稠，人勤地薄，风吹陇亩牛耕。步履总牵萦。货郎加小贩，糊口谋生。市列工商，公私合并，共联营。　　齐心力破坚冰。有中流砥柱，领路群英。革故鼎新，崎岖世道，无须探问归程。党外结同盟。又引资兴业，授艺传经。毕竟图强不易，世事总

---

① 龙新民主编：《中国共产党历史重要事件辞典》，中共党史出版社、党建读物出版社2019年版，第265页。

关情。

注：社会主义改造^①，1953 年下半年，中共中央提出了党在过渡时期的总路线，随
着总路线的提出，我国开始了大规模的社会主义改造。到 1956 年社会主义改造
基本完成，中国由此实现了由新民主主义向社会主义的转变。社会主义改造的
主要内容，就是将原来具有私有制性质的个体农业、个体手工业及私人资本主
义工商业，分别改造成为集体所有制的农业生产合作社、手工业生产合作社和
全民所有制的国营企业，即将多种所有制改造成为单一的公有制。

七律·农业社会主义改造

沈利斌

已定神州百事兴，首推业产必飞腾。

社成渐有初高级，偏纠何分上下层。

统购统销循计划，增收增产可依凭。

东风解得三农意，海阔天遥步步登。

注：农业社会主义改造^②，1953 年 2 月，中共中央要求在条件比较成熟的地区，有
领导、有重点地发展初级农业生产合作社。到 1956 年底，全国基本上完成了高
级形式的合作化。农业合作化运动是在中国共产党领导下，通过各种互助合作
的形式，把以生产资料私有制为基础的个体农业经济，改造为以生产资料公有
制为基础的农业合作经济的过程，也是把占中国人口绝大多数的农民组织起来
走社会主义道路的过程。

① 中共中央党校中共党史教研部编，罗平汉主编：《中共党史知识问答》，人民出版
社 2021 年版，第 184 页。

② 龙新民主编：《中国共产党历史重要事件辞典》，中共党史出版社，党建读物出版
社 2019 年版，第 269—270 页。

踏莎行·手工业社会主义改造

沈利斌

天地新裁，山河重补。休嗟薄弱前朝误。欲飞华夏未辞劳，生民需用无重数。　　万种千般，千家万户。相依合作争相助。社员百万亦堪豪，春风已向繁华度。

注：对手工业的社会主义改造[1]，时间为 1950 年 7 月—1956 年底，手工业生产合作是对个体手工业进行社会主义改造的主要形式。手工业社会主义改造在方针上，是"积极领导，稳步前进"；在组织形式上，是"由手工业生产小组、手工业供销合作社到手工业生产合作社"；在步骤上，是"由小到大，由低级到高级"。到 1956 年底，手工业由个体经济向集体经济的转变基本完成，除了某些偏远地区之外，全国基本实现了手工业合作化。

七律·民族工商业社会主义改造

张登奎

一自城头飞五星，优先改善是民生。
堂前场货言收购，市里工商倡合营。
经济楼高茸砖瓦，国家树壮赖根茎。
自能保得初心在，万世依然开太平。

---

① 龙新民主编：《中国共产党历史重要事件辞典》，中共党史出版社，党建读物出版社 2019 年版，第 255—256 页。

七律·成渝铁路

朱超范

登天入蜀说谁难，栈道虽通心胆寒。

自古无人堪呼鸟，而今有路任飞鞍。

长穿隧洞胸襟豁，广筑津桥眼界宽。

十万军民真杰士，都将困苦等闲看。

注：成渝铁路①，新中国自行设计修建的第一条铁路，西起成都，东抵重庆，全长
505公里。1950年6月15日，成渝铁路正式开工建设。成渝铁路完全采用国产
材料修建，于1952年6月13日竣工，比计划工期提前3个月，成为中国铁路
史上的创举。1952年7月1日，成渝铁路正式通车交付运营，年运送物资能力
达610万吨，对发展生产和繁荣地方经济发挥了重要作用。

七绝·康藏公路、青藏公路通车

宋善岭

逢山开道有何难，大任还须我辈担。

多少铁肩埋雪里，纵横天路入云端。

注：青（川）藏公路通车②，1954年12月25日，康藏（后改为川藏）公路和青藏

---

① 龙新民主编：《中国共产党历史重要事件辞典》，中共党史出版社，党建读物出版
社2019年版，第265页。
② 中共中央党史和文献研究院编：《中华人民共和国大事记：1949年10月—2019年9
月》，人民出版社2019年版，第15页。

公路全线通车。毛泽东题词："庆贺康藏、青藏两公路的通车，巩固各民族人民的团结，建设祖国！"此后，新藏、滇藏等公路陆续建成。

满江红·"一五"计划实施

张 亮

纳士招贤，与日月、争分夺秒。精擘画、蓝图沥血，尺书难表。只为江山添锦绣，拼将肝胆酬天道。赖北辰、灿灿似明灯，心头照。　　平天路，虹桥耀。兴钢铁，飞机造。看蒸蒸华夏，龙骧鹏举。不立风前冲宇志，焉能揽月将星抱。汇洪流、势若大江奔，群情傲！

注：第一个五年计划①，从 1953 年起，我国开始执行发展国民经济的第一个五年计划。第一个五年计划是根据党的过渡时期的总任务提出和编制的。在党中央的领导下，经过全国各族人民的艰苦奋斗，到 1957 年底，第一个五年计划超额完成，社会主义改造和社会主义建设取得了巨大的成就。第一个五年计划的超额完成，奠定了中国社会主义工业化的初步基础，提高了人民物质生活水平，也显示出了社会主义制度的优越性，并初步积累了社会主义建设的经验。

① 龙新民主编：《中国共产党历史重要事件辞典》，中共党史出版社，党建读物出版社 2019 年版，第 260、290 页。

七律·第一届全国人民代表大会

张　驰

锦绣山川赖铁肩，雄鸡一唱焕新天。

张扬意绪琪花丽，际会风云秋月圆。

国是同筹争上策，民生共议涌群贤。

征帆劲鼓涛声急，大写人间奋斗篇。

注：中华人民共和国第一届全国人民代表大会①，一届人大第一次会议于 1954 年 9
月 15 日—28 日在北京举行。毛泽东宣布开会并致题为《为建设一个伟大的社
会主义国家而奋斗》的开幕词。第一届全国人民代表大会的召开，标志着人民
代表大会制度作为新中国根本政治制度的正式确立。

七律·"五四宪法"

胡力菊

风云叱咤定乾坤，远景高瞻万里春。

专列飞杭思夜永，章程急草事躬亲。

运筹得力群英佐，宪法宣行主义真。

一票庄严心所向，当家作主是人民。

注：第一部《中华人民共和国宪法》②，于第一届全国人民代表大会第一次会议

---

① 龙新民主编：《中国共产党历史重要事件辞典》，中共党史出版社，党建读物出版
社 2019 年版，第 106 页。
② 黄小同主编：《中国共产党历史重要文献辞典》，中共党史出版社，党建读物出版
社 2019 年版，第 244 页。

1954 年 9 月 20 日通过。该宪法除序言外，共有四章一百零六条。第一章总纲规定了我国是工人阶级领导的、以工农联盟为基础的人民民主国家。第二章国家机构，对各个国家机构的性质和任务等作了规定。第三章对公民的基本权利和义务作出规定。第四章规定了中华人民共和国国旗、国徽和首都。

十大元帅

七律·朱　德

张　雷

洪都炮火夺天光，生涯百战历风霜。

朱毛不可分开议，辞赋兼工捭阖章。

赤胆堂堂襟似海，丰功赫赫志如钢。

元戎浩气垂星斗，青史长存一脉香。

注：朱德[①]（1886 年 12 月 1 日—1976 年 7 月 6 日），原名朱代珍，字玉阶，四川仪陇人。曾领导南昌起义、反"围剿"战争等，是中国人民解放军的主要缔造者之一，中华人民共和国的开国元勋，是以毛泽东同志为核心的党的第一代中央领导集体的重要成员，十大元帅之一。1976 年 7 月 6 日在北京逝世。

[①] 本书编写组编著：《中国共产党简史》，人民出版社，中共党史出版社 2021 年版，第 152—153 页。

七律·彭德怀

张　嵩

浩荡长风翠柏身，刚直苍劲显坚贞。

举旗明向开勋业，驱寇传捷报正心。

百战争锋无躁气，万言敢谏有冤氛。

民间疾苦胸中事，今若回眸自可欣。

注：彭德怀[①]（1898 年 10 月 24 日—1974 年 11 月 29 日），湖南省湘潭县人。中华人民共和国开国元帅，中国人民解放军创建人和领导人之一。1928 年加入中国共产党，曾领导"百团大战"等著名战役。在抗美援朝战争中，出任中国人民志愿军司令员兼政治委员。1954 年后任国务院副总理兼国防部长，对中国人民解放军的现代化、正规化建设作出了卓越的贡献。1974 年 11 月 29 日逝世。

七律·林　彪

张　嵩

翻读史册费沉吟，壮气曾经染血痕。

一役传捷驱寇虏，三年反剿扫昆仑。

功成华域封元帅，名震寰球拜战神。

除却贪天争斗欲，岂能荒野系游魂。

注：林彪[②]（1907 年 12 月 5 日—1971 年 9 月 13 日），原名育容，湖北黄冈人。

---

① 何东，杨先材，王顺生主编：《中国革命史人物词典》，北京出版社 1991 年版，第 708—709 页。
② 何东，杨先材，王顺生主编：《中国革命史人物词典》，北京出版社 1991 年版，第 465—466 页。

1923 年 6 月加入中国社会主义青年团。1925 年考入黄埔军校第四期，同年转入中国共产党。1955 年被授予元帅军衔。1971 年 9 月 8 日，林彪下达反革命武装政变手令，妄图谋害毛泽东。阴谋败露后，于 9 月 13 日乘飞机外逃，在蒙古人民共和国温都尔汗地区机毁身亡。

七律·刘伯承

曾 拓

辛亥从军正少年，一身戎马出硝烟。
太行山纪英雄路，大别秋高草木天。
韩范声名推重镇，西南勋业出新篇。
军神终古高风在，号角今朝好著鞭。

注：刘伯承[①]（1892 年 12 月 4 日—1986 年 10 月 7 日），原名刘明昭，四川省开县人。中华人民共和国元帅，中国人民解放军缔造者之一。辛亥革命时期从军，1926 年加入中国共产党。相继参加了北伐战争、八一南昌起义、土地革命战争、长征、抗日战争、解放战争等。建国后，曾任中央人民政府人民革命军事委员会副主席等职。1986 年 10 月 7 日，在北京逝世。

七律·贺 龙

吴长龄

两把菜刀初建功，美须一撇斗烟红。
挥师北伐云吞月，首义南昌纛驭风。

[①] 何东，杨先材，王顺生主编：《中国革命史人物词典》，北京出版社 1991 年版，第 194—196 页。

湘鄂终分谁是匪，川康且忆帅平戎。

将军岂止能征战，体运雄狮吼亚东。

注：贺龙①（1896 年 3 月 22 日—1969 年 6 月 9 日），原名贺文常，湖南桑植人。早
　　年农民起义领袖，北伐革命军中的左派将领，后领导南昌起义，同年加入中国
　　共产党。中国人民解放军的创始人和主要领导者之一，在半个多世纪的革命斗
　　争生涯中，他为中国的旧民主主义革命、新民主主义革命、社会主义革命和建设，
　　作出了重要贡献。1955 年被授予中华人民共和国元帅军衔。1969 年 6 月被林彪、
　　江青反革命集团迫害致死。

七律·陈　毅

张小红

井冈山上建功奇，南国烽烟志不移。

新四军天撑半壁，华东战地领千旗。

军人本色无双士，松柏精神绝妙辞。

卸甲纵横三万里，一生怀抱岭梅知。

注：陈毅②（1901 年 8 月 26 日—1972 年 1 月 6 日），原名世俊，字仲弘，四川乐
　　至人。中国共产党员，中华人民共和国十大元帅之一，中国人民解放军创建人
　　和领导人。曾领导淮海战役，建国后曾任中华人民共和国国务院副总理等职务。
　　1972 年 1 月在北京病逝。

---

① 何东，杨先材，王顺生主编：《中国革命史人物词典》，北京出版社 1991 年版，第
　　575—576 页。
② 何东，杨先材，王顺生主编：《中国革命史人物词典》，北京出版社 1991 年版，第
　　424—425 页。

七律·罗荣桓

张小红

秋收起义理求新，血染梅州不顾身。

草地能堪断粮日，战场尚守读书宸。

绝佳东野林罗档，先活鲁中棋局人。

韬略多成辅国计，无私品格最堪珍。

注：罗荣桓[1]（1902年11月26日—1963年12月16日），原名罗慎镇，湖南衡山人。
中华人民共和国的开国元勋，中国十大元帅之一。1927年加入中国共产党，曾
追随毛泽东参与井冈山革命根据地的创建。曾参与指挥辽沈战役。建国后曾任
最高人民检察署检察长等职务。1963年12月16日病逝于北京。

七律·聂荣臻

白明路

太行山上大星悬，立马遥观冀北天。

倭将头颅轻易取，长城事业每周全。

策勋号已称元帅，许国心犹似少年。

别有功高须记识，铸成两弹靖三边。

注：聂荣臻[2]（1899年12月29日—1992年5月14日），字福骈，曾用名聂云臻，
重庆市江津区（原四川省江津县）人。1923年春加入中国共产党，1924年到苏

① 何东，杨先材，王顺生主编：《中国革命史人物词典》，北京出版社1991年版，第488页。

② 《聂荣臻》，百度百科，https://baike.baidu.com/item/%E8%81%82%E8%8D%A3%E8%87%BB/116123?fr=aladdin。

联学习。新中国成立后，历任中央军委秘书长兼中国人民解放军代总参谋长，
国防委员会副主席，中央军委副主席，国务院副总理兼国家科委主任、国防科
委主任等。1992 年 5 月 14 日逝世。

七律·徐向前

凌天明

永安少别滹沱水，黄埔饱看南粤云。
天下谁知真国士，布衣原是大将军。
平生功业应无数，三战河东第一勋。
千古忠魂应不远，青山依旧对斜曛。

注：徐向前 [①]（1901 年 11 月 8 日—1990 年 9 月 21 日）原名象谦，字子敬，山西五
台山人。毕业于黄埔军校，曾参加北伐战争。1927 年 3 月，加入中国共产党。
在土地革命、抗日战争、解放战争中功勋卓著，长期担任党、国家和军队重要
领导职务的卓越领导人。1990 年 9 月 21 日在北京逝世。

七律·叶剑英

林峰（香港）

南天一柱碧梧桐，元帅高怀日月中。
弹洞征衣戎马北，河冰战血陇山东。

---

① 何东，杨先材，王顺生主编：《中国革命史人物词典》，北京出版社 1991 年版，第
617—618 页。

荡平逆吕思周勃，靖乱锄奸赖叶公。

指剑登峰呼岱岳，九州万古梦无穷。

注：叶剑英^①（1897 年 04 月 28 日—1986 年 10 月 22 日），原名叶宜伟，字沧白，
广东省梅县人。曾领导广州起义、反"围剿"战争、抗日战争、解放战争等。
中国人民解放军的缔造者之一，长期担任党、国家和军队重要领导职务，中华
人民共和国十大元帅之一，是以邓小平同志为核心的党的第二代中央领导集体
的重要成员。1986 年 10 月 22 日在北京逝世。

七律·人民英雄纪念碑

何　江

硝烟散尽几回眸，忠骨何堪噙泪收。

烽火燃时凭志气，红旗举处竞风流。

江河滚滚涤千载，岱岳巍巍耸五洲。

热血英灵何以祭？沉沉浸透土一抔。

注：人民英雄纪念碑^②，1958 年 4 月，人民英雄纪念碑在天安门广场建成。人民英
雄纪念碑总高 37.94 米，碑座分两层，四周环绕汉白玉栏杆，碑身是一块长 14.7 米、
宽 2.9 米、厚 1 米、重达 60 多吨的大理石。碑身正面镌刻毛泽东题词"人民英
雄永垂不朽"8 个鎏金大字，背面是周恩来手书的碑文。它是新中国第一座大
型纪念性建筑工程，在政治上、文化上都具有重大意义。

---

① 何东，杨先材，王顺生主编：《中国革命史人物词典》，北京出版社 1991 年版，第
115—116 页。

② 龙新民主编：《中国共产党历史重要事件辞典》，中共党史出版社，党建读物出版
社 2019 年版，第 291—292 页。

七律·万隆会议

林峰（香港）

岂容帝国任骄横，缔约穷邦始有声。

华夏一呼谋共处，五洲互利保和平。

靖安内政相尊重，维护主权慎用兵。

领土完全皆不犯，万隆会议见功成。

注：万隆会议[①]，时间为1955年4月18日—24日，亚非29国的300多位代表在万隆举行第一次亚非会议（即万隆会议），这是国际关系史上具有划时代意义的会议。以周恩来为主要领导的中国代表团发表了重要演说，提出"求同存异"，推动会议在坚持和平共处五项原则和联合国宪章基础上达成包括万隆十项原则在内的最后协议。中国代表团在会议期间以诚相待，广交朋友，随后掀起与亚非国家广泛建交的高潮。万隆会议也是中国在亚非地区打开外交局面的历史里程碑。

七律·百花齐放百家争鸣

张克复

千年华夏自辉煌，万朵轻红耀锦章。

齐放丛花蓬勃长，争鸣群鸟自由翔。

千枝碧蕊绚芳苑，诸子真言共玉堂。

勠力弘扬精励进，复兴大业正腾骧。

① 余建华：《万隆会议与新中国外交》，人民网，http://dangshi.people.com.cn/n1/2020/0420/c85037-31679505.html。

注："百花齐放，百家争鸣"方针①，是党中央于1956年4月28日确定的发展科学、繁荣文学艺术的方针。"双百"方针的提出符合社会主义科学文化发展的客观规律。它同党关于文艺、学术为人民服务、为社会主义服务的方针以及党在科学文化领域的其他重要方针一起，是我国社会主义的科学文化事业繁荣进步的根本保证。

金缕曲·知识青年上山下乡

武立胜

指顾如昨矣。未尘封、当时模样，犹能回忆。千万青年同携手，踏上崭新天地。诵语录、红旗高举。便是不分禾与韭，向田间、实践从头起。耕岭堑，收丘峪。　　二十五载风兼雨，任年年、花开叶落，星沉日替。休道匆匆芳华老，毕竟曾经美丽。这一辈、可歌可泣。得与家国同命运，把青春、谱作英雄曲。尤许叹，真堪誉。

注："上山下乡"②，1968年12月22日，《人民日报》发表毛泽东的指示："知识青年到农村去，接受贫下中农的再教育，很有必要。"全国掀起知识青年上山下乡的高潮。1978年10月31日至12月10日，国务院召开全国知识青年上山下乡工作会议。会议决定调整政策，逐步缩小上山下乡的范围，有安置条件的城市不再动员下乡。到1981年11月，城镇知识青年上山下乡运动结束。

---

① 龙新民主编：《中国共产党历史重要事件辞典》，中共党史出版社，党建读物出版社2019年版，第281—282页。

② 中共中央党史和文献研究院编：《中华人民共和国大事记：1949年10月—2019年9月》，人民出版社2019年版，第37页。

七绝·第一台"解放"牌载重汽车

吴江涛

拭目长春晓色开，匠心镕铸九州才。

飞轮见证艰辛史，热泪高歌解放牌。

注：第一台"解放"牌载重汽车①，1956 年 7 月 15 日，由位于吉林省长春市的第一汽车制造厂生产的第一批国产"解放"牌载重汽车隆重出厂。"一汽"是我国"一五"计划期间苏联援建的 156 个重点项目之一。经过 3 年的紧张施工，建设起 37 万多平方米的厂房，装配出第一批"解放"牌载重汽车。该厂生产的第一批国产"解放"牌载重汽车下线，结束了中国不能制造汽车的历史，标志着中国汽车制造业的崛起。

水调歌头·中国共产党
第八次全国代表大会

张密珍

京阙红旗舞，筹策聚群贤。一轮喷薄红日，春动九州天。建构新型关系，承袭优良风气，椽笔绘鸿篇。马列指方向，舵稳巨帆悬。　　定方略，促生产，奋扬鞭。百行齐力，经济发展勇争先。纵有风云变幻，定把狂澜力挽，历久志弥坚。共创千秋业，已见百花妍。

① 龙新民主编：《中国共产党历史重要事件辞典》，中共党史出版社，党建读物出版社 2019 年版，第 282—283 页。

注：中国共产党第八次全国代表大会①，于 1956 年 9 月 15 日—27 日在北京举行。大会指出我国国内的主要矛盾已经是人民对于建立先进的工业国的要求同落后的农业国的现实之间的矛盾，已经是人民对于经济文化迅速发展的需要同当前经济文化不能满足人民需要的状况之间的矛盾。党的八大坚持既反保守又反冒进，在综合平衡中稳步前进的经济建设方针。

鹧鸪天·党的八大感怀

南东求

大幕京城首度开，华厅广宇聚贤才。利民经济强国起，良策康庄始步来。　　凝众望，扫残霾。金声振臂动瑶台。九州一夜传嘉令，万户千家畅满怀。

七律·武汉长江大桥

张存寿

万里长江数第一，龟蛇铁锁任流急。

驱贫驱弱驱风恶，得道得心得志奇。

天堑难欺新世界，通途不负好诗题。

八墩有念大哥老，击水当须毛主席。

---

① 张启华主编：《中国共产党历史重要会议辞典》，中共党史出版社，党建读物出版社 2019 年版，第 119—120 页。

注：武汉长江大桥^①，建筑武汉长江大桥工程是我国第一个五年计划的重点项目之一。1955年9月开工修建，1957年9月25日全部建成，10月15日正式通车。武汉长江大桥建成之后，南北铁路贯通，"天堑变通途"，结束了过去用轮渡来衔接京汉、粤汉铁路运输的历史，有力促进了华中地区和全国范围内的物资和文化的交流。武汉长江大桥成为中国第一座跨越长江的大桥。

七律·炮击金门

张脉峰

利炮穿空岛屿寒，狼藉四野鸟声残。

无边杀气冲霄汉，不尽风雷下碧天。

美梦裂疆终老调，金门飞弹有新篇。

神龙自有安邦策，一个中国共月圆。

注：炮击金门[②]，为严惩占据金门、马祖岛的国民党军队长期对大陆沿海地区的武装挑衅行为，1958年8月23日、24日开始，中国人民解放军福建前线部队，奉命向占据金门、马祖岛的国民党军队和驶往金、马的运输舰进行警告性的大规模炮击。10月5日，中央决定从次日起暂停打炮七天。10月6日和26日，《人民日报》发表由毛泽东起草、以国防部长彭德怀名义发布的《告台湾同胞书》和《再告台湾同胞书》。此后，台湾海峡的斗争从以军事形式为主转向以政治和外交形式为主。在金门炮战中，中共中央确定了一揽子解决台、澎、金、马问题的方针。

① 龙新民主编：《中国共产党历史重要事件辞典》，中共党史出版社，党建读物出版社2019年版，第289页。

② 龙新民主编：《中国共产党历史重要事件辞典》，中共党史出版社，党建读物出版社2019年版，第295页。

五律·庐山会议

张志钦

本是神仙会，匡庐胜境迎。

欲纠三载左，突见万言彭。

朝雾笼阴壑，晴天听雨声。

英雄两行泪，一夕落苍冥。

注：庐山会议①，中央政治局扩大会议于 1959 年 7 月 2 日—8 月 1 日在江西庐山召开（此次会议与 8 月 2 日—16 日召开的党的八届八中全会统称为庐山会议）。会议的原定议题是总结经验教训，调整指标，继续纠正"左"倾错误。后会议方向从反"左"转为反右，对彭德怀、黄克诚、张闻天、周小舟等的所谓"右倾机会主义""反党集团"问题进行揭发批判。

七律·中苏论战

张脉峰

十载飞花落眼前，沉沙侧畔柳如烟。

旌旗漫卷开新界，主义真来别旧天。

舌剑唇枪归陌路，星移斗转起狂澜。

东风战罢凭谁共，且立潮头问逝川。

---

① 张启华主编：《中国共产党历史重要会议辞典》，中共党史出版社，党建读物出版社 2019 年版，第 142—143 页。

注：中苏两党论战[1]，1963 年 7 月 5 日—20 日，中苏两党举行高级会谈，苏共逐条批驳中共提出的建议。随后，为答复苏共中央的公开信，中共连续发表了总称为《关于国际共产主义运动的总路线的论战》的九篇文章，全面批评苏共的对内对外政策。同时，苏联方面也发表了一系列论战文章，中苏两党论战达到高潮。这场大论战及其结局，对国际共产主义运动产生了重大而深远的影响。论战中，苏联领导人把两党之间的原则争论变成国家争端，对中国施加政治上、经济上和军事上的巨大压力。这使得中国共产党不得不进行反对苏联老子党和大国沙文主义的斗争。

临江仙·第一艘万吨轮"东风号"

潘　泓

旗帜鲜花看未足，巨轮笑现芳容。铿锵曲奏地天中。人间传喜讯，沧海跃蛟龙。　　积弱积贫多少事，而今一帚清空。东风浩荡压西风。神州吹醒矣，百业敢争雄。

注：第一艘万吨轮"东风号"[2]，人民日报 1 月 8 日讯，今天，我国第一艘自行研究、设计、建造的万吨级远洋货轮"东风号"宣布建成，并由国家验收委员会验收，鉴定合格。"东风"轮的建成，标志着我国船舶工业进入能设计建造万吨级以上的远洋船舶的新阶段。

---

① 龙新民主编：《中国共产党历史重要事件辞典》，中共党史出版社，党建读物出版社 2019 年版，第 319 页。
② 李庆山主编：《新中国百姓生活 60 年》（上册），人民出版社 2009 年版，第 153 页。

五律·七千人大会

张谷一

纠左呼声劲，批评待响雷。

山花期竞放，林鸟正相摧。

三面红旗动，八方清气徊。

冰峰征路险，诵读那枝梅。

注：七千人大会[1]，扩大的中央工作会议于 1962 年 1 月 11 日—2 月 7 日在北京举行。参加会议的有中央各部门、各中央局、各省市自治区党委以及地委、县委、重要工矿企业和部队的负责干部，共 7000 多人，故称七千人大会。这次大会的主要目的是总结经验，统一认识，加强党内的民主集中制，以便进一步纠正"大跃进"以来工作中的错误，切实贯彻调整国民经济的方针。

七律·社教运动

张谷一

四海风云变幻多，九州道路叹嵯峨。

资财推理算容易，思想详查清若何？

纵有三同融合好，难消两类划分苛。

分田定产终难久，动乱经年启序波。

注：社教运动[2]，1963 年 2 月 21 日—28 日，中央工作会议指出决定以抓阶级斗争为

① 张启华主编：《中国共产党历史重要会议辞典》，中共党史出版社，党建读物出版社 2019 年版，第 151 页。

② 龙新民主编：《中国共产党历史重要事件辞典》，中共党史出版社，党建读物出版社 2019 年版，第 320—321 页。

中心，在全国城乡开展一次普遍的社会主义教育运动（简称"社教运动"）。1963 年 2 月—1966 年，历时三年多的城乡社会主义教育运动，对于纠正干部作风和解决集体经济经营管理方面的问题，起了一定的作用。但是，混淆了两类矛盾，国内的政治空气更加紧张，不少干部和群众受到打击，各方面工作受到了严重影响。

七律·大庆精神

李葆国

挥洒泥浆若抚琴，一声吼里有天音。

人尊三老无生有，岗讲四严油变金。

条件但存气不馁，精神长在冷难侵。

拼将热血兴华夏，学到纯时爱更深。

注：大庆精神[1]，新中国成立后，国家投入大量人力物力进行石油勘探开发。1959 年 9 月在位于盆地中央凹陷区北部大同镇找到工业性油流，并进而发现了高台子油田。以王进喜为代表的工人、科学技术人员和干部，在大庆油田勘探开发过程中，艰苦奋斗，奋勇拼搏，形成了"铁人精神"，展示了中国工人阶级的崭新精神风貌，又被称为大庆精神。

---

① 龙新民主编：《中国共产党历史重要事件辞典》，中共党史出版社，党建读物出版社 2019 年版，第 301—302 页。

五绝·王进喜

张丽荣

油田千座塔,哪座最精神?

昂首骨头硬,俨然王铁人。

注:王进喜[1](1923年10月8日—1970年11月15日),出生于甘肃省玉门县赤金堡,中国黑龙江省大庆市大庆油田石油工人。因用自己身体制伏井喷而家喻户晓,人称"铁人"。1970年11月15日,因胃癌医治无效不幸病逝。

南歌子·红旗渠

张丽荣

渠引漳河水,流奔林县田。欢歌笑语满人间。一派黍黄麦绿、好容颜。   挑担填沟底,抢锤挂壁前。十年凿破太行山。回首天河如线、旆飘然。

注:红旗渠[2],红旗渠是河南林县(今林州市)人民在党的领导下,自力更生、艰苦奋斗,用最普通的工具,劈开太行山的重峦叠嶂,引漳河水入林县建成的"人造天河"。红旗渠的建成,彻底改善了林县人民靠天等雨的恶劣生存环境,结束了林州十年九旱、水贵如油的苦难历史。被林州人民称为"生命渠""幸福渠"。

---

[1] 《王进喜》,百度百科,https://baike.baidu.com/item/%E7%8E%8B%E8%BF%9B%E5%96%9C/50376。

[2] 龙新民主编:《中国共产党历史重要事件辞典》,中共党史出版社,党建读物出版社2019年版,第305页。

满江红·三线建设

张金英

风雨飘摇，云压境、中苏交恶。东南海、西洋舰队，又来围堵。备战备荒何处去，深山峡谷群英赴。人百万、血汗付流年，青春谱。　　山共水，全部署。三道线，千般苦。对尖端项目，分散而驻。座座厂房平地起，条条铁轨通天路。十几载、看大写人生，辉煌句。

注：三线建设①，在1964年五六月间召开的中央工作会议上，毛泽东强调要加强三线建设，防备敌人的入侵。三线是指云、贵、川、陕、甘、宁、青、豫西、晋西、鄂西、湘西等11个省区。其中西南、西北为大三线，中部及沿海地区省、区的腹地为小三线。1964年10月30日，中央批准下发的《一九六五年计划纲要（草案）》，确定了三线建设的总目标，即采取多快好省的方法，在纵深地区建立起一个工农业结合的、为国防和农业服务的比较完整的战略后方基地。

七律·中印边境自卫反击战

张晓虹

下山猛虎势如风，霹雳杀声崩雪空。

壮士心怀家与国，流霜冰甲箭和弓。

旌旗已卷云烟里，归号依稀梦忆中。

一战初教边地定，碧天万里日头红。

---

① 龙新民主编：《中国共产党历史重要事件辞典》，中共党史出版社，党建读物出版社2019年版，第326页。

注：中印边境自卫反击战^①，1962年10月20日，印军向中国边防部队发动大规模进攻，企图以武力改变边界现状。边防部队遵照中央军委命令被迫进行自卫反击作战，历时1个月，共毙俘印军8700余人，缴获大量武器装备和物资。印军在中国边防部队勇猛反击下，遭致惨痛失败。中印边境自卫反击战的胜利，打退了入侵中国领土的印度军队，保卫了中国西部领土主权，在国际上开创了胜利军队主动停火、主动后撤、主动交还缴获物资的先例。

七律·四个现代化

张金英

谁把春风纸上描，四维之梦路迢迢。

自成体系轻兼重，还看工农赶与超。

原子弹防边界线，远程化借信息桥。

兴邦战略须同步，现代人追现代潮。

注：四个现代化^②，"四个现代化"是实现工业现代化、农业现代化、国防现代化和科学技术现代化的简称，是党中央提出和坚持的社会主义经济建设的奋斗目标。1964年12月21日，周恩来在三届全国人大一次会议所作的《政府工作报告》中正式宣布，要在一个不太长的时间内，"把我国建设成为一个具有现代农业、现代工业、现代国防和现代科学技术的社会主义强国"。

---

① 刘成军，刘源主编：《新中国国防和军队60年》，人民出版社2009年版，第47—49页。
② 龙新民主编：《中国共产党历史重要事件辞典》，中共党史出版社，党建读物出版社2019年版，第329页。

七律·第一颗原子弹爆炸成功

张晓虹

轰然天地阵云黑，风烈霎时飙巨雷。

水不成纹沙似海，山分细粒石如灰。

腰身为此几番勒，梦语曾经九度催。

小小寰环同冷热，和平世界可重回？

注：第一颗原子弹爆炸成功[1]，1964 年 10 月 16 日，我国自行制造的第一颗原子弹在西部地区爆炸成功，这是国家国防和科学技术方面取得的一次重大的突破。我国核工业创建于 1955 年初。从 50 年代后期到 60 年代初期，在中央的统一领导下，经过一大批科技人员、指战员、干部和职工的共同努力，艰苦奋斗，攻克了一个又一个技术难关，终于成功地爆炸了我国自行制造的第一颗原子弹，在国际上引起了巨大反响。

五律·艰苦奋斗，奋发图强

夏爱菊

一片废墟上，人民站起来。

勤劳付双手，奋发筑高台。

气壮冰封破，心齐障碍摧。

卫星和两弹，慑虎御风雷。

① 龙新民主编：《中国共产党历史重要事件辞典》，中共党史出版社，党建读物出版社 2019 年版，第 328 页。

注：抗日战争胜利后的时局和我们的方针，[1]1945 年 8 月 13 日在延安干部会议上所作的讲演。毛泽东分析了抗日战争胜利后的国内形势、国内阶级关系、国共两党的关系，预测了时局发展方向，提出了中国共产党关于对待和平与战争的态度和方针。指出按照我们的意愿是要尽力争取和平，反对内战；但蒋介石的方针是要发动内战，因此，中国共产党一方面力争和平，反对内战；另一方面准备应付战争，坚决用战斗来保卫人民的胜利果实。

七绝·周恩来与西花厅

唐双宁

一

又到清明倍思君，海棠已是泪纷纷。

满园红绿空依旧，老干银枝一树勋。

二

小草风吹绿染茵，西花厅外早来春。

芳名今已成归宿，雪蕊琼枝忆故人。

注：周恩来[2]（1898 年 3 月 5 日—1976 年 1 月 8 日），字翔宇，曾用名飞飞、伍豪、少山、冠生等，原籍浙江绍兴，1898 年 3 月 5 日生于江苏淮安。1921 年加入中国共产党，党和国家主要领导人之一，中华人民共和国的开国元勋，是以毛泽东同志为核心的党的第一代中央领导集体的重要成员，在中国革命和建设时期，提出了一系列具有中国特色的国防现代化建设思想。由于他一生勤奋工作，严于律己，关心群众，被称为"人民的好总理"。1976 年 1 月 8 日在北京逝世。

① 黄小同主编：《中国共产党历史重要文献辞典》，中共党史出版社，党建读物出版社 2019 年版，第 126 页。

② 何东，杨先材，王顺生主编：《中国革命史人物词典》，北京出版社 1991 年版，第 508—510 页。

七律·钱学森

张梅琴

学探精微赴远洋，归来挂帅气轩昂。

释疑解惑寻常事，担重开流艰苦尝。

神器多多飞碧域，名声默默震嘉邦。

一星两弹光千丈，科技元勋万古芳。

注：钱学森①（1911 年 12 月 11 日—2009 年 10 月 31 日），出生于上海，祖籍浙江省杭州市，空气动力学家、系统科学家，工程控制论创始人之一，中国科学院学部委员、中国工程院院士，"两弹一星功勋奖章"获得者。2009 年 10 月 31日在北京逝世。

鹧鸪天·邓稼先

南东求

少小已持报国心，滇池矢志炼真金。宇中秘奥千番解，云上蘑菇几度寻。　　荒漠远，国恩深。陪星伴月任霜侵。红光一闪惊天地，氢核双飞霞满襟。

注：邓稼先②（1924 年 6 月 25 日—1986 年 7 月 29 日），九三学社社员，中国科学

① 《钱学森》，百度百科，https://baike.baidu.com/item/%E9%92%B1%E5%AD%A6%E6%A3%AE/26105?fr=aladdin。

② 《邓稼先》，百度百科，https://baike.baidu.com/item/%E9%82%93%E7%A8%BC%E5%85%88/146984。

院院士，著名核物理学家，中国核武器研制工作的开拓者和奠基者，他为中国核武器、原子武器的研发作出了重要贡献，被称为"两弹元勋"。邓稼先在实验中受到核辐射后患直肠癌，于 1986 年 7 月 29 日因手术时大出血在北京不幸逝世。

五律·李四光

张清宇

赤县夸奇俊，黄冈出异才。
声名垂绝学，雨露润灵台。
大地玄机暗，斯人慧眼开。
长教钦仰者，魂魄唤归来！

注：李四光 [1]（1889 年 10 月 26 日—1971 年 4 月 29 日），原名仲揆，字福生，蒙古族，湖北黄冈人。中国地质力学的创立者、中国现代地球科学和地质工作的主要领导人和奠基人之一，新中国成立后第一批杰出的科学家和为新中国发展作出卓越贡献的元勋。1971 年 4 月 29 日，因病在北京逝世。

七律·钱三强

姚作磊

萋萋草色入丘茔，后土长呵不死名。

[1] 何东，杨先材，王顺生主编：《中国革命史人物词典》，北京出版社 1991 年版，第 261 页。

一剑磨成忧去国，五星乐起喜同行。

破空两弹掳魔胆，抱定三峰捧日情。

信是元勋归未远，至今碑石两相鸣。

注：钱三强①（1913年10月16日—1992年6月28日），原名钱秉穹，原籍浙江湖州，
　　生于浙江绍兴。核物理学家，中国原子能科学事业的创始人，中国"两弹一星"
　　元勋，中国科学院院士。1992年6月28日在北京病逝。

七律·华罗庚

张淑萱

豪英辈出江南地，旷古清才树斐然。

学海孤舟勤举棹，异邦劲翅奋翔天。

高峰矗立开新域，沃土耕耘育众贤。

最是归来殷切句，情融硕果壮琼篇。

注：华罗庚②（1910年11月12日—1985年6月12日），出生于江苏常州金坛区，
　　祖籍江苏丹阳。著名数学家，中国科学院院士。曾担任清华大学数学系主任、
　　全国政协副主席。"华氏定理""华氏不等式"等科研成果都以他的名字命名。
　　1985年6月12日下午4时，在东京大学数理学部作演讲，由于突发急性心肌梗塞，
　　于当日晚上10时9分逝世。

① 《钱三强》，百度百科，https://baike.baidu.com/item/%E9%92%B1%E4%B8%89%E5%
BC%BA/150491。

② 《华罗庚》，百度百科，https://baike.baidu.com/item/%E5%8D%8E%E7%BD%97%E5%
BA%9A/190988?fr=aladdin。

七绝·雷　锋

丁　欣

说到雷锋总是情，精神能不感而铭？

螺丝钉已嵌天宇，光耀千秋一颗星。

注：雷锋①（1940年12月18日—1962年8月15日），原名雷正兴，出生于湖南长
　　沙，中国人民解放军战士，共产主义战士。1962年8月15日，雷锋因公殉职，
　　年仅22岁。对后世影响最大的是以其名字命名的"雷锋精神"。

鹧鸪天·焦裕禄

丁　欣

抵死而成大禹功，平沙治碱服苍龙。以心荐福闻啼血，
用爱馀荫听抚桐。　　兰考绿，画图红，春风万缕忆焦公。
林花高入云霄里，教看中华气韵雄。

注：焦裕禄②（1922年8月16日—1964年5月14日），山东淄博人。1946年加入
　　中国共产党。原兰考县委书记，干部楷模，革命烈士。在兰考担任县委书记时
　　所表现出来的"亲民爱民、艰苦奋斗、科学求实、迎难而上、无私奉献"的精神，
　　被后人称之为"焦裕禄精神"。1964年5月14日因肝癌病逝于郑州。

---

① 《雷锋》，百度百科，https://baike.baidu.com/item/%E9%9B%B7%E9%94%8B/5569。
② 《焦裕禄》，百度百科，https://baike.baidu.com/item/%E7%84%A6%E8%A3%95%E7%A6%84/80754?fr=aladdin。

西江月·"八六"海战

陈　良

败寇不甘羁岛，海狼狂妄骚边。骁师拔剑向东南，势剿来敌两舰。　　炮艇分割围困，鱼雷潜进追歼。溃楫残甲入龙渊。攻陆终归梦断。

注："八六"海战[①]，两艘美制蒋舰"剑门"号和"章江"号于1965年8月5日载着一股武装特务由台湾左营驶向广东沿海，6日被人民解放军南海舰队击沉于东山岛东南海底。史称"八六"海战。

七律·麦贤得

李建春

沧海连天乘势追，胸怀家国挟风飞。

英雄豪气如秋劲，快艇寒光湛月辉。

云接红旗悬宝剑，浪惊碧血染戎衣。

击沉敌舰千钧力，猛虎威名载誉归。

注：麦贤得[②]（1945年—），广东饶平人。1964年3月参加中国人民解放军。1965年8月加入中国共产党。1965年8月6日凌晨的"八六"海战中，中国海军611号护卫艇轮机兵麦贤得前额中弹失去知觉，苏醒后仍坚持作战，坚守岗位直到战斗胜利，被誉为"钢铁战士"。

① 李烈：《贺龙年谱》，北京：人民出版社1996年版，第759页。
② 《麦贤得》，百度百科，https://baike.baidu.com/item/%E9%BA%A6%E8%B4%A4%E5%BE%97/2331391?fromtitle=%E9%BA%A6%E8%B4%A4%E5%BE%B7&fromid=10758080&fr=aladdin。

鹧鸪天·第一颗氢弹爆炸成功

杨世玲

一阵春雷彻宇寰，茫茫戈壁显奇观。蘑云两朵腾空起，娇日成双载史篇。　　集万思，过千磐，历时之短又当先。苍天不负炎黄志，如破楼兰捷报传。

注：第一颗氢弹爆炸成功[①]，1967年6月17日上午8时20分，在中国新疆罗布泊上空，中国第一颗氢弹爆炸成功。这是中国继第一颗原子弹爆炸成功后，国防科研领域的又一次飞跃，标志着中国核武器发展进入了一个新阶段。

采桑子·珍宝岛自卫反击战

陈文玲

戍边守土男儿事，宝岛迎敌。虎豹来袭，弹雨纷飞踏雪急。　　捐躯战士英灵伟，风采长栖。浩气长栖，铁甲雄狮猎猎旗。

注：珍宝岛自卫反击战[②]，1969年3月2日—17日，苏军出动部队向珍宝岛进攻。中国边防部队用炮火将入侵的苏军击退。珍宝岛自卫反击战的胜利，打击了苏联霸权主义行径，捍卫了中国的主权尊严和领土完整，维护了中华民族的尊严。

① 龙新民主编：《中国共产党历史重要事件辞典》，中共党史出版社，党建读物出版社2019年版，第345页。
② 刘成军，刘源主编：《新中国国防和军队60年》，人民出版社2009年版，第49—50页。

七律·第一颗卫星"东方红一号"翱翔太空

隋有春

闪烁红星举世惊，神州一箭启航程。

每观倩影心潮动，长忆征途伟业生。

四海放歌依北斗，九天揽月羡金庚。

太空阵里迎新贵，从此聆听大国声。

注："东方红一号"卫星①，1970年4月24日，"东方红一号"卫星从中国西北酒泉卫星发射中心发射升空。成为继美、苏、法、日等国家之后第五个能制造和发射人造卫星的国家。"东方红一号"卫星肩负的主要任务是进行卫星技术试验、探测电离层和大气层密度。设计工作寿命20天（实际工作寿命28天），其间把遥测参数和各种太空探测资料传回地面，至同年5月14日停止发射信号。

七律·中国第一艘核潜艇入列

陈水清

潜身浪底创奇功，善战威名举世崇。

利剑手中能猎虎，长缨天上敢擒龙。

奋身何惧暗礁阻，昂首遥瞻旭日红。

闪烁军徽惊寇胆，海疆万里壮东风。

---

① 龙新民主编：《中国共产党历史重要事件辞典》，中共党史出版社，党建读物出版社2019年版，第356页。

注：中国第一艘核潜艇①，1958年，中央作出研制核潜艇的决定。1968年11月，第一艘核潜艇开工建造。经过科研工作者的努力，1970年7月30日，第一座潜艇核动力装置陆上模式堆达到满功率。1972年8月，核潜艇建成并开始试航。1974年8月1日，中央军委发布命令，将我国自行设计建造的第一艘核潜艇命名为"长征一号"，正式编入海军战斗序列。中国成为世界上第五个核潜艇拥有国。

水调歌头·袁隆平

黄浴宇

少有强农梦，报国赴湘西。痴迷禾稻育种，挥汗踏淤泥。无悔垅头朝暮，何惧白专道路，十载见功奇。一穗南优号，摇曳出群时。　　辟蹊径，惊世界，夺元魁。荣声俊望，当行本色耀芳菲。依旧布衣粗饭，耄耋碱滩田阪。大德问谁知？破解千年事，了却万民饥。

注：袁隆平②（1930年9月7日—2021年5月22日），汉族，生于北京，无党派人士，江西省九江市德安县人。中国杂交水稻事业的开创者和领导者，享誉海内外的著名农业科学家，"共和国勋章"获得者，中国工程院院士，被誉为"杂交水稻之父"。2021年5月22日逝世。

---

① 龙新民主编：《中国共产党历史重要事件辞典》，中共党史出版社，党建读物出版社2019年版，第362页。

② 《袁隆平》，百度百科，https://baike.baidu.com/item/%E8%A2%81%E9%9A%86%E5%B9%B3/43836。

七绝·中美建交

陈竹松

破冰和解善为根，时代先驱启国门。

横贯东西风雨路，三篇公报有乾坤。

注：中美建交[①]，1979 年 1 月 1 日，中国和美国正式建立外交关系。1978 年 7 月
至 12 月，中美双方在北京进行正式建交的秘密会谈，达成协议：（1）美国承
认中华人民共和国政府是中国的唯一合法政府，台湾是中国的一部分；（2）在
中美关系正常化之际，美国宣布立即断绝同台湾的"外交关系"，在 1979 年 4
月 1 日前从台湾海峡完全撤出美国军事力量和军事设施并通知台湾当局终止《共
同防御条约》；（3）从 1979 年 1 月 1 日起，中美双方互相承认并建立外交关
系，3 月 1 日起互派大使、建立大使馆。1978 年 12 月 16 日，中国国务院总理
华国锋和美国总统卡特在各自的国家首都同时发表中美建立外交关系的联合公
报。中美建交，不论是对两国的发展还是世界的和平与稳定，都作出了积极贡献。

七律·中日建交

陈樵哥

曾记田中首相来，双边门户适时开。

运筹自握连横策，忆史犹存少许哀。

已化干戈为玉帛，更填坎坷作平台。

国家强盛尊严在，犹见风波袭我怀。

---

① 龙新民主编：《中国共产党历史重要事件辞典》，中共党史出版社，党建读物出版
社 2019 年版，第 405 页。

注：中日建交①，1972 年 9 月 25 日—29 日，日本新任首相田中角荣来华访问。9 月
29 日，中日双方签署建立外交关系的《联合声明》。在声明中，日本政府承认
中华人民共和国政府是中国的唯一合法政府。中国政府重申：台湾是中国领土
不可分割的一部分；日本政府充分理解和尊重中国政府的这一立场，并坚持遵
循波茨坦公告第八条的立场。中日建交结束了两国长期敌对的历史，打开了两
国睦邻友好的新篇章。

七律·西沙之战

陈樵哥

明珠亮海碧云高，又见西沙卷怒潮。

千里长沙筋鼓作，三边列岛帅旗飘。

逞强贼舰身穿洞，犯境顽敌血染礁。

筑我九州成铁壁，岂容狐鼠乱喧嚣。

注：西沙群岛自卫反击战②，1974 年 1 月 19 日 7 时许，南越军舰输送武装部队向中
国琛航、广金两岛发动进攻，中国人民解放军被迫自卫反击。在西沙自卫反击
战中，中国人民解放军参战部队共击沉南越护卫舰 1 艘，击伤驱逐舰 3 艘，毙
伤敌数百人、俘敌 49 人，收复被南越军队侵占的 3 个岛屿，沉重打击了南越当
局的扩张主义，捍卫了中国南海海疆，取得了海上自卫反击作战的宝贵经验。

---

① 龙新民主编：《中国共产党历史重要事件辞典》，中共党史出版社，党建读物出版
社 2019 年版，第 366 页。

② 刘成军，刘源主编：《新中国国防和军队 60 年》，人民出版社 2009 年版，第 50—52 页。

七律·粉碎"四人帮"

武正国

妖身粉墨又登场，明里忠心暗里帮。

叛道无良民愤恨，篡权有戾国危亡。

势将四害阴霾扫，好令九州正气扬。

瘴雾今朝终散去，大江东去愈汤汤。

注：粉碎"四人帮"[1]，1976年10月6日—18日，毛泽东逝世后，"四人帮"伪造了一个"按既定方针办"的所谓毛主席临终嘱咐。在党和国家处于危急时刻，华国锋、叶剑英、李先念、汪东兴等人经过慎重考虑和反复商量，并征得中央政治局多数同志的同意，决定对"四人帮"采取隔离审查措施，一举粉碎"四人帮"。这是在非常形势下采取特殊方式进行的一场斗争，从危难中挽救了党，挽救了国家，挽救了中国的社会主义事业，得到了全国亿万人民的衷心拥护。

水调歌头·中国共产党第十一次全国代表大会

阎兆万

悲欢化泪去，帷幕涤尘开。十年风雨，民心思治饱温来。时唤回归本色，重绘国强愿景，团结铸襟怀。沃野正苏醒，壮景靠谁裁？　日月转，光阴迫，紫气徕。信心重拾，百业待兴赖贤才。国考牛刀小试，天降斯人大任，骏马列前排。

---

① 龙新民主编：《中国共产党历史重要事件辞典》，中共党史出版社，党建读物出版社2019年版，第383—384页。

万里征程急，号角响瀛台。

注：中国共产党第十一次全国代表大会①，1977 年 8 月 12 日—18 日在北京举行。华国锋代表党中央作政治报告，着重总结了同"四人帮"的斗争，宣告"文化大革命"已经结束，分析了我国面临的国际、国内形势，提出了党在当前和今后一个时期内的八项任务。由于当时历史条件的限制，大会不仅没有纠正"文化大革命"的错误理论和方针政策，反而加以肯定，因而没有从根本上着手纠正"文化大革命"的错误，党的十一大未能完成从理论和党的指导方针上拨乱反正的任务。

八声甘州·毛主席纪念堂

武立胜

已春风秋雨数十年，犹自立堂皇。伴长街灯火，故宫薨阙，金水桥廊。亦共丰碑高耸，朝暮浴霞光。更四围松柏，郁郁苍苍。　　待问斯人勋迹，数移山事业，醒世文章。领工农奋起，破土与开疆。最风流、天安门上，站起来、一句震东方。如今便、在棺中卧，也自昂藏。

注：毛主席纪念堂②，1976 年 11 月 24 日，毛主席纪念堂奠基仪式在北京举行。经过不到一年的建设，至 1977 年 8 月 29 日，毛主席纪念堂全部建成，安放毛主席遗体的水晶棺移入堂内。9 月 9 日，中共中央、人大常委会、国务院、中央军委召开隆重纪念毛泽东逝世一周年及毛主席纪念堂落成典礼大会，华国锋在会上讲话。

————————

① 张启华主编：《中国共产党历史重要会议辞典》，中共党史出版社，党建读物出版社 2019 年版，第 198 页。
② 龙新民主编：《中国共产党历史重要事件辞典》，中共党史出版社，党建读物出版社 2019 年版，第 389—390 页。

第三编

翻天覆地

伟大转折与特色开创赋

韩邦亭

高举者红旗，横流者沧海。探求不畏曲折，此情未改。于时粉碎四人，终结十载。前行与倒退，我赶潮流；黑暗与光明，谁为主宰？未有现成之公式，尊实践以客观；必除僵化之锁枷，探真知而慷慨。复有才俊争荣，知识添彩。早启崇贤之路，科技居先；宏开复考之门，春风奏凯。

斯时问题浮水，思想交锋。自当冲洗污泥，为"集团"平反；荡涤阴霾，为"事件"正名。解放凝向前之力，团结助求是之风。冲破教条，漾清流于四海；认识功绩，开盛会于三中。否方针于"凡是"，停口号于"斗争"。重点转移，期彩蝶破茧；思想解放，待骏马腾空。民主与集中兼顾，自由与法制同行。开放兮利国之业，改革兮除旧之功。系兆姓之所求，国情须契；孚九州之所望，经济可兴。

称转折之伟大，以辨是非；赞决策之精深，以分路线。誉新时期之遵义，塑造核心；引积极性于神州，摆脱羁绊。需明确于内涵，不混淆于界限。纠错以审查"结论"，矛盾须决；探赜而冲破"左倾"，生机又现。批错误之思潮，促更新以履践。三十载之总结，最是客观；四千人之讨论，何其广泛！赞决议之精微，扬旌旗而灿烂。以平冤假，以勘错案。调和社会之关系，稳固统一之战线。加强领导，倡准则于高标；稳定中枢，挽思潮之泛滥。于是坚定推行，蓬勃发展。不在徘徊中前进，歧路何愁？当于坚毅中遄征，羲和不远。

当时群科滞后，百姓犹贫。计划堪忧，市场之调节无力；制约凸显，价值之规律不循。改革乃必经之路，村市多待饱之人。于时凤阳集智，小岗迎春。序幕初揭，摁下十八手印；承包早启，告别"三靠"之村。政治家与农民，同翻一页；发源地在乡野，力走千钧。调整国民经济，试看"八字方针"。农改率先，早筑包干之路；城改起步，缓开分灶之门。

设计师之远略，锐意改革；引路者之高瞻，厉行开放。春天之故事弥新，大海之胸襟坦荡。经济特区，悄然酝酿。初开闽粤之先，后显海南之壮。颁特殊之政策，不损主权；显措施之灵活，能协市场。增势头则活力奔腾，透窗口则视觉宽广。于时加强法制，乃四化之必然要求；保障人权，乃三中之深刻影响。重视多党派以共存，克服"清一色"之思想。绝弊于官僚，分权于"家长"。民主推进，促优越性之发挥；制度改革，燃新征程之希望。

梳历史以总结，消极必肃；标中国之特色，旗帜益彰。命题重大，科教恢张。经改兮宏图璀璨，开放兮局面辉煌。精神领队，计划超常。穿美名于寰宇，起巨变于城乡。坚守文明，显社会制度之优越；突出建设，拥事业核心之坚强。理解方针而奋进，提升觉悟而方刚。慧眼堪珍，老骥之心弥壮；良才渐起，凤雏之韵悠长。至于生命之线，守之如磐。阐述初级阶段，剖析深刻内涵。一个中心，以更生为要；两基本点，明立国之本。目标分"三步走"，设想再"翻两番"。

抓时机，改革以彰明魄力；调结构，整顿而共渡难关。

复看伟人外交，赴美访问。究问题以共识，签协定而并进。珍视繁荣，绝非隐忍。以团结反霸，融合之环境必争；以道义维和，猛进之良机握紧。和平与发展之主题，南北与西东之宏论。独立自主，友百余国而基础夯实；和平外交，倡"四原则"而寰球振奋。走精兵之路，共铸忠诚；建威武之师，堪销挑衅。复有一国两制，迎港澳兮早绽繁花；和平统一，拥宝岛兮同归方阵。

壮哉！虽有风波，守原则而挺立；必强集体，促党建以绸缪。笑迎国际风云，无非一粟；聆取南方讲话，已彻九州。决定民族之命运，复兴华夏之良筹。足见战略之宏，命题之富；中心之稳，制度之优。壮吾民而必胜，行此路而必由。星瞻北斗则道路明，改革正炽；旗展中华而宏图美，挥斥方遒！

七律·真理标准大讨论

石 厉

藩篱隔断几多年，已是云开雾散天。

要辨是非须直笔，能明得失尽时贤。

理清除弊人端正，务实求真意不偏。

讨论渊源胜盐铁，直推改革越峰巅。

注：真理标准问题的讨论①，1978年5月，一篇名为《实践是检验真理的唯一标准》的文章引起了党内外的广泛关注并由此引发了关于真理标准问题全国性的大讨论。这场讨论促进了全国性的马克思主义思想解放运动，为冲破"两个凡是"的严重束缚，为党中央重新确立马克思主义的思想路线、政治路线和组织路线奠定了理论基础，成为实现党和国家历史性伟大转折的思想先导。

七律·恢复高考

范诗银

墨水圆规榆木尺，鸡鸣一曲翻身起。

工农子弟跃龙门，市巷山村奔凤翼。

千载文明遗脉中，九分公正醉心底。

万人重谱复兴歌，高唱年年开考日。

---

① 龙新民主编：《中国共产党历史重要事件辞典》，中共党史出版社，党建读物出版社2019年版，第393页。

注：恢复高考制度[1]，1977年8月13日—9月25日，教育部在北京召开全国高等学校招生会议，会议通过了《关于一九七七年高等学校招生工作的意见》，10月5日，中央政治局讨论并通过了这一意见。10月12日，国务院批转了这一意见，正式决定从当年起，高考招生实行自愿报名、统一考试、择优录取的办法。高考制度的恢复，向被"文化大革命"耽误的大批知识青年敞开了大学之门，给他们提供了靠自己努力、通过参加考试公平竞争获得接受高等教育的机会。同时，国家现代化建设所需要的大批人才开始得到有计划的培养。

【越调·黄蔷薇过庆元贞】平反冤假错案

范诗银

　　【黄蔷薇】有冤流作海，有假何处埋。有错十多布袋，只是无从去卖。【庆元贞】又看将帅上高台，还迎"老九"过长街，相呼逐梦逞奇才。翻案翻过来，笑我笑开怀。

注：平反冤假错案[2]，党的十一届三中全会后，党中央把大规模平反冤假错案作为一项重大的政治与组织任务。此次平反冤假错案工作，至1982年基本结束，其历时之久、规模之大，前所未有。据不完全统计，在此期间，经中央批准平反的影响较大的冤假错案有30多件，全国约有300多万名干部得以平反，47万多名中共党员得以恢复党籍。数以千万计的无辜受株连的干部和群众得到了解脱。

① 龙新民主编：《中国共产党历史重要事件辞典》，中共党史出版社，党建读物出版社2019年版，第390页。
② 龙新民主编：《中国共产党历史重要事件辞典》，中共党史出版社，党建读物出版社2019年版，第402—403页。

七律·解放思想，实事求是

周加祥

东风拂面伴春来，求是之花向日开。

思想宏开明晓日，灵魂解放唤新雷。

百年追梦初心动，万户更新愿景回。

胸有高华天地阔，神州伟业上高台。

注：《解放思想，实事求是，团结一致向前看》[1]，邓小平1978年12月13日在中共中央工作会议闭幕会上的讲话。讲话分为四部分：一、解放思想是当前的一个重大政治问题。二、民主是解放思想的重要条件。三、处理遗留问题为的是向前看。四、研究新情况，解决新问题。这个讲话实际上成为随后召开的党的十一届三中全会的主题报告。

七律·党的十一届三中全会

黄丽新　范耀文

一

劫余国步尚徘徊，雪落京西起迅雷。

三纸提纲基调定，百年路线壮图开。

扫除凡是唯求是，罗致英才不忌才。

转折公推新舵手，红船出海竞相催。

---

[1] 黄小同主编：《中国共产党历史重要文献辞典》，中共党史出版社，党建读物出版社2019年版，第380页。

二

冬去春来齐向前，革新是处跃群贤。

平冤昭雪人心暖，摸石过河步履坚。

鸟啭千声应去假，花开万朵尽呈妍。

埋头务实萦民瘼，无忘初衷敢息肩。

注：十一届三中全会[①]，中国共产党第十一届中央委员会第三次全体会议于1978
年12月18日—22日在北京举行。这次全会结束了粉碎"四人帮"后党和国
家工作在徘徊中前进的局面。党在思想、政治、组织等领域的拨乱反正从这次
全会开始全面展开，我国的改革开放由这次全会揭开了序幕。经过这次全会，
邓小平实际上成为中央领导集体的核心，邓小平理论也逐步形成和发展起来。
党的十一届三中全会作为一个伟大转折点载入党的光辉史册。

浣溪沙·全党工作重点转移

林　峰

回首神州瑞霭浓，欢歌一夜五湖东。旌旗千里带霜
红。　　潮涌鱼龙银甲动，天生霹雳壮图雄。新春梦枕彩
云中。

注：全党工作重点转移[②]，1978年12月18日—22日，党的十一届三中全会在北京
召开。全会作出了把党的工作重点转移到社会主义现代化建设上来的伟大决策，
开启了我国改革开放和社会主义现代化建设的历史新时期。全会决定，从1979

---

① 张启华主编：《中国共产党历史重要会议辞典》，中共党史出版社，党建读物出版
社2019年版，第205—206页。

② 龙新民主编：《中国共产党历史重要事件辞典》，中共党史出版社，党建读物出版
社2019年版，第398—399页。

年起，把全党的工作重点和全国人民的注意力转移到社会主义现代化建设上来。全会作出的这项决策，解决了 1957 年以来没有解决好的工作重点转移问题。

七律·改革开放

林　峰

南天鹏翼起新程，来听春雷裂地声。

感岁忽惊时事改，擎天应赖碧虹横。

风开云表光华灿，月下楼头海宇清。

再借芙蓉催晓色，绿荫十万作歌行。

注：改革开放[①]，1978 年 12 月 18 日—22 日，党的十一届三中全会在北京召开，会议开启了我国改革开放和社会主义现代化建设的历史新时期，结束了粉碎"四人帮"后，党和国家工作在徘徊中前进的局面，由此，中国开始了从"以阶级斗争为纲"到以经济建设为中心、从僵化半僵化到全面改革、从封闭半封闭到对外开放的历史性转变，我国改革开放由这次全会揭开序幕。

八声甘州·改革开放总设计师邓小平

雷振斌

问神州巨舰向何方？云雾锁船舷。况险滩挡路，急流涌动，风断桅杆。幸有廉颇未老，三度跨征鞍。屹立狂澜处，

---

① 龙新民主编：《中国共产党历史重要事件辞典》，中共党史出版社，党建读物出版社 2019 年版，第 398—399 页。

拨正罗盘。　　大勇劈波斩浪，引清风万里，何惧流湍？把石头摸过，航路自平安。绘宏图，江山圈点，写华章，风靖大鹏湾。堪欣慰，有新船长，深海扬帆。

注：邓小平[①]（1904年8月22日—1997年2月19日），原名希贤，四川广安人。1920年赴法勤工俭学，1924年加入中国共产党。从土地革命、抗日战争到解放战争，先后担任党和军队的许多重要领导职务，成为中华人民共和国的开国元勋。是中国社会主义改革开放和现代化建设的总设计师，中国特色社会主义道路的开创者，邓小平理论的主要创立者。1997年2月19日在北京逝世。

鹧鸪天·小岗村

罗　辉

小岗村中十八竿，勇敲花鼓敢争先。"托孤"话语惊寒月，动地雷声震远天。　　红手印，绿桑田，律回春早暖人间。一枝绽放千枝发，万里新风改旧颜。

注：小岗村[②]，1978年秋，安徽省发生特大旱灾。面对严峻的形势，中共安徽省委果断作出"借地渡荒"的决定，这一政策激发了广大农民的生产积极性。1978年底，凤阳县梨园公社小岗生产队进行了更为大胆的改革尝试。该队的18户农民冒着风险，把田分到户，实行包干。一场深刻的农村变革从此开始。

① 何东，杨先材，王顺生主编：《中国革命史人物词典》，北京出版社1991年版，第83—86页。
② 龙新民主编：《中国共产党历史重要事件辞典》，中共党史出版社，党建读物出版社2019年版，第403页。

鹧鸪天·农村联产承包

罗　辉

联产承包直闯关，迎来春雨又肥田。祖孙三代无闲手，乡野五更犹闹喧。　披月出，戴星还，秋收时节尽开颜。上交不少斤和两，满廪余粮好过年。

注：农村联产承包^①，党的十一届三中全会之后，我国农村出现了多种形式的农业生产责任制，特别是出现了农民自发形成的以家庭承包为主要形式的包产到户。家庭联产承包责任制的实行，极大地调动了农民群众的生产积极性，解放和发展了农村生产力。家庭联产承包责任制是在党的领导下我国农民的伟大创造，成为改革开放以来我国农村的基本经营制度。

五律·四项基本原则

张敬爱

原则铿锵定，扬旌主义真。

谋功思社稷，兴国恃经纶。

四项擎天柱，九州追梦人。

清平呈大道，一览五湖春。

注：四项基本原则^②，1979 年 3 月 30 日，邓小平受党中央委托，在党的理论工作务

---

① 龙新民主编：《中国共产党历史重要事件辞典》，中共党史出版社，党建读物出版社 2019 年版，第 419 页。
② 龙新民主编：《中国共产党历史重要事件辞典》，中共党史出版社，党建读物出版社 2019 年版，第 409 页。

虚会上发表了《坚持四项基本原则》的重要讲话。他指出，中央认为，我们要在中国实现四个现代化，必须在思想政治上坚持四项基本原则。这四项基本原则是：必须坚持社会主义道路；必须坚持人民民主专政；必须坚持共产党的领导；必须坚持马列主义、毛泽东思想。四项基本原则，是我们的立国之本，是团结全党和全国各族人民的共同的政治基础，是社会主义现代化建设事业顺利发展的根本保证，是我们党和国家生存发展的政治基石。

鹧鸪天·创办经济特区

罗方友

　　土地贫瘠何所依？杀出血路破樊篱。三资企业添风采，千载渔村变特区。　　施善策，觅商机，打工下海浪潮急。春天故事家家唱，港澳缤纷已不奇。

注：创办经济特区[①]，1979 年 7 月 15 日，中共中央、国务院决定先在深圳、珠海试办出口特区，待取得经验后，再考虑在汕头和厦门设置特区。1981 年 7 月 19 日，中共中央、国务院批转《广东、福建两省和经济特区工作会议纪要》，明确深圳、珠海应建成兼营工、商、农、牧、住宅、旅游等多种行业的综合性特区，汕头、厦门应建成以加工出口为主同时发展旅游等行业的特区。深圳、珠海、汕头、厦门四个经济特区的建立，是我国实行对外开放的重要突破口，在改革开放和社会主义现代化建设中发挥了重要的示范、辐射和带动作用。

---

① 龙新民主编：《中国共产党历史重要事件辞典》，中共党史出版社，党建读物出版社 2019 年版，第 411—412 页。

浣溪沙·深圳经济特区

程宝庆

深港画风昔日殊，渔村一水隔仙居，闭关诸葛智谋枯。　十载开山天地换，通衢广厦筑罗湖，宏图已奠大湾区。

注：深圳经济特区^①，深圳经济特区于 1980 年 8 月 26 日正式成立，是中国最早实行对外开放的四个经济特区之一。从 1980 年到 2000 年，深圳特区 GDP 年均递增 31.2%，创造了令世界惊叹的"深圳速度"。"深圳的发展和经验证明，我们建立经济特区的政策是正确的。"经济特区取得的令人瞩目的巨大成就，向世界展示了中国改革开放的坚定决心，同时也为逐步扩大对外开放和推进经济体制改革提供了丰富的经验。

浣溪沙·珠海经济特区

程宝庆

海上楼台接碧霄，金湾银燕秀天骄。洪波百里涌虹桥。　文相伶仃哀末路，邓公南海鼓春潮。今逢渔女叹妖娆。

注：珠海经济特区^②，建立 41 年来，珠海经济特区大胆试、勇敢闯，形成了鲜明

---

① 《深圳经济特区的诞生》，人民网，http://graphicnews.people.com.cn/n1/2020/0826/c364827-31836915.html。

② 《珠海经济特区："小而美"迈向"大而优"》，人民网，http://dangshi.people.com.cn/n1/2021/0325/c436975-32060495.html。

的"珠海特色"。珠海始终牢记特区使命，坚持走改革开放之路。从开办全国第一家"三来一补"企业香洲毛纺厂，到兴办全国第一家中外合作酒店石景山旅游中心，再到创立全国第一个跨境工业区珠澳跨境工业区；从首创土地管理"五个统一"的珠海模式，到用法治保护生态环境，珠海诠释了特区作为改革开放"重要窗口""排头兵"和"试验田"的使命担当。

八声甘州·汕头经济特区

谢良喜

望无边鮀岛绘蓝图，楼宇倚天高。正风吹海域，云开禹甸，日照晴霄。万里翠峰如簇，商埠竞岩峣。浩荡韩江水，淘尽英豪。　　每溯潮人信史，忆海丝文化，于此丰饶。念海滨邹鲁，千古自风骚。更改革、特区初置，领粤东、崛起树高标。今何幸、又逢盛世，尽奏南韶。

注：汕头经济特区 [1]，从龙湖 1.6 平方公里的"巴掌特区"起步，如今已是高楼林立的现代都市；地区生产总值从 1978 年的 7.28 亿元，增长到 2019 年的 2694 亿元；汕头经济特区建立 40 年来，依托侨乡优势，在改革开放进程中写下了浓墨重彩的篇章。40 年来，汕头经济特区敢闯敢试、敢为人先，切实肩负起改革"试验田"的使命，创造了一批"全国首创"和"全国率先"。

---

[1] 《汕头经济特区建立四十周年：拓宽创新路 发展动能足》，《人民日报》，2020 年 9 月 10 日。

八声甘州·厦门经济特区

谢良喜

过蓝天秀水一新城，白浪涌平沙。恰晴风拂面，闲鸥戏水，远壑流霞。望尽鹭江两岸，泛海有星槎。浪鼓万年屿，绿遍天涯。　　且更高台凝伫，叹苍茫海岛，自古繁华。忆延平当日，曾此逐兵车。念特区、河清海晏，更春风、吹入小康家。嘉禾路、只应行遍，归去还夸。

注：厦门经济特区^①，1980年10月，国务院批准设立厦门经济特区，厦门与深圳、珠海、汕头一起成为我国最早设立的四个经济特区之一。40年来，厦门经济特区运用中央给予的特殊政策和灵活措施，形成了全方位、高层次的对外开放新格局，成为中国对外开放的重要窗口，各项事业成就斐然。

鹧鸪天·深圳速度

詹　强

设计蓝图只一圈，渔村今昔两重天。
杀开血路寻奇迹，汇集英才创纪元。
怀壮志，过雄关，高楼万丈立鹏湾。
悄然崛起环球震，滚滚潮流谁小看。

① 《档案见证改革开放40年·福建故事（一）厦门经济特区篇》，人民网，http://politics.people.com.cn/n1/2018/1113/c1001-30398219.html。

注：深圳速度①，从特区建立之初，深圳就以"三个有利于"为标准和大胆试验的原则，锐意改革，敢闯敢试，冲破旧观念的束缚，改革政府机制、企业机制，建立市场机制。深圳以第一个"吃螃蟹"者的精神，推出了"小政府，大社会"体制，进行劳动制度改革，制定全国第一部土地有偿使用方法，一系列创新的机制影响了全国，也带来了"深圳速度"。

七律·建设有中国特色的社会主义

刘周晰

恒持正道谱华章，十二大开看领航。

得统过河探石理，宏开强国富民方。

创新彩笔凝长策，务实高标筑小康。

翻两番成时代语，黎元齐赞是中央。

注：建设有中国特色的社会主义②，1982年9月1日，邓小平在党的十二大开幕词中提出"建设有中国特色的社会主义"的命题，该命题凝聚着改革开放以来中国共产党对什么是社会主义、怎样建设社会主义的新认识，对于推进中国特色社会主义伟大事业，坚定不移沿着中国特色社会主义正确道路走下去，具有重大而深远的意义。

---

① 中央电视台《复兴之路》节目组，人民出版社《复兴之路》编写组编写：《复兴之路》人民出版社2012年版，第221页。

② 龙新民主编：《中国共产党历史重要事件辞典》，中共党史出版社，党建读物出版社2019年版，第428页。

七律·华北军事演习

李栋恒

又是苍鹰眼疾时，天公偏爱铁军驰。

荒原万里腾狮影，晴宇千寻掠隼姿。

地裂山崩开火令，灰飞烟灭凯旋诗。

大风忧曲何须唱，我自高歌砥柱师。

注：华北军事演习[①]，1981年9月14日，我军在华北某地举行了具有重要历史意义的华北军事演习。这是新中国成立以来我军规模最大的一次军事演习，也是十一届三中全会以后邓小平出任军委主席后抓的一件大事。演习的题目是方面军防御战役演习，主要有四个内容，一是模拟蓝军集群坦克进攻；二是空降与反空降；三是陆军师坚固阵地防御；四是战役预备队反突击。

七律·李先念

潘　泓

李家大屋弄犁人，倒海翻江事事神。

一自深山来马列，数从绝地走麒麟。

挥鞭可逐烽烟静，治国能揩日月新。

纪念馆中图画在，轩昂不愧庙堂身。

---

① 《改革开放30年：1981年华北军事演习难忘经历》，中国军网－解放军报，2017年07月11日，http://www.81.cn/2017jj90/2017-07/11/content_7671420.htm。

注：李先念①（1909年6月23日—1992年6月21日），湖北黄安（今红安）人。1927年12月加入中国共产党。曾参加黄（安）麻（城）起义、抗日战争、解放战争等。长期以来，作为党和国家的领导人之一，为民族独立和人民解放，为社会主义革命、建设、改革事业作出了不可磨灭的贡献。1992年6月21日逝世。

沁园春·中国共产党第十二次全国代表大会

杨孔鑫

收拾河山，生聚艰难，六载潮平。见黉门又启，饱收才俊；沉冤终雪，永复英名。手印岗村，炮声蛇口，改革新风若震霆。民心悦，看重光赤县，旗帜高擎。　　复兴引领航程，此盛会、齐心破浪行。更坚持道路，路宣特色，肃清法治，治重文明。纲领重修，小康在望，鼙鼓频催奋进声。殊勋永，记辉煌今日，不忘曾经。

注：中国共产党第十二次全国代表大会②，于1982年9月1日—11日在北京举行。邓小平在开幕词中明确提出了"建设有中国特色的社会主义"的重大命题。新的历史时期的总任务是：团结全国各族人民，自力更生，艰苦奋斗，逐步实现工业、农业、国防和科学技术现代化，把我国建设成为高度文明、高度民主的社会主义国家。中国共产党第十二次全国代表大会的胜利召开，标志着党成功地实现了具有重大历史性意义的伟大转变。

---

① 何东，杨先材，王顺生主编：《中国革命史人物词典》，北京出版社1991年版，第264—265页。

② 张启华主编：《中国共产党历史重要会议辞典》，中共党史出版社，党建读物出版社2019年版，第229—230页。

七律·多种经济形式

周　达

赤橙黄绿青蓝紫，四季花开岂独春。

无限生机苏大野，多重德政惠斯民。

抛将桎梏随风去，喜见江山逐日新。

所有制非拦路虎，怡然一解自轻匀。

注：多种经济形式[①]，1981年10月17日，中共中央、国务院作出《关于广开门路，
搞活经济，解决城镇就业问题的若干决定》中指出，在社会主义公有制经济占
优势的根本前提下，实行多种经济形式和多种经营方式长期并存，是我党的一
项战略决策。

七律·乡镇企业崛起

周　达

春来万籁出山林，乡企振兴空古今。

已识工商关大体，当凭富裕践初心。

沉舟破釜迎锋上，摸石过河试水深。

四十余年桑海变，小康汔可报佳音。

注：乡镇企业崛起[②]，我国乡镇企业的前身是农村手工业和社队企业。1978年党的

① 中共中央党史和文献研究院著：《改革开放四十年大事记》，人民出版社，第8—9页。
② 《乡镇企业异军突起》，国家统计局，http://www.stats.gov.cn/ztjc/ztfx/xzg50nxlfxbg/
200206/t20020605_35964.html。

十一届三中全会之后，我国乡镇企业异军突起，取得了世人瞩目的伟大成就，成为农村经济的主体力量和国民经济的重要组成部分。乡镇企业的发展，对促进国民经济增长和支持农业发展，对增加农民收入和吸纳农村剩余劳动力，对壮大农村集体经济实力和支持农村社会事业，逐步实现农村城镇化都发挥了不可替代的重要作用。

鹧鸪天·打工者

王守仁

小女停学卖豆芽，打工老夫走天涯。日背砖块汗如雨，夜宿工棚霜似花。　　停饮酒，不喝茶，分文积攒寄娇娃。偶闲也作登楼望，万户千灯不是家。

卜算子·沿海城市开放

周　进

甲子正阳时，喜说中央讯。海域门开十四城，经略深蓝阵。舟近港湾宏，绘我中华景。万里东风扑面来，卷起春潮汛。

注：沿海城市开放[①]，1984 年 5 月 4 日，中共中央、国务院批转《沿海部分城市座谈会纪要》，同意开放大连、秦皇岛、天津、烟台、青岛、连云港、南通、上海、

[①] 龙新民主编：《中国共产党历史重要事件辞典》，中共党史出版社，党建读物出版社 2019 年版，第 441 页。

宁波、温州、福州、广州、湛江、北海14个沿海港口城市。这是党中央、国务院在改革开放历史进程中所作出的重大决策,有力地促进了这些城市的经济发展。1984年,14个城市全年工业总产值合计1589.6亿元,比上年增长11.5%。

五律·干部队伍"四化"

周子健

国勋思后继,要在选贤中。

德教心须赤,风华日正东。

书山能远探,术业有专攻。

四翼扶摇起,青云路自通。

注:干部队伍"四化"[1],党的十一届三中全会后,中央提出了干部队伍的"四化"方针,即革命化、年轻化、知识化、专业化。1981年6月27日,党的十一届六中全会通过的《关于建国以来党的若干历史问题的决议》提出:"在坚持革命化的前提下,逐步实现各级领导人员的年轻化、知识化和专业化。"1982年9月,党的十二大正式把"努力实现干部队伍的革命化、年轻化、知识化、专业化"写进党章,作为新时期干部队伍建设的方向和目标。

---

[1] 龙新民主编:《中国共产党历史重要事件辞典》,中共党史出版社、党建读物出版社2019年版,第429页。

水调歌头·中国共产党第十三次 全国代表大会

叶志深

国有中兴策，只为世人谋。相融初级阶段，谁可主沉浮。一个中心定位，两个坚持立本，椽笔写春秋。喜绘新年景，壮举溯根由。　　明方向，思渐进，莫回头。云蒸霞蔚之间，一脉泻清流。日月翻过黄页，画卷铺开千里，梦想任歌讴。指点晴空下，春色满神州。

注：中国共产党第十三次全国代表大会[①]，于 1987 年 10 月 25 日—11 月 1 日在北京举行。会议的中心议题是进一步加快和深化改革。赵紫阳向大会作题为《沿着有中国特色的社会主义道路前进》的报告。报告阐明中国正处在社会主义初级阶段，根据我国国情和邓小平的设计，报告提出分三步走的经济发展战略部署。大会的突出贡献是系统阐述了社会主义初级阶段的理论，明确概括了党在社会主义初级阶段的基本路线。

七律·党的第十三大感怀

周子健

国情发展势犹初，经济生机渐复苏。
列坐共谋三步策，倾谈争献百年书。

---

① 张启华主编：《中国共产党历史重要会议辞典》，中共党史出版社，党建读物出版社 2019 年版，第 263—264 页。

每思道路新阶段，如看江山美画图。

围绕一心抓两点，和衷奋进莫踟蹰。

五律·社会主义初级阶段基本路线

范旭梅

子民犹未富，产业尚萧条。

自力谋方略，改革搏浪涛。

中心必须守，两点不能抛。

路线持当久，强国何以遥。

注：社会主义初级阶段基本路线[1]，1987 年 10 月 25 日—11 月 1 日，中国共产党第十三次全国代表大会在北京举行。赵紫阳在作的《沿着有中国特色的社会主义道路前进》的报告中，提出了党在社会主义初级阶段"一个中心，两个基本点"的基本路线，即领导和团结全国各族人民，以经济建设为中心，坚持四项基本原则，坚持改革开放，自力更生，艰苦创业，为把我国建设成为富强、民主、文明的社会主义现代化国家而奋斗。

---

[1] 龙新民主编：《中国共产党历史重要事件辞典》，中共党史出版社，党建读物出版社 2019 年版，第 466—467 页。

渔家傲·国民经济调整

周兴俊

巍巍华夏谁能撼？围攻何惧来天半，反制犹如霹雳弹。齐声赞，东风吹过乌云散。　　经济一调情境变，内生动力情无限，日日增值千百万。人皆叹，神州胜似离弦箭！

七绝·百万大裁军

李政敏

痛裁百万铸精兵，面向未来威力增。

试看三军皆劲旅，英雄钢铁固长城。

注：百万大裁军①，1985 年 6 月—1987 年底，为了使军队更加适应现代战争的需要，适应国家经济建设的需要，1985 年 6 月 4 日，中央军委主席邓小平代表中国政府宣布，中国人民解放军将减少员额 100 万。1985 年—1987 年，军队进行了大规模的精简整编工作。至 1986 年底，军队减少员额 41 万人，全军减少军级以上单位 30 多个，师团单位 4000 多个，总部机关人员减少了一半，原有的 11 个大军区整编为 7 个。到 1987 年底，军队减少员额 100 万的计划最终完成。

---

① 龙新民主编：《中国共产党历史重要事件辞典》，中共党史出版社，党建读物出版社 2019 年版，第 448 页。

临江仙·海南经济特区

郭秀珍

改革潮流排浪涌，如时激荡南天。旦消沉寂两千年。海帆扬起处，丝路向前沿。　　为有胸怀成壮举，融容天下多边。博鳌咸集会论坛。吟风旗猎响，兴国梦当圆。

注：海南经济特区^①，为加快海南的开发建设，1988年4月13日，第七届全国人民代表大会第一次全体会议通过国务院关于设立海南省的议案。与此同时，会议通过《关于建立海南经济特区的决议》，划定海南岛为海南经济特区。1988年4月26日，中共海南省委、海南省人民政府正式挂牌，并成为我国最大的经济特区，海南的发展进入了一个崭新的历史时期。

临江仙·浦东新区

陈作耕

黄浦滔滔江上水，浪花激荡心胸。新城拔地耸苍穹。当年萧瑟地，今日耀霓虹。　　引领长江经济带，几多伟绩丰功。环球瞩目大金融。扬帆通四海，万里借东风。

注：浦东新区^②，20世纪80年代后，上海要求振兴和发展的呼声空前强烈。1987年初，上海市政府形成《关于浦东新区经济、科技、社会、文化发展纲要》。1990年4月，

① 龙新民主编：《中国共产党历史重要事件辞典》，中共党史出版社，党建读物出版社2019年版，第474页。

② 龙新民主编：《中国共产党历史重要事件辞典》，中共党史出版社，党建读物出版社2019年版，第489页。

国务院批准同意上海市加快浦东地区的开发，并实行经济技术开发区和某些经济特区的某些政策。开发浦东、开放浦东，是中央为深化改革、扩大开放作出的又一个重大部署，对于上海和全国都是一件具有重要战略意义的事情。

沁园春·"五个一工程"奖

赵 英

好剧传神，好书治愚，好戏流芳。喜无需砖瓦，培根固本；开新继雅，正气舒张。经济腾飞，人文塑造，万里山河岁月长。此工巨，举全民之力，步履铿锵。 群星遥映康庄，且引领清风入小窗。设峰巅奖项，情操高尚；蓝图擘画，把住归航。净化心灵，直奔梦想，犹待人间好食粮。新时代，看前行路上，更谱华章。

注："五个一工程"奖①，为了加强对精神产品生产的领导，中央宣传部1991年开始设立"五个一工程"组织工作奖和入选作品奖。具体内容是要求各省、自治区、直辖市党委宣传部抓好精神产品的生产，力求从1991年起，每年度拿出一本好书、一台好戏、一部优秀影片、一部优秀电视剧、一篇有创见有说服力的理论文章，后来又增加了歌曲和广播剧。1992年5月20日，中央宣传部颁发首届"五个一工程"组织工作奖和入选作品奖。

---

① 龙新民主编：《中国共产党历史重要事件辞典》，中共党史出版社，党建读物出版社2019年版，第497页。

七律·邓小平视察南方

郑伟达　王贺军

一

南方讲话耀乾坤，一片东风万户村。

世有定规民富始，天留宏略国强根。

鹏飞华厦红云起，龙奋珠江白浪奔。

花好应须怀厚德，春天往事告儿孙。

二

为国何辞耄耋身，拨开云雾作南巡。

过河岂让空谈误，问路还求实践真。

圈画渔村潮顿阔，歌飞大地日翻新。

至今犹记小平好，早令神州处处春。

注：邓小平发表南方谈话[1]，1992 年 1 月 18 日—2 月 21 日，邓小平先后赴武昌、深圳、珠海、厦门和上海等地视察，沿途发表了重要谈话，即著名的南方谈话。邓小平南方谈话是对党的十一届二中全会以来的基本理论和基本实践的深刻总结，是对长期束缚人们思想的许多重大认识问题的科学回答，有力地推动了中国新一轮加快改革和发展的步伐。

[1] 龙新民主编：《中国共产党历史重要事件辞典》，中共党史出版社，党建读物出版社 2019 年版，第 496—497 页。

水调歌头·中国共产党第十四次全国代表大会

肖力勇

盛世逢嘉会，妙手谱雄章。河流深浅，自有前路永辉煌。冷眼风云世纪，把握和平机遇，蓄力更图强。改革潮流涌，再挂大帆扬。　　谋愿景，筹发展，莫彷徨。创新理论，大国特色耀精芒。门外宏开街市，笔下新型体制，一举破沧浪。代代传薪火，远梦辟征航。

注：中国共产党第十四次全国代表大会①，于 1992 年 10 月 12 日—18 日在北京举行。这次大会作出三项具有深远意义的重大决策：一是要求全党抓住机遇，加快发展，集中精力把经济建设搞上去。二是明确我国经济体制改革的目标是建立社会主义市场经济体制。三是确立邓小平建设有中国特色社会主义理论在全党的指导地位。

七律·建立社会主义市场经济体制

周清印

共襄盛会引航程，百舸千帆灯塔明。
敢试先知春水暖，屡探渐觉岸礁平。

---

① 张启华主编：《中国共产党历史重要会议辞典》，中共党史出版社，党建读物出版社 2019 年版，第 313—314 页。

九州商贾如云集，一寸光阴与日争。

功胜宋朝开市禁，东方风起大潮生。

注：建立社会主义市场经济体制①，1992年10月12日—18日，中国共产党第十四次全国代表大会在北京举行。江泽民在十四大报告中明确指出，我国经济体制改革的目标是建立社会主义市场经济体制。这是党的十一届三中全会以来的市场化取向改革发展的必然趋势，也是对党的十二届三中全会提出的公有制基础上有计划商品经济改革目标的进一步发展，标志着党对社会主义理论和改革开放实践的认识实现了新的飞跃。

人月圆·对香港恢复行使主权

赵永生

风清雨过雄狮醒，九域换新天。华灯辉映，高歌畅曲，百业喧阗。　　伟人拓路，桥连两制，闻者皆欢。金秋乐庆，沉香归祖，月满人圆。

注：对香港恢复行使主权②，1997年6月30日午夜，香港会议展览中心灯火通明，举世瞩目的中英两国政府香港交接仪式在这里举行。6月30日23时59分，英国国旗和香港旗缓缓降下，象征着英国对香港一个半世纪的殖民统治宣告结束。7月1日零时，乐队奏响中华人民共和国国歌，中华人民共和国国旗和中华人民共和国香港特别行政区区旗冉冉升起。中华人民共和国主席江泽民庄严宣告：中国政府对香港恢复行使主权。

---

① 龙新民主编：《中国共产党历史重要事件辞典》，中共党史出版社，党建读物出版社2019年版，第499页。

② 本书编写组编著：《中国共产党简史》，人民出版社，中共党史出版社2021年版，第318页。

七律·香港回归的稳定与发展

包美荣

百年海雨濯烟尘，青史昭昭列主宾。

一度桨声留客子，几番云气拥江津。

九龙港口望新界，七月音书告故人。

大国泱泱明德远，旌旗满载五湖春。

注：香港回归的稳定与发展①，1997年7月1日零时，乐队奏响中华人民共和国国歌，中华人民共和国国旗和中华人民共和国香港特别行政区区旗冉冉升起。中华人民共和国主席江泽民庄严宣告：中国政府对香港恢复行使主权。香港回归，踏上了稳定与发展之路。

八声甘州·中国共产党第十五次全国代表大会

鲁 仁

正九霄澄澈景新清，月华满都城。似航灯导向，改开理论，入典昭铭。贤哲同商国是，正果践修成。两秩过河路，新启长征。　回顾神州曩昔，看前人创业，唯实而成。这中心转换，拓野更披荆。国门开、繁荣气象，改革兴、动力倍添增。无疑有、把关原则，国祚鹏程。

---

① 本书编写组编著：《中国共产党简史》，人民出版社，中共党史出版社2021年版，第318页。

注：中国共产党第十五次全国代表大会①，于 1997 年 9 月 12 日—18 日在北京举行。这次大会在我国改革开放和社会主义现代化建设发展的关键时刻召开，是一次承前启后、继往开来，高举邓小平理论伟大旗帜，坚定不移地沿着党的十一届三中全会以来正确路线胜利前进，动员全党和全国各族人民团结奋斗，把建设有中国特色社会主义事业全面推向 21 世纪的大会。大会的最大贡献是把邓小平理论确立为全党的指导思想。

西江月·"两弹一星"元勋

陈小明

其一

权霸张牙何惧，炎黄浩宇扬威。自凭神力探天阍，原是人仙佳会。　　捡取灵珠成串，更携星斗来归。妙思功在一毫微，造出凡尘奇蕊。

其二

云散蘑菇万朵，天边利箭如飞。五洲遥望一金徽，虎旅披坚执锐。　　勋授廿三奇士，心悲七杰长违。风前红紫竞芳菲，来看山河碧翠。

注："两弹一星"元勋②，1999 年 9 月 18 日，中共中央、国务院、中央军委作出《关于表彰为研制"两弹一星"作出突出贡献的科技专家并授予"两弹一星功勋奖章"

---

① 张启华主编：《中国共产党历史重要会议辞典》，中共党史出版社，党建读物出版社 2019 年版，第 351—352 页。

② 龙新民主编：《中国共产党历史重要事件辞典》，中共党史出版社，党建读物出版社 2019 年版，第 532 页。

的决定》，并在人民大会堂举行表彰大会。授予于敏、王大珩、王希季、朱光亚、任新民、孙家栋、吴自良、陈芳允、陈能宽、杨嘉墀、钱学森、屠守锷、周光召、黄纬禄、程开甲、彭桓武"两弹一星功勋奖章"，追授王淦昌、邓稼先、赵九章、姚桐斌、钱骥、钱三强、郭永怀"两弹一星功勋奖章"。

七律·六盘山退耕还林草

项宗西

退耕林草万千家，绿满六盘黄土洼。

苦瘠曾传冠华夏，积贫今扫绽奇葩。

纵横阡陌高低树，上下梯田李杏花。

碧水青山西海固，名扬丝路到天涯。

注：六盘山退耕还林草①，2000 年 9 月 10 日，国务院发布的《国务院关于进一步做好退耕还林还草试点工作的若干意见》指出，要加强西部生态环境保护和建设的重大意义，进一步提高认识，加强领导，切实把退耕还林还草试点工作列入重要议事日程，及时研究解决实施中的重大问题，保证这项工作健康有序地开展。

水调歌头·黄河金岸大开发

项宗西

破雾云涛涌，撼日浪排空。昆仑西极寒彻，紫气贯溟东。

峡出青铜高坝，一望平畴无际，满目尽葱茏。晚照渔歌里，

① 中共中央文献研究室、国家林业局编：《新时期党和国家领导人论林业与生态建设》，中央文献出版社 2001 年版，第 296—297 页。

千载唱豪雄。　　金堤固，楼阁起，跨长虹。锦城雾列襟抱，辐辏九衢通。云集冕旒才俊，鼎兴商工百业，天府势乘龙。漠北腾飞际，红日耀苍穹。

注：黄河金岸大开发①，黄河金岸工程使沿黄河的周边城市突破传统的行政区划界限，围绕黄河形成新的城市群和经济圈，生动诠释"宁夏唯黄河而存在，依黄河而发展，靠黄河而兴盛"的科学发展内涵。首府银川作为黄河金岸城市圈中的"支点"，天蓝、地绿、水美的"塞上湖城"随着最适宜居住和创业的"两宜"创建战略初见成效。

七律·澳门回归

赵发洪

妈祖曾经断海涯，母怀难暖痛离家。

临渊浸雨酸心泪，认梓归宗照眼花。

两制当延歌岁月，同欢不忘说桑麻。

濠江扬子波兼涌，共润金莲向海涯。

注：澳门回归②，1999 年 5 月 15 日，澳门特别行政区第一届政府推选委员会以无记名投票方式，选举何厚铧为澳门特别行政区首任行政长官人选。5 月 20 日，中央政府任命何厚铧为澳门特别行政区第一任行政长官。1999 年 12 月 19 日午夜至 20 日凌晨，中葡两国政府举行澳门交接仪式。中华人民共和国主席江泽民庄严宣告：中国政府对澳门恢复行使主权。

---

① 赵铁骑，杜嗣琨主编：《黄河日记》，人民出版社 2010 年版，第 70—71 页。

② 本书编写组编著：《中国共产党简史》，人民出版社，中共党史出版社 2021 年版，第 318—319 页。

蝶恋花·可持续发展观

郑福太

绿水青山花放处。百鸟和鸣，云共霓裳舞。风过期听春夜雨，林深自有清音许。　　碧浪清渠翻转去。万里平畴，一扫千门虑。天赐隆恩当薄取，人间万物需持护。

注：可持续发展观①是科学发展观的核心内容，可持续发展是指既满足当代人的需要，又不损害后代人满足需要的能力的发展。我国人均资源相对不足，生态环境基础薄弱，选择并实施可持续发展战略是中华民族彻底摆脱贫困、创建高度文明的明智选择。

国家最高科技奖

郑福太

雁门日暖九州荣，函谷天开道至明。
回望塞途心一贯，来寻春色路千程。
今朝振羽冲云嶂，异日登峰展旆旌。
世有英才三阵列，雄关百二待鸿征。

注：国家最高科技奖②一般指国家最高科学技术奖。国家最高科学技术奖于 2000 年

---

① 可持续发展观，百度百科，https://baike.baidu.com/item/%E5%8F%AF%E6%8C%81%E7%BB%AD%E5%8F%91%E5%B1%95%E8%A7%82/2651053?fr=aladdin。

② 国家最高科学技术奖，百度百科，https://baike.baidu.com/item/%E5%9B%BD%E5%AE%B6%E6%9C%80%E9%AB%98%E7%A7%91%E5%AD%A6%E6%8A%80%E6%9C%AF%E5%A5%96/621338?fromtitle=%E5%9B%BD%E5%AE%B6%E6%9C%80%E9%AB%98%E7%A7%91%E6%8A%80%E5%A5%96&fromid=443273&fr=aladdin。

由中华人民共和国国务院设立，由国家科学技术奖励工作办公室负责，是中国五个国家科学技术奖中最高等级的奖项，授予在当代科学技术前沿取得重大突破或者在科学技术发展中有卓越建树、在科学技术创新、科学技术成果转化和高技术产业化中创造巨大经济效益或者社会效益的科学技术工作者。

七律·"走出去"战略

国金超

一从擘画国门开，四面嘉宾破茧来。

海路波迎新主客，丝途榻扫旧尘埃。

竞争须作真强手，融入方赢大舞台。

耻辱百年终莫忘，红梅合向五洲栽。

注："走出去"战略[1]，2000 年 10 月，党的十五届五中全会提出，"实施'走出去'战略，努力在利用国内外两种资源、两个市场方面有新的突破"。根据这一战略部署，我的对外开放从过去侧重引进为主，发展为"引进来"和"走出去"相结合。一批有实力有优势的企业到非洲、中亚、中东、东欧、南美等地投资办厂，积极参与国际合作。"引进来"和"走出去"战略促进了我国开放型经济的发展，加快了我国经济融入经济全球化进程，拓展了我国经济发展空间。

---

[1] 本书编写组编著：《中国共产党简史》，人民出版社，中共党史出版社 2021 年版，第 306—307 页。

七律·中国加入世界贸易组织

郑伟达

扫尽云烟绘湛蓝，入关更为好通关。

丰财阜货山成玉，强国富民人似仙。

百业隆新开放日，万方汇集小康天。

如今汇入快航道，鼓动春潮送远船。

注：中国加入世界贸易组织①，2001年11月10日，世界贸易组织（WTO）第四届部长级会议在卡塔尔首都多哈以全体协商一致的方式，审议并通过了中国加入世贸组织的决定。加入WTO和全面参与多边贸易体制，是中国领导人在经济全球化进程加快的形势下作出的战略决策。中国为加入WTO作出了长期不懈的努力，这充分表明了中国深化改革和扩大开放的信心和决心。

把中国特色社会主义事业推向前进赋

苏　俊

鼎革潮来，曙迎新纪；山河帜奋，日献宏猷。謇謇风云，大道瞻来马首；胸怀世界，中华昂起龙头。望旌旗之影动，闻鼓角之声遒。聚核心而凝众力，肩重任以继前修。

而乃鸾集京华，十六大宏开好局；龙飞禹甸，八千程快着先鞭。特色图开，浓墨兼之重彩；小康势好，梅花报以春妍。

---

① 龙新民主编：《中国共产党历史重要事件辞典》，中共党史出版社，党建读物出版社2019年版，第548—549页。

三个代表之光芒，肇于南粤；九州经济之腾踔，耀乎中天。青藏线之兴修，遥通绝塞；格桑花之绽放，遍缀高原。西电充盈，喜能源之东送；高科带动，听捷报之频传。八千程西气东输，轮南发轫；九省区朝连暮接，沪上腾欢。中部齐飞，豫鄂湘之振翼；新程竞进，赣徽晋以争先。期东北之振兴，最关全局；赖中央之筹划，奋越雄关。沪淞乘时，构浦东之模式；风雷撼地，骋天下之鞍鞯。时雨润民心，告别"皇粮国税"；春风携喜讯，催开紫姹红嫣。构筑和谐，社会以人为本；经营幸福，公民乃国之源。回头非典来时，战疫全凭科学；着手回春之际，白衣同抱心丹。引吭高歌，愿金瓯之永固；举杯畅饮，祝明月之长圆。

若乃车轮掣电，载十七大之辉煌；云路抟风，揽九万里之瑰丽。建全面之小康，迎中兴之盛世。扬经济之云帆，筑文化之高地。增软实力，雄居世界之林；学先进性，把握潮流之势。统筹发展，循科学之正途；坚持改革，继先驱之猛志。试看酒泉光动，喜神七之飞天；谛听银汉星流，向大宙而探秘。三峡建成电站，泽以苍生；六年树起丰碑，铭于青史。飞珠走玉，丹江输入京城；缩地移天，北地调来南水。看蛟龙之潜海，震撼全球；见航母之扬波，激增士气。亚丁湾之击楫，沧海摩平；联合国之维和，雄师振起。至若筵开东道，登奥运之巅峰；笙奏沪滨，迎世博之盛会。栽培楠杞，九年义务之施行；叱咤风云，一代高才之荟萃。至如抗击金融风暴，出台以十措施；协调经济平衡，定策为一揽子。持稳定以前行，抱和衷而共济。难忘汶川历劫，痛骨肉之分离；

最幸华裔同心，输胆肝而砥砺。家园重建，赖四海之驰援；领袖亲临，泂万家之福祉。

于是，抚节长吟，领升平之气象；凭栏远眺，拓天地之心胸。歌政善，颂时雍。心有尽，愿无穷。骋壮怀于宇内，扶旭日上天东。破万叠之风涛，敢辞艰险；酬百年之梦想，更召英雄！

贺新郎·中国共产党
第十六次全国代表大会

赵安民

破浪新征渡，领航程，与时俱进，赤旗高举。伟大先锋磐石固，永葆中流砥柱。效莲藕，污泥休腐。全面小康为鹄的，贯十条、经验宜持续。三代表，党章入。　宏开新纪风云路。为人民、力谋幸福，稳腾三步。绿水青山珍惜好，更拓天宫佳处。奋举翼、太空鹏翥。古老中华新境界，跨天门、抢渡银河去。倾北斗，流星雨。

注：中国共产党第十六次全国代表大会①，于 2002 年 11 月 8 日—14 日在北京举行。此次大会把"三个代表"重要思想和马克思列宁主义、毛泽东思想、邓小平理论一道确立为中国共产党的指导思想，是一个历史性贡献，具有划时代的意义。大会提出全面建设小康社会的奋斗目标，对于凝聚全党和全国各族人民的力量，加快推进社会主义现代化，同样具有十分重要的意义。

---

① 张启华主编：《中国共产党历史重要会议辞典》，中共党史出版社，党建读物出版社 2019 年版，第 396 页。

临江仙·振兴东北老工业基地

任海泉

黑水白山曾首唱，初时风度翩翩。星移斗转失优先。工区多老旧，龙榜不沾边。 再创辉煌传号角，图强应胜当年。革除积习换新天。重开辽沈战，突破在攻坚。

注：振兴东北老工业基地①，中共十六大之后，又根据全国经济协调发展的需要，提出了"振兴东北老工业基地"的战略规划。2003 年 9 月 10 日，温家宝总理召开国务院常务会议，研究实施东北地区等老工业基地振兴战略问题，确定了振兴东北地区等老工业基地的指导思想和原则、主要任务及政策措施。实践证明，这一重大决策效果良好，对统筹全国各方面协调发展是十分必要的。

七律·构建和谐社会

赵润田

安居大事千秋梦，百世殷殷业始成。
先富济贫消困厄，后发奋勇起豪雄。
公平自免干戈乱，正义能息豹虎争。
天地人寰皆守序，神州无处不春融。

注：社会主义和谐社会②，2006 年 10 月，党的十六届六中全会通过《中共中央关于

① 陈述：《改革开放重大事件和决策述实》，人民出版社 2008 年版，第 323—324 页。
② 本书编写组编著：《中国共产党简史》，人民出版社，中共党史出版社 2021 年版，第 342 页。

构建社会主义和谐社会若干重大问题的决定》，提出按照民主法治、公平正义、诚信友爱、充满活力、安定有序、人与自然和谐相处的总要求，构建社会主义和谐社会。该战略目标的提出，使中国特色社会主义事业总体布局由经济建设、政治建设、文化建设"三位一体"扩展为经济建设、政治建设、文化建设、社会建设"四位一体"。

七绝·西电东送

李殿仁

万里高原起作房，无穷宝藏已登场。

自从西电东征后，大业筹谋一线长。

注：西电东送[①]，2000年11月8日，贵州省洪家波水电站、引子渡水电站、乌江渡水电站扩机工程同时开工建设，标志中国西电东送工程全面启动。工程分为北线、中线和南线三大片区。北线内蒙古、陕西等省区向华北电网输电；中线四川等省向华中、华东电网输电；南线贵州、云南、广西等省区向华南输电。新开工的3个水电站将从2003年5月开始陆续发电，力争到"十五"计划期末新增向广东送电能力1000万千瓦。

七绝·取消农业税

陈作耕

万里风和稻菽香，农家今日笑声扬。

千年老历一朝废，从此无须再纳粮。

---

① 龙新民主编：《中国共产党历史重要事件辞典》，中共党史出版社，党建读物出版社2019年版，第540页。

注：取消农业税①，2005 年 12 月 29 日，十届全国人大常委会第十九次会议表决通过关于废止1958 年制定的《中华人民共和国农业税条例》的决定。取消农业税，不仅仅意味着对农民和农业的扶持，还意味着从制度层面对农民权益进行保护。在世界面积第三大的国土上，缩小地区差距；在世界人口第一多的国家中，实现社会公平。中国政府用务实的态度点滴积累，营造起一个维护权利公平的制度环境。

小圣乐·中国共产党
第十七次全国代表大会

耿建华

十月金秋，看黄花怒放，原野飘香。众英咸聚，国是细商量。代表庄严一票，选司舵，扬帆操桨。破巨浪，向光辉彼岸，勇渡重洋。　　开新再求首创，聚全民伟力，瞄定小康。指明航道，沧海任飞航。户户安居乐业，倍欢悦，百城安昌。且把酒，欣欣赞夸，民富军强。

注：中国共产党第十七次全国代表大会②，于 2007 年 10 月 15 日—21 日在北京举行。大会首次对马克思主义中国化第二个飞跃的理论成果——中国特色社会主义理论体系作了概括；把改革开放以来我们取得一切成绩和进步的根本原因，归结起来就是"开辟了中国特色社会主义道路，形成了中国特色社会主义理论体系"这个重大论断写入党章；把党的基本路线中的奋斗目标表述为把我国建设成为富强民主文明和谐的社会主义现代化国家。

① 中央电视台《复兴之路》节目组，人民出版社《复兴之路》编写组编写：《复兴之路》，人民出版社 2012 年版，第 322—324 页。
② 张启华主编：《中国共产党历史重要会议辞典》，中共党史出版社，党建读物出版社 2019 年版，第 467—468 页。

七律·全面建设小康社会

郭友琴

神州万古帜飘扬，九域同心奔小康。

生态从优新战略，文明并重大文章。

云祥节物民常泰，绿满山川道未央。

试看百年风好处，和谐花蕾遍城乡。

注：全面建设小康社会①，2002 年召开的党的十六大，是党在新世纪召开的第一次全国代表大会。大会向世人昭示中国共产党带领人民在新世纪前 50 年所要实现的目标，就是全面建设小康社会并进而实现现代化的目标。从此，中国人民踏上了全面建设小康社会的新征程。

七律·载人航天工程

赵焱森

梦思奔月咏嫦娥，日日长怀一曲歌。

科技兴邦功在党，英才酬志品为模。

无边浩宇丹心照，多少难关奋力过。

遥望彩虹天际上，飞舟载客渡银河。

注：神舟七号②，2008 年 9 月 25 日 21 点 10 分，"神舟七号"载人航天飞船从中

① 本书编写组编著：《中国共产党简史》，人民出版社，中共党史出版社 2021 年版，第 335 页。

② 龙新民主编：《中国共产党历史重要事件辞典》，中共党史出版社，党建读物出版社 2019 年版，第 600 页。

国酒泉卫星发射中心载人航天发射场用"长征二号"F火箭发射升空。"神舟七号"载人航天飞船飞行2天20小时27分，绕地球飞行45圈后，于北京时间2008年9月28日17点37分成功着陆于中国内蒙古。航天员翟志刚、刘伯明、景海鹏健康出舱，成功地实现了"准确入轨、正常运行，出舱活动圆满、安全健康返回"的目标。

五律·抵御国际金融风险

赵焱森

金融兴国力，险患亦丛生。

监督千钧力，宏观一览明。

开源资发展，流转促平衡。

舵正行方远，狂澜处不惊。

注：应对国际金融危机①，从2007年开始的美国次贷危机，到2008年演化成一场全球性的金融危机，党中央密切关注危机的发展态势，特别是可能对我国经济发展带来的风险和产生的冲击，强调要树立忧患意识，做好应对危机的预案。经过艰苦努力，我国在世界上率先实现经济回升向好。从2009年第二季度起，经济止跌回升，全年增长9.2%。事实证明，我国应对国际金融危机冲击的方针、政策和举措总体上是有效的。

① 本书编写组编著：《中国共产党简史》，人民出版社，中共党史出版社2021年版，第350—351页。

七律·南水北调工程中线通水

令狐安

艰辛每忆夜无眠，心寄行云流水间。

渠跨鸿沟凌皓月，洞穿天堑引甘泉。

百年思盼旱魃缚，十载情牵梦想圆。

今使龙王听号令，长虹千里贯岚烟。

云仙引·南水北调

郝　红

赤县泱泱，宏猷赫赫，鹏翔凤翥昆仑。瑶池水，又逢春。心倾满江暖日，正养生灵于碧粼。盘古肇初，任行地下，川隐烟云。　　源开洪脉轩门。气舒泰，青山来沐熏。绻缱涟漪，绚姿多彩，四季垂仁。人造天河，始无榜例，看我东方诸子孙。五洲眙目，并程追梦，笔底兴文。

注：南水北调中线一期工程正式通水 [1]，2014 年 12 月 12 日，南水北调中线一期工程正式通水。南水北调中线一期工程于 2003 年 12 月 30 日开工建设，干线全长 1432 公里，年均调水量 95 亿立方米，沿线 20 个大中城市及 100 多个县（市）受益。南水北调工程对缓解中国北方地区严重缺水的状况，促进地区经济、社会协调发展具有重要意义。

---

[1]　龙新民主编：《中国共产党历史重要事件辞典》，中共党史出版社，党建读物出版社 2019 年版，第 669 页。

木兰花慢·汶川大地震

张伟超

乍天崩地坼，哀无极，蜀中看。更远涉重溟，余威万里，半卷尘寰。家园。瞬时揉碎，纵危岩巨壑尽凋残。生死惊心板荡，城乡掠眼摧寒。　　汶川。谁解倒悬。空降急，士争先。亿兆民，历遍兴邦磨难，恢复惊天。驰援。解囊慷慨，又八方分建诺如山。明日春花是处，依然绚烂人间。

注：汶川大地震①，2008年5月12日14时28分，四川汶川发生里氏8级特大地震，地震造成69227人遇难，17923人失踪，受灾群众1510余万人。在党中央、国务院和中央军委的坚强领导下，我国迅速组织起历史上救援速度最快、动员范围最广、投入力量最多的抗震救灾活动。四川汶川抗震救灾取得的重大胜利，集中体现了全心全意为人民服务的中国共产党和中国社会主义国家政权的伟大力量，也大力培育和弘扬了"万众一心、众志成城，不畏艰险、百折不挠，以人为本、尊重科学"的伟大抗震救灾精神。

卜算子·北京奥运会

胡　宁

拥抱北京城，拥抱全球赛。同沐奥林匹克风，夺冠何曾怠。　　汗雨洒花香，泪雨蒙情慨。冉冉红旗伴国歌，祖国心中在。

---

① 龙新民主编：《中国共产党历史重要事件辞典》，中共党史出版社，党建读物出版社2019年版，第598页。

注：北京奥运会①，2008 年 8 月 8 日—24 日，第二十九届奥林匹克运动会在北京
举行。作为东道主的中国体育代表团获得 51 枚金牌、21 枚银牌和 28 枚铜牌，
奖牌总数 100 枚，创 4 项世界纪录，是奥运历史上首个亚洲国家登上金牌榜首。
北京奥运会留下了丰富的物质遗产和精神遗产，促进了中国竞技体育的新跨越
和不同文明之间的交流，增进了世界对中国的了解。

七绝·城乡义务教育免费

王东篱

入课束修千古然，春风化雨降尧天。

新翻书本眸中亮，肩上书包笑也甜。

注：城乡义务教育免费②，2008 年春天，在北京、天津、上海等 16 个省区市和 5 个
计划单列市进行免除城市义务教育学杂费试点。2008 年秋天，免除城市义务教
育阶段学杂费在全国范围内实施。我国在确立义务教育制度 22 年后，首次在全
国范围内普遍实行真正意义的免费义务教育。中国政府实现了"让所有孩子都
能上得起学"的宏伟目标，兑现了"不让一个孩子因贫困失学"的庄严承诺。

七律·亚丁湾护航

于东全

六百年来第一回，出征异域始扬威。

舰头白箭参天耸，海面银鸥逐浪飞。

① 龙新民主编：《中国共产党历史重要事件辞典》，中共党史出版社、党建读物出版
社 2019 年版，第 598—599 页。

② 中央电视台《复兴之路》节目组，人民出版社《复兴之路》编写组编写：《复兴之路》，
人民出版社 2012 年版，第 399—400 页。

恶水千沉犹可渡，铁拳一怒又重挥。

雄师应缚狼耶虎，期盼高歌奏凯归。

注：亚丁湾护航①，自 2008 年 12 月 26 日上午，中国海军首批护航编队奔赴亚丁湾、索马里海域执行护航任务以来的近 4 年时间里，中国已先后派出 12 批护航编队交替执行任务，为我国航经亚丁湾、索马里海域的船舶和人员保驾护航，为世界粮食计划署等国际组织运送人道主义物资船舶的安全提供强有力的保障，展示了我军的过硬素质和良好形象。

古风·亚丁湾护航

胡迎建

亚非洲圻湾深长，地中海通印度洋。转运多国船络绎，咽喉千里借通商。群盗出没索马里，杀人越货迅逃亡。朗朗光天化日下，岂容鳄猛狼攫狂。调我军舰远征讨，镇慑护送气堂堂。岂畏途艰险不测，枪炮听令利剑扬。解救难民捷身手，弹无虚发准穿杨。浪高百丈何所惧，履行义务能担当。钢躯铁盾舰威武，无愧大国之泱泱。

---

① 中央电视台《复兴之路》节目组，人民出版社《复兴之路》编写组编写：《复兴之路》，人民出版社 2012 年版，第 410 页。

七律·上海世博会

胡 彭

彩旌画帜列如麻，万国星罗竞物华。

千种文明千种秀，一方水土一方奢。

东洋紫岛西洋景，南美咖啡北美车。

包覆古今中国馆，正红斗拱耀仙霞。

注：上海世博会[①]，2010年5月1日—10月31日，2010年世界博览会在上海成功举办。上海世博园规划面积5.28平方公里，园内参展场馆星罗棋布，聚合246个国家和地区参展。参观者突破7000万人次。上海世博会是继北京奥运会后中国举办的又一国际盛会，也是第一次在发展中国家举办的注册类世界博览会。世博会的主题是"城市，让生活更美好"。

---

① 龙新民主编：《中国共产党历史重要事件辞典》，中共党史出版社，党建读物出版社2019年版，608页。

第四编

走向富强

新时代赋

孙五郎

钟鸣禹甸，霞起东方。云津龙跃，天兆祯祥。定宏猷而擘画，彰特色而腾骧。继往开来，踏新征程而举步；承前启后，开新时代而启航。尔乃一星定位，七曜盘空。拱核心而聚力，行民主而集中。局弈丹霄，执参辰以作子；标辉碧落，彰宏旨而挽弓。契双百年之交汇，镌十九大之鼎铭。梦想皴描国祚，中华矢志复兴。

夫前景光明，挑战严峻。砥砺前行，稳中求进。追大梦以初心，目小康而发奋。谋"五位一体"而统筹，布"四个全面"而发轫。压茬拓展，求抓铁而有痕；负重前行，固踏石而留印。怀使命而担当，纳民生于方寸。治国理政，高扬特色之旗；济世经邦，秉持创新之论。于是，改革深化，经济振兴。民生改善，法治建功。生态文明，瞄绿色而推进；传统文化，择优秀而绍承。生产总值，稳高榜眼；经济结构，活力日增。发展与安全兼顾，国际与域内融通。党建彰铁腕之治，国安举强军之旌。港澳互动，宪法标协调之据；全面布局，外交展大国之风。召全球元首，开对话会之初创；释人类命运，表共同体之赤衷。

尔乃创新驱动，科技兴腾。"天问"启火星之旅，"九章"登量子之峰。"嫦娥"五赴，采月宫之"天壤"；火箭百发，腾霄汉而"长征"。定位导航，百域共依"北斗"；救援灭火，两栖并举"鲲龙"。"奋斗者"载人海底，"大飞机"振翼云空。至若划扬子江之带，格标战略；筹京津冀之区，步调协同。"一带一路"，升写意为工笔；基础设施，响惊世之金声。高铁纵横，飙龙躯于峦壑；云桥错落，盘蛟势于烟虹。亚投行创立，促多边之合作；供给侧改革，化过剩之产能。脱贫攻坚，决战决胜；脱困摘帽，善作善成。"三步"阶梯，规乡村振兴之略；"两山"理论，点环保生态之睛。巡视乃全覆盖，敲钟亮剑；反腐则无禁区，打虎拍蝇。尔乃汉江鹤唳，荆楚瘟生。病毒跋扈，鼎祚逢凶。中央统揽全局，果断决策；医护白衣为甲，挺身逆行。党政军民学，同舟共济；东西南北中，勠力鏖兵。灭狼烟于汉鄂，控局地之疫情。新决战波澜壮阔，大中华众志成城！于是特色旌旗，高标傲世；中国道路，自信倍增。接力一百年，扬帆击楫；开局十四五，跃马弯弓。撸袖加油，拼搏于新时代；真抓实干，奋斗于新征程。

嗟夫，大道之行，不辱使命；初心致远，天下为公。五千年文明兮沧桑演替，九千万党员兮卓厉长征。志国强而民富兮朝乾夕惕，追大业之功成兮肝胆竭诚。求真务实兮为人民服务，严以自律兮秉修齐以治平。居安思危兮理应戒骄戒躁，蹄疾步稳兮自当久久为功。

注：党的十九大报告指出，"中国特色社会主义进入新时代"。① 中国特色社会主义进入新时代，是承前启后、继往开来、在新的历史条件下继续夺取中国特色社会主义伟大胜利的时代，是决胜全面建成小康社会、进而全面建设社会主义现代化强国的时代，是全国各族人民团结奋斗、不断创造美好生活、逐步实现全

① 习近平：《决胜全面建成小康社会　夺取新时代中国特色社会主义伟大胜利——在中国共产党第十九次全国代表大会上的报告》，人民出版社2017年版，第10—11页。

体人民共同富裕的时代，是全体中华儿女戮力同心、奋力实现中华民族伟大复兴中国梦的时代，是我国日益走近世界舞台中央、不断为人类作出更大贡献的时代。

满江红·中国共产党第十八次全国代表大会

张自军

擘画新篇，正恰值、金秋时节。看万里河山寥廓，美成传说。十八大描中国梦，十三亿绘英雄帖。起宏图，赓续枣园灯、南湖月。 长城外，花似蝶；长江上，涛如雪。纳青山绿水，小康书页。漫道百年真一瞬，并推五位齐头越。到如今，已待笑掀开、云生活。

注：中国共产党第十八次全国代表大会①，2012 年 11 月 8 日—14 日，中国共产党第十八次全国代表大会在北京召开。党的十八大是我国进入全面建成小康社会决定性阶段召开的一次十分重要的大会，根据"五位一体"总体布局和全面建成小康社会目标要求，对推进中国特色社会主义建设作出全面部署。从此，围绕实现社会主义现代化和中华民族伟大复兴的总任务，一系列理论创新和实践创新相继展开，中国特色社会主义新时代的大幕徐徐拉开。

---

① 本书编写组编著：《中国共产党简史》，人民出版社，中共党史出版社 2021 年版，第 381—383 页。

七律·学习十八大报告

胡晓军

光阴又转一轮新，全会召开十八巡。

自信须三好执政，统筹成五本为民。

审时度势事求实，反腐倡廉格动真。

冬日梅花今怒放，年来春色更宜人。

七律·中国梦

陈幼荣

醒狮气势古来雄，千百年间唱大风。

上策谁开兴国路，长谋须赖补天功。

力凝火箭沾云色，歌起飞船祝岁丰。

已见家乡山水绿，春来化得九州红。

注：中国梦 ①，2012 年 11 月 29 日，习近平在参观《复兴之路》展览时首次提出并
阐述实现中华民族伟大复兴的中国梦，指出：实现中华民族伟大复兴，就是中
华民族近代以来最伟大的梦想。此后，习近平在十二届全国人大一次会议等重
要场合，进一步阐述和丰富了中国梦的基本内涵、实践途径和依靠力量。

---

① 本书编写组编著：《中国共产党简史》，人民出版社，中共党史出版社 2021 年版，
第 386 页。

【中吕·粉蝶儿】唱响中国梦

张四喜

如沐春风，号角将一股股暖流送，亿万人倍感力无穷。国富强，民昌盛，目标圆梦。开启新征，气昂昂九州风雷动。【醉春风】听韵律铿锵，高歌成一统。引无数协奏和声，草原彩云拢，雪山哈达捧。如画江山，江山如画，希望的田野四处春花逬。【迎仙客】万水千山烈火烹，雪岭草穴步荆丛，怎能忘先烈热血涌。有多少前赴后继的英雄，有多少不怕牺牲的骁勇。为中国梦凝聚了必胜信念的父兄，为中国梦烈火中永生的丹凤。【朱履曲】黑水白山高咏，粤港澳这边雷动，一潮时落一潮从。同赋一篇梦圆长卷，共舞千条强国飞龙，美在春江花月中。【石榴花】小康梦幸福融融，强国梦伟业丰丰。复兴梦气势宏宏，交响乐共，协奏音同。欢歌一首春天梦，中国梦都在心中。号角声嘹亮强音弄，巨人步一岁一峥嵘。【普天乐】使命在肩，征途任重。复兴大业，战绩恢宏。载史诗，当豪咏。为圆梦堪挑千钧重，任蹉跎何俱冰封。伟大斗争新长征奋勇力倾，伟大工程遍华夏神奇高耸，伟大事业创世纪喜铸高峰。【尾声】总书记运筹帷幄人民尽从容，曙光在望绿水青山硕果丰。喜百年复兴即圆梦，看世界之巅一棵挺拔青松。

沁园春·社会主义核心价值观

李文朝

廿四箴言，体系核心，处世总观。看国家社会，精微積密，个人集体，巨细周全。立矩明规，强根固本，标示行为好指南。同遵守、定惠风和畅，国泰民安。　　顺时乘势直前。新时代、长征续锦篇。重修身明理，笃行创业，播春洒爱，育栋求贤。聚力凝魂，驱霾破雾，砥砺奔前勇闯关。齐奋起，更宏图再展，舜日尧天。

注：社会主义核心价值观[1]，党的十八大提出，倡导富强、民主、文明、和谐，倡导自由、平等、公正、法治，倡导爱国、敬业、诚信、友善，积极培育和践行社会主义核心价值观。

百年诗颂（加注版）

250

七律·神舟九号升天

沈　鹏

脚下珠峰南海洋，神州巨臂托新航。

逍遥一箭转昏晓，踊跃三军射九阳。

威胁妄言鸦雀噪，韬谋武略路途长。

盘宫击壤欣吾土，落地齐亲拥故乡。

[1] 本书编写组编著：《中国共产党简史》，人民出版社，中共党史出版社2021年版，第404页。

七律·全面建成小康社会

刘晓佳

千年梦想一朝圆，欣看神州大变迁。
国力飞升惊宇宙，民生改善富山川。
病来何惧无医治，老至鲜愁少食穿。
最是山乡光景好，初心化作百花妍。

七律·全面深化改革

骆光宗

谁挂征帆再远航，复兴基业路何长。
山登绝顶风尤烈，河至中流水更狂。
革故须同飞电起，攻坚应似迅雷张。
十年帷幄思精进，鹤在长天振翅翔。

七律·梁家河的知青情怀

胡润辉

正茂青春一少年，要将壮志换新天。
乡村七载忧农事，国梦千年扛铁肩。

碗底麦粮知意厚，盘中酸菜记情绵。

人民至上胸中立，使命担当再向前。

注：《梁家河》①，该书讲述了习近平总书记从 1969 年—1975 年在中国陕西省延安市延川县梁家河村生活、学习、劳动，是习近平总书记青少年时期的一段人生励志故事。

七律·八项规定

卢先发

从严治党妙招高，八项新规第一刀。

心有阳春融雪竹，眼无秽浊染霜毫。

文山会海今栖止，贪虎污蝇只遁逃。

打铁自身先过硬，廉风万里任翔翱。

七律·"与邻为善、以邻为伴"

姚崇实

胸蕴乾坤望大荒，宏猷笑展日喷光。

惠风万里和邻里，德雨千秋洒国疆。

① 《梁家河》，人民网–中国共产党新闻网，http://theory.people.com.cn/n1/2019/0617/c427900–31163844.html。

喜看群峰皆拱翠，高歌众水永流苍。

复兴华夏何言早，凤舞龙吟百姓康。

注：与邻为善、以邻为伴 ①，中国始终秉持伙伴精神发展与各国关系，构建总体稳定、
均衡发展的大国关系框架，按照亲诚惠容理念和与邻为善、以邻为伴周边外交
方针深化同周边国家关系，秉持正确义利观和真实亲诚理念加强同发展中国家
团结合作。

七律·首都各界纪念现行宪法公布施行 30 周年大会

李栋恒

大会堂中治国经，黄钟大吕震空鸣。

民为邦本精心护，法系权威勠力行。

卅载与时俱进路，千秋理政至关情。

严施律世章纲举，万众同心伟业成。

注：现行宪法公布施行 30 周年 ②，30 年来，我国宪法以其至上的法制地位和强大的
法制力量，有力保障了人民当家作主，有力促进了改革开放和社会主义现代化
建设，有力推动了社会主义法治国家进程，有力促进了人权事业发展，有力维
护了国家统一、民族团结、社会稳定，对我国政治、经济、文化、社会生活产
生了极为深刻的影响。

---

① 中共中央宣传部：《中国共产党的历史使命与行动价值》，《人民日报》，2021 年
8 月 27 日第 1 版。

② 《习近平：在首都各界纪念现行宪法公布施行 30 周年大会上的讲话》，新华网，
http://www.xinhuanet.com/politics/2012–12/04/c_113907206.htm。

七律·惩腐"第一虎"

柯其正

坐镇一方悲失道，竟甘沉瀣祸苍生。

乌纱帽下偏无义，天府国中何滥行。

绳墨凭心裁善恶，囚笼锁虎护公平。

庙堂悬剑官风肃，慰我人民心底声。

注：惩治腐败①，以习近平同志为核心的党中央以"得罪千百人，不负十四亿"的坚定决心，坚持反腐败无禁区、全覆盖、零容忍，坚定不移"打虎""拍蝇"，深化国际反腐败执法合作，织密国际追逃"天网"，以雷霆之势、霹雳手段惩治腐败，持续形成强大威慑。

七律·建立反腐有效机制

段 维

蒿莱腐败化流萤，蚁穴终将堤圮倾。

药未通筋针刺探，线如触底法公平。

京华已举鲜明帜，闾巷时闻霹雳声。

在路上当行永远，鹧鸪不住马纵横。

---

① 本书编写组编著：《中国共产党简史》，人民出版社，中共党史出版社 2021 年版，第 427 页。

夜半乐·遏制"舌尖上的浪费"

段　维

酱香袅做珠露，微黄挂壁，摇漾青花盏。映粉面夭桃，渐开春半。燕窝鼎食，铛盛虎肾，似闻嗥啸呢喃，正笼琴案。四五子、流觞逐眉畔。　　忽闻八项饬令，病叶知秋，蚱蝉声断。宾阁里、登时销停豪宴。斗移星转，移花接木，矿泉水里乾坤，玉浆偷换。顶风客、迷途未知返。　　值此谁忆，午正禾苗，夜深针线。兑一日三餐梦难串。唤回归、家酿绿尽粗茶饭。仁者寿、二百年何限。锄禾两字成经典。

注：遏制"舌尖上的浪费"[①]，党的十八大以来，习近平高度重视粮食安全，提倡"厉行节约、反对浪费"的社会风尚，不仅在多次讲话中强调要制止餐饮浪费行为，还以身作则，在工作生活中厉行勤俭节约，保持艰苦朴素优良传统。

七绝·运-20首飞成功

郑欣淼

背负青山自在身，倏然已带九天尘。
鲲鹏万里无穷意，奋翼常看日又新。

---

① 《以身作则、综合施策，看习近平如何狠刹"舌尖上的浪费"》，人民网，http://politics.people.com.cn/n1/2020/0812/c1001-31820223.html。

注：运－20①，是我国国产新一代大型运输机，具有航程远、载重大、飞行速度快、
　　巡航高度高、低速性能佳等特点，可在复杂气象条件下执行长距离空中运输任务。

五律·大兴学习之风

郑欣淼

回首一何壮，昂然百炼身。

指针宗马列，活水赖人民。

实践时无尽，研磨理自新。

风云多变色，学习葆青春。

注：大兴学习之风②，进入新时代，面对现代信息技术的迅猛发展和复杂的国内外环
　　境，党提出建设学习型、服务型、创新型马克思主义执政党的重大任务，在全
　　党大兴学习之风，执政能力和执政水平显著提升。

忆秦娥·辽宁舰

岳宣义

辽宁舰，中华航母雄姿现。雄姿现，环球惊叹，神州灿
烂。　　军威扬了国威綮，和平崛起须长剑。须长剑，巡洋

---

① 《运输机梯队：运－20焕发新质战斗力》，新华网，http://politics.people.com.cn/
　　n1/2019/1001/c430388-31382930.html。
② 中共中央宣传部：《中国共产党的历史使命与行动价值》，《人民日报》，2021年
　　8月27日。

游海，扫清边患。

注：辽宁舰^①，2012 年 9 月 25 日，中国第一艘航空母舰辽宁舰正式交付海军。胡锦涛出席交接入列仪式并登舰视察。

临江仙·首支舰载航空兵

胥春丽

砥砺波峰新战队，雄舰载起天军。如添虎翼壮精神，一飞惊碧宇，掀浪胜龙吟。　　海上攻防封四域，问敌谁敢来侵？山河锦绣寄情殷。金瓯当永护，华夏美如春。

注：首支舰载航空兵^②，列装歼 –15 舰载战斗机的是海军舰载航空兵某部，组建于 2013 年 5 月。这支部队是海军转型建设的标杆、新型作战力量的代表、航母编队作战体系中的"尖刀"。

七律·神舟十号成功发射

鲍海涛

应喜移封到酒泉，千年酝酿正甘甜。
神舟飞去初乘客，屈子行来不问天。

① 中共中央党史和文献研究院：《中国共产党一百年大事记》，《人民日报》，2021年 6 月 30 日。
② 《舰载机梯队：4 年 5 次受阅》，人民网，http://politics.people.com.cn/n1/2019/1001/c430388–31382934.html。

授课已然将惑解，操盘似可共云闲。

何当月桂清香发，更拟佳期会广寒。

注：神舟十号①，简称"神十"，是中国载人航天工程发射的第十艘飞船，也是中国的第五次载人航天飞行任务。神舟十号于 2013 年 6 月 11 日发射升空，并进入预定轨道。神舟十号飞行任务实现了中国载人航天飞行任务的连战连捷，也为后续载人航天空间站的建设奠定了良好的基础。

七律·群众路线教育实践活动

寅 子

四风势烈正伤林，八项天规肃亦馨。

对镜三观修骨相，敞怀一浴洗身心。

何来何去须铭记，孰重孰轻细量分。

大树枝繁因土沃，任凭风雨稳扎根。

古风·好干部标准

程 平

日月无私自有常，山河带砺正康庄。旗帜高擎新时代，先锋表率作领航。百里焦桐思故友，英灵到此久徜徉。浩

① 《神舟十号》，百度百科，https://baike.baidu.com/item/%E7%A5%9E%E8%88%9F%E5%8D%81%E5%8F%B7/6608211?fr=aladdin。

浩江天凭谁守？涛声阵阵唤罗阳。壮家女儿黄文秀，为使脱贫入山乡。东山莽苍云水阔，村村户户祀文昌。更有法官邹碧华，天平明镜悬高堂。精勤耿耿关民瘼，初心至今不曾忘。羔羊跪乳知恩重，慈乌反哺慰衷肠。一任劬劳生死以，双百征程力挽强。

注：好干部标准[1]，2013年6月，习近平在全国组织工作会议上首次提出了"信念坚定、为民服务、勤政务实、敢于担当、清正廉洁"的好干部标准。

七律·"一带一路"倡议

倪进祥

一路春风过翠峦，海航陆运两相安。
越洋过峡来波黑，钻岭穿沙过不丹。
大漠黄河风色壮，长空碧水海天宽。
雄才经略两丝路，襄筑和平举世欢。

注："一带一路"倡议[2]，是中国特色大国外交的伟大实践。2014年6月，习近平在中国—阿拉伯国家合作论坛第六届部长级会议上首次正式使用"一带一路"的提法，并对丝绸之路精神和"一带一路"建设应坚持的原则作出系统阐述。

---

[1] 本书编写组编著：《中国共产党简史》，人民出版社，中共党史出版社2021年版，第429页。

[2] 本书编写组编著：《中国共产党简史》，人民出版社，中共党史出版社2021年版，第451页。

七律·海上丝绸之路

李建春

地球涌动一明珠，浩漫碧波作坦途。

海上鱼龙堪问答，风前鸥鸟共相呼。

如虹桥架心头醉，似练梭飞世上孤。

更有天公挥彩笔，中华万古起蓝图。

注：海上丝绸之路[①]，2013 年秋，习近平提出了共建丝绸之路经济带和 21 世纪海上丝绸之路倡议。11 月，"推进丝绸之路经济带、海上丝绸之路建设，形成全方位开放新格局"作为一项重大决策部署，写入党的十八届三中全会审议通过的《中共中央关于全面深化改革若干重大问题的决定》。

古风·清理办公用房

姚泉名

古宦不葺衙，廨署多敝陋。而今足廪库，馆堂竞伟秀。中枢定八规，一改旧疵谬。五载罢新筑，不许受与购。公帑修馆所，亦列禁之囿。广狭立范准，超标限裁扣。赁者必收清，占者须复旧。兼任或履新，一厅供相就。花甲致仕年，轻挥清风袖。廉风即惠风，为民德自厚。

---

① 本书编写组编著：《中国共产党简史》，人民出版社，中共党史出版社 2021 年版，第 451 页。

注：清理办公用房①，2013年7月中共中央办公厅、国务院办公厅印发的《关于党政机关停止新建楼堂馆所和清理办公用房的通知》，要求强调各级党政机关要大力弘扬艰苦奋斗、勤俭节约的优良作风，认真贯彻落实中央八项规定精神，树立过紧日子的思想，全面停止新建楼堂馆所，规范办公用房管理，切实把有限的资金和资源更多用在发展经济、改善民生上。

古风·设立上海自贸区

姚泉名

陆家嘴连外高桥，黄浦江风弄海潮。筹定癸巳舟溯水，拍案挂牌意萧萧。野无人行终无路，敢为先锋路千条。贸易自由规我定，戏台初筑待英韶。海风猎猎洋山港，海客驻帆疑未消。负面清单明如鉴，逐年压缩商易招。合于潮流犹有舵，旗舰焉可信水漂。先照后证工商简，澍雨无声润春苗。年增企业万千户，络绎交亲外资饶。金融奇开特效药，本币资本先扬镳。刀布兑换渐次放，内外融资琴瑟调。利率羊牢一朝拆，大野有狼复有雕。险中求活身自壮，寰球货殖绩可骄。抱石过河探深浅，艰难扪索立警标。筚路蓝缕诚不易，九州相随竞妖娆。引领深化改与革，沪上明月照中宵。

注：上海自贸区②，2013年9月29日，中国首个自贸区——中国（上海）自由贸易

---

① 《关于党政机关停止新建楼堂馆所和清理办公用房的通知》，中国共产党新闻网，http://fanfu.people.com.cn/n/2013/0724/c64371-22305693-2.html。

② 《上海自贸区七周年：潮起长江口，再逐新高地》，人民网–上海频道，http://sh.people.com.cn/n2/2020/0929/c134768-34325585.html。

试验区（简称上海自贸区）挂牌成立。建设自由贸易试验区是党中央在新时代推进改革开放的一项战略举措，在我国改革开放进程中具有里程碑意义。

七律·大气、水、土壤污染治理行动

姚待献

亿年山水育文明，自古阴阳相辅成。

树种高原应耸翠，花开秀水自长清。

九穹星斗瞻新月，四季芳菲沐好风。

绿野蓝天别样美，神州璀璨颂升平。

注：生态环境治理①，党的十八大后，以习近平同志为核心的党中央把生态文明建设作为统筹推进"五位一体"总体布局和协调推进"四个全面"战略布局的重要内容，以"绿水青山就是金山银山"理念为先导，推动我国生态环境保护发生历史性、转折性、全局性变化。

七律·全国政协双周协商座谈会

姚崇实

五彩祥云兆会堂，高贤频聚笑声扬。

共商致富安民策，畅议扶贫治国章。

---

① 本书编写组编著：《中国共产党简史》，人民出版社，中共党史出版社2021年版，第408—409页。

妙语如花飞桌案，真知似月照山冈。

开门顿觉胸襟阔，竞发群帆向远航。

注：2013年10月22日全国政协第一次双周协商座谈会在北京召开。同年9月18日，政协第十二届全国委员会第六次主席会议通过了《政协全国委员会双周协商座谈会工作办法（试行）》。[1]双周协商座谈会最早可溯源到第一届全国政协的双周座谈会，从1950年4月至1966年7月共召开114次。[2]

七律·全面依法治国

贾学义

金桂飘香甲午年，警钟敲响得方圆。

一轮红日辉星月，万缕银丝织陌阡。

头顶高悬三尺剑，心中肃立九重天。

恢恢法网江山稳，十亿神州尽圣贤。

263

注：全面依法治国[3]，全面推进依法治国是解决发展中的一系列重大问题，解放和增强社会活力、促进社会公平正义、维护社会和谐稳定、确保国家长治久安的根本要求。2014年10月，党的十八届四中全会通过《中共中央关于全面推进依法治国若干重大问题的决定》，明确全面推进依法治国的总目标是建设中国特色社会主义法治体系，建设社会主义法治国家。

---

[1]　《政协召开第一次双周协商座谈会　俞正声主持》，中国共产党新闻网，http://cpc. people.com.cn/n/2013/1023/c64094-23295691.html。

[2]　全国干部培训教材编审指导委员会组织编写：《将革命进行到底》，党建读物出版社，人民出版社2019年版。

[3]　本书编写组编著：《中国共产党简史》，人民出版社，中共党史出版社2021年版，第420—421页。

七律·全面从严治党

杨海钱

从严治党起雷声，欲破周期万里程。

耳畔甲申三百祭，胸中子午四时明。

见多公仆平生意，骀荡春风不世情。

抚念初心岂忘否，频传鼓角再长征。

注：全面从严治党①，全面从严治党是"四个全面"战略布局的根本保证，是党的十八大以来党中央抓党的建设的鲜明主题。全面从严治党永远在路上，不能有任何喘口气、歇歇脚的念头。

七绝·湘西十八洞村精准扶贫

贺夏盛

一声号令响神州，精准扶贫心志酬。

合力攻坚谋福祉，七年脱困誉环球。

注：精准扶贫②，2013年11月，习近平在到湖南省考察时，首次创造性地提出"精准扶贫"的重要理念，强调要"实事求是、因地制宜、分类指导、精准扶贫"，标志着我国扶贫方式的重大转变。

---

① 本书编写组编著：《中国共产党简史》，人民出版社，中共党史出版社2021年版，第424页。

② 本书编写组编著：《中国共产党简史》，人民出版社，中共党史出版社2021年版，第415页。

七律·东海航空识别区

张存寿

天罗一夜布无形，万里长空尽哨兵。

踞海当思天地阔，划天只为海波平。

三军誓补江山缺，众志威绥岛屿争。

莫道无人来做靶，竹竿跃跃盼功名。

注：东海航空识别区①，2013年11月23日，中华人民共和国政府根据1997年3月14日《中华人民共和国国防法》、1995年10月30日《中华人民共和国民用航空法》和2001年7月27日《中华人民共和国飞行基本规则》，宣布划设东海防空识别区。

七律·"嫦娥三号"月球探测器 发射成功

李文朝

嫦娥奔上广寒宫，玉兔飞天旷代雄。

带腿缓冲轻着陆，踩轮巡视巧探空。

登临月面开新宇，降落虹湾凌颢穹。

屡破难关成首创，银蟾旗展五星红。

---

① 《中国政府宣布划设东海防空识别区》，共产党员网，http://news.12371.cn/2013/11/23/ARTI1385174221975376.shtml。

注：“嫦娥三号”月球探测器发射成功 [1]，2013 年 12 月 2 日 1 时 30 分，我国在西昌卫星发射中心用“长征三号乙”运载火箭，成功将“嫦娥三号”探测器发射升空。“嫦娥三号”将首次实现月球软着陆和月面巡视勘察，为我国探月工程开启新的征程。

七律·抗日战争胜利纪念日

朱永兴

倭寇魔心侵我疆，兽行肆虐恣疯狂。

弹痕累累千重堞，血渍斑斑万叠冈。

举国图存凭赤胆，全民御侮铸刚肠。

九三立法世公祭，国耻无忘正气扬。

注：抗日战争胜利纪念日 [2]，为了牢记历史，铭记中国人民反抗日本帝国主义侵略的艰苦卓绝的斗争，缅怀在中国人民抗日战争中英勇献身的英烈和所有为中国人民抗日战争胜利作出贡献的人们，彰显中国人民抗日战争在世界反法西斯战争中的重要地位，表明中国人民坚决维护国家主权、领土完整和世界和平的坚定立场，弘扬以爱国主义为核心的伟大民族精神，激励全国各族人民为实现中华民族伟大复兴的中国梦而共同奋斗，第十二届全国人民代表大会常务委员会第七次会议决定：将 9 月 3 日确定为中国人民抗日战争胜利纪念日。每年 9 月 3 日国家举行纪念活动。

---

[1] 《我国成功发射“嫦娥三号”探测器》，人民网 – 科技频道，2013 年 12 月 02 日，http://scitech.people.com.cn/n/2013/1202/c1007–23709348.html。

[2] 《全国人大常委会关于确定中国人民抗日战争胜利纪念日的决定》，《人民日报》，2014 年 2 月 28 日。

七律·全球发行《习近平谈治国理政》

贾志义

治国安邦惠五洲，华章映日显风流。

倾心世界同凉热，致力神州共乐忧。

高尚情怀如美玉，恢宏气魄筑高楼。

真知灼见开茅塞，阅罢心香长劲头。

注：全球发行《习近平谈治国理政》①，《习近平谈治国理政》多文种版自2014年10月在德国法兰克福国际书展首发以来，受到国际社会的持续广泛关注，并引起热烈反响。多国现任和前任政要以及多位著名中国问题专家在第一时间撰写书评和文章，给予高度评价。世界各国重要媒体包括西方主流媒体先后刊发了400多篇报道，对该书进行推介和评论。

七律·"打虎""拍蝇"

凌泽欣

党旗徽记是工农，革命初心守始终。

老虎逞威须尽打，苍蝇逐秽岂能同。

南湖早许清廉愿，祖国依然锦绣丛。

百姓皆讴新政好，零容忍即铁包公。

注：惩治腐败②，以习近平同志为核心的党中央以"得罪千百人，不负十四亿"的坚

---

① 《〈习近平谈治国理政〉全球发行量破400万》，《人民日报》，2015年4月15日。

② 本书编写组编著：《中国共产党简史》，人民出版社，中共党史出版社2021年版，第427页。

定决心，坚持反腐败无禁区、全覆盖、零容忍，坚定不移"打虎""拍蝇"，深化国际反腐败执法合作，织密国际追逃"天网"，以雷霆之势、霹雳手段惩治腐败，持续形成强大威慑。

五律·新古田会议

寅　子

思想长霉斑，寻医到古田。

剖心知钙少，解表恨疾顽。

红米滋军壮，污银蚀器坚。

金刚身不坏，当喜苦黄连。

注：全军政治工作会议①，2014年10月30日在福建省上杭县古田镇召开。中共中央总书记、国家主席、中央军委主席习近平31日出席会议并发表重要讲话。习近平强调，全军必须坚持以马克思列宁主义、毛泽东思想、邓小平理论、"三个代表"重要思想、科学发展观为指导，贯彻党中央关于全面推进依法治国和从严治党的部署要求，贯彻依法治军、从严治军方针，紧紧围绕我军政治工作的时代主题，加强和改进新形势下我军政治工作，充分发挥政治工作对强军兴军的生命线作用。

---

① 《全军政治工作会议在古田召开 习近平出席会议并发表重要讲话》，人民网，http://cpc.people.com.cn/n/2014/1101/c64094-25952974.html。

七律·天网行动

寅　子

偷逃不忍想当初，流落方知形影孤。

闻警一声惊鬼鸟，听雷万里猎玄狐。

正身诘验凭笼扎，赃款追查赖网铺。

纵在天边天不远，人心国力已相殊。

注：天网行动①，自 2015 年 3 月启动，我国已和 71 个国家签署了 50 项引渡条约和
61 项刑事司法协助条约。我国反腐败国际合作和追逃追赃工作取得重大进展。

【中吕·山坡羊】亚投行成立

高　昌

以心相待，与情同在，汇来众水方澎湃。树新栽，路新
开，侧身迢递新常态，一顺风帆同奏凯。投，通四海。行，
添异彩。

注：亚洲基础设施投资银行②，截至 2015 年 12 月 25 日，包括缅甸、新加坡、文莱、
澳大利亚、中国、蒙古、奥地利、英国、新西兰、卢森堡、韩国、格鲁吉亚、荷兰、
德国、挪威、巴基斯坦、约旦等在内的 17 个意向创始成员国（股份总和占比
50.1%）已批准《亚洲基础设施投资银行协定》（以下简称《协定》）并提交批

---

① 姜洁：《"天网"行动已追回外逃人员 4833 人》，《人民日报》，2018 年 12 月 7 日。
② 《亚洲基础设施投资银行正式成立》，人民网，2015 年 12 月 25 日，http://politics.
people.com.cn/n1/2015/1225/c1001-27978075.html。

准书，从而达到《协定》规定的生效条件，即至少有 10 个签署方批准且签署方初始认缴股本总额不少于总认缴股本的 50%，亚洲基础设施投资银行正式成立。

鹧鸪天·2025 中国制造

秋　枫

远瞩宽怀发浩音，人才战略伯牙琴。开先导放人为本，政产教研用是金。　　三步骤，一方针，跻身世界万邦钦。中华制造承新纪，质品高端立远岑。

注：《中国制造 2025》[①]，是国务院于 2015 年 5 月公布的强化高端制造业的国家十年战略规划，是我国实施制造强国战略 3 个十年规划第一个十年的行动纲领。这个规划以促进制造业创新发展为主题，以提质增效为中心，以加快新一代信息技术与制造业深度融合为主线，以推进智能制造为主攻方向，以满足经济社会发展和国防建设对重大技术装备的需求为目标，强化工业基础能力，提高综合集成水平，完善多层次多类型人才培养体系，促进产业转型升级，培育有中国特色的制造文化，实现制造业由大变强的历史跨越，力争用 10 年时间，使我国迈入制造强国行列。

[①]　《中国制造 2025》，人民网，http://theory.people.com.cn/n1/2017/0906/c413700–29519367.html。

七律 · "三严三实" 教育

张桂兴

执政一方任在肩，言行自律尚从严。

用权做事人干净，守法依规影不偏。

百姓呼声当著力，千秋事业莫空谈。

长征进入新时代，牢记初心步履坚。

注："三严三实"专题教育 ①，2014 年 3 月 9 日，习近平同志在参加十二届全国人
大二次会议安徽代表团审议时指出，各级领导干部都要树立和发扬好的作风，
既严以修身、严以用权、严以律己，又谋事要实、创业要实、做人要实。此后，
习近平同志又多次对"三严三实"作出阐述。从 2015 年 4 月开始，我们党在县
处级以上领导干部中开展"三严三实"专题教育。

水调歌头 · 新时代统战工作

胡均华

砥砺百年路，法宝力千钧。众梁撑起高楼，溪汇海江春。
同向复兴大业，共筑国强之梦，襟抱一家亲。心与时俱进，
韬略日更新。　　同心圆，主心骨，主力军。凝心聚力，
势若北斗拱星辰。情系金瓯永固，放眼"一带一路"，大
道至纯真。命运共同体，四海共风云。

---

① 王伟光：《把"三严三实"作为终身追求》，《人民日报》，2017 年 6 月 23 日。

注：新时代统战工作^①，面对严峻复杂的国际形势和艰巨繁重的国内改革发展稳定任务，现在的统战工作不是过时了、不重要了，而是更重要了。要充分发挥统一战线的重要法宝作用，最大限度地凝聚人心、汇聚力量，不断开创新时代统一战线工作新局面，为全面建设社会主义现代化国家、实现中华民族伟大复兴的中国梦凝聚磅礴力量。

诉衷情·"互联网 +"

徐崇先

百年巨变看荧屏，一键五洲行。联通偏僻山野，瓜果进名城。　兴九业，助千程。引新擎。扬清击浊，彪炳文明，人类双赢。

注：互联网 +^②，党的十八大以来，网络、信息等技术加速向产业渗透，平台经济、共享经济蓬勃发展，线上线下快速融合，互联网以不可阻挡之势，与各领域、各行业迅速融合。现代互联网科技手段的广泛运用，为我们开启了全新的生活。

清平乐·绿水青山就是金山银山

黄荣生

江山如画，放眼阳光下。万里苍山天造化，绿满神州华夏。　长江两岸林涛，黄河春色妖娆。秀水青山圆梦，金

---

① 本报评论员：《开创新时代统一战线工作新局面》，《人民日报》，2021 年 1 月 6 日。
② 杜海涛，纪哲：《"互联网 +"创造美好生活》，《人民日报》，2019 年 9 月 17 日。

波银浪新高。

注：绿水青山就是金山银山[1]，党的十八大后，以习近平同志为核心的党中央把生态
文明建设作为统筹推进"五位一体"总体布局和协调推进"四个全面"战略布
局的重要内容，以"绿水青山就是金山银山"理念为先导，推动我国生态环境
保护发生历史性、转折性、全局性变化。

七律·两山论喜结硕果

牛银生

天然物态久相违，水色山光叹式微。

一挽芜荒提首议，重还绿野衍生机。

岚烟隐隐红花淡，沙渚萋萋白鹭飞。

道自无为深以记，应教万载沐春晖。

临江仙·九三大阅兵

李增山

铁血军魂谁把笔，凛然大写长空。战车浩荡气如虹。老
兵方阵过，万众仰英雄。　　回首悲歌催烈马，同仇怒向刀
丛。血花吐尽遍山红。传家多宝器，止武射雕弓。

---

① 本书编写组编著：《中国共产党简史》，人民出版社，中共党史出版社 2021 年版，
第 408—409 页。

注：纪念中国人民抗日战争暨世界反法西斯战争胜利 70 周年大会①，2015 年 9 月 3 日上午在北京天安门广场隆重举行，中国以盛大阅兵仪式，同世界人民一道纪念这个伟大的日子。中共中央总书记、国家主席、中央军委主席习近平发表重要讲话并检阅受阅部队。

七绝·屠呦呦得诺贝尔奖

唐大进

一自青蒿济世危，万邦点笔叹神奇。
莫云前路多荆棘，草木山川是我师。

注：屠呦呦②（1930 年 12 月—），浙江宁波人，抗疟药青蒿素和双氢青蒿素的发现者，中国中医科学院终身研究员兼首席研究员、青蒿素研究中心主任。1955 年到卫生部中医研究院（中国中医科学院前身）中药研究所工作至今。2015 年荣获诺贝尔生理或医学奖。

七律·打赢脱贫攻坚战

高　驰

笃诚使命在斯民，频起良筹度厄津。
天付真情谋福祉，地存大道逐器尘。

---

①　《纪念中国人民抗日战争暨世界反法西斯战争胜利 70 周年大会在京隆重举行习近平发表重要讲话并检阅受阅部队》，新华网，http://www.xinhuanet.com/politics/2015–09/03/c_1116458658.htm。

②　《屠呦呦：一生倾情青蒿素》，人民网，http://scitech.people.com.cn/n1/2017/0109/c1007–29008491.html。

高田建置乡村富，陋室消除巷陌新。

一袭贫寒成旧事，神州都是小康人。

注：脱贫攻坚战[①]，党的十八大以来，党中央把脱贫攻坚摆在治国理政的突出位置，把脱贫攻坚作为全面建成小康社会的底线任务，组织开展了声势浩大的脱贫攻坚人民战争。党和人民披荆斩棘、栉风沐雨，发扬钉钉子精神，敢于啃硬骨头，攻克了一个又一个贫中之贫、坚中之坚，脱贫攻坚取得了重大历史性成就。

【中吕·山坡羊】"悟空"卫星成功发射

高　昌

惊雷嘹亮，长风回荡，金睛火眼腾霄上。问苍黄，探微茫，太空故事重开唱，大好神州新梦想。星，来送奖。天，如在掌。

注："悟空"卫星成功发射[②]，2015年12月17日8时12分，我国在酒泉卫星发射中心用长征二号丁运载火箭成功发射暗物质粒子探测卫星"悟空"。暗物质粒子探测卫星是空间科学先导专项的首颗空间天文卫星，也是迄今为止观测能段范围最宽、能量分辨率最优的暗物质粒子探测卫星。

---

① 习近平：《习近平在全国脱贫攻坚总结表彰大会上的讲话》，《人民日报》，2021年2月26日。

② 《我国成功发射首颗暗物质粒子探测卫星"悟空"》，人民网，http://scitech.people.com.cn/n1/2015/1217/c1007-27940241.html。

七律·国防和军队改革

高 驰

古田问道意纵横，革故开新又复生。

虎帐谈兵提劲旅，沙场列阵拥旗旌。

初心但见筹边计，使命都随报国情。

本色依然传统在，中华铁血筑长城。

注：国防和军队改革①，为贯彻落实党中央、习主席的战略部署和决策指示，扎实推进深化国防和军队改革，2016 年 1 月中央军委印发《关于深化国防和军队改革的意见》。

鹧鸪天·强化四个意识

杨海钱

正道昭昭论首题，细研意识为群黎。核心为重悬星斗，政治先声入鼓鼙。 怀大局，论看齐，百年鸿绪耀晴霓。莺歌一曲三重唱，尽裹春华杨柳堤。

注：四个意识②，2016 年 1 月 29 日，中共中央政治局会议指出，只有增强政治意识、大局意识、核心意识、看齐意识，自觉在思想上政治上行动上同以习近平同志

---

① 《中央军委关于深化国防和军队改革的意见》，人民网，http://military.people.com.cn/n1/2016/0101/c1011-28003376.html。

② 《四个意识》，人民网，http://theory.people.com.cn/n1/2017/0906/c413700-29519419.html。

为总书记的党中央保持高度一致，才能使我们党更加团结统一、坚强有力，始终成为中国特色社会主义事业的坚强领导核心。

七律·军队和武警部队
全面停止有偿服务

王学新

铁律新规钟吕声，寄怀宗旨力风行。
扶贫助困温心送，抗疫救灾绝处生。
不与春光争秀色，但同血性比峥嵘。
演兵场上雄姿展，利剑倚天谁敢横！

注：军队和武警部队全面停止有偿服务[1]，2016年2月，中央军委下发《关于军队和武警部队全面停止有偿服务活动的通知》，对军队和武警部队全面停止有偿服务工作进行总体部署。

七绝·道路自信

曹辛华

道正纵难心未悔，燎原星火自光明。
同将自信铺成路，节奏铿锵万里行。

---

[1] 《军队和武警部队全面停止有偿服务工作计划于2018年完成》，新华网，http://www.xinhuanet.com/politics/2017-05/31/c_1121063266.htm。

注：道路自信①，实践证明，中国特色社会主义道路是一条既符合中国国情，又适合时代发展要求并取得巨大成功的唯一正确道路。

七绝·理论自信

曹辛华

真理曾经烈火烧，红旗高举向阳飘。
从今不走回头路，一马当先最自豪。

注：理论自信②，中国特色社会主义理论体系是指导党和人民实现中华民族伟大复兴的正确理论，是立足时代前沿，与时俱进的科学理论。

七绝·制度自信

黄丽新

根培沃土叶成春，制度功开境界新。
谁信谰言夸普世？看他抗疫与扶贫。

注：制度自信③，中国特色社会主义制度是当代中国发展进步的根本制度保障，是具有明显制度优势、强大自我完善能力的先进制度。

---

① 中共中央宣传部编：《习近平新时代中国特色社会主义学习纲要》，学习出版社，人民出版社 2019 年版，第 32 页。
② 中共中央宣传部编：《习近平新时代中国特色社会主义学习纲要》，学习出版社，人民出版社 2019 年版，第 32 页。
③ 中共中央宣传部编：《习近平新时代中国特色社会主义学习纲要》，学习出版社，人民出版社 2019 年版，第 32—33 页。

七绝·文化自信

姚引妮

文昌有意再添香，古树新枝百卉芳。

九域和缘承血脉，绽得教化世无双。

注：文化自信[1]，中国特色社会主义文化积淀着中华民族最深沉的精神追求，代表着
中华民族独特的精神标识，是激励全党全国各族人民奋勇前进的强大精神力量。

七律·南海宣示主权和权益

郭友琴

鹏翥南天正气遒，蛟龙破浪舸争流。

演兵已借高科技，靖海还凭大运筹。

填岛巡航坚铁甲，旅游设市固金瓯。

试看灯塔长明处，猎猎红旗舞九州。

注：南海宣示主权和权益[2]，2016年7月12日，为重申中国在南海的领土主权和海
洋权益，加强与各国在南海的合作，维护南海和平稳定，中华人民共和国政府
发布了关于在南海的领土主权和海洋权益的声明。

[1] 中共中央宣传部编：《习近平新时代中国特色社会主义学习纲要》，学习出版社，
人民出版社2019年版，第33页。

[2] 《中华人民共和国政府关于在南海的领土主权和海洋权益的声明》，新华网，http://
www.xinhuanet.com/world/2016-07/12/c_1119207706.htm。

七律·南海听涛

董澍

征云迭起熏天野，战舰频来蔽海潮。

合纵杀机屯列岛，连横博弈起长飚。

雷生海国堪挥羽，云散南天好射雕。

何惧联军施故技，九州剑气动青霄。

七律·"墨子号"成功发射

郭羊成

量子卫星入远烟，千年科圣世相传。

迢迢河汉辉三界，熠熠星空耀万年。

历代先贤多智慧，今朝大梦贯长天。

中华代有奇才出，要写攻关夺隘篇。

注："墨子号"成功发射[1]，2016年8月16日1时40分，我国在酒泉卫星发射中心用长征二号丁运载火箭成功将世界首颗量子科学实验卫星（简称"量子卫星"）发射升空。此次发射任务的圆满成功，标志着我国空间科学研究又迈出重要一步。

---

[1] 《我国成功发射世界首颗量子科学实验卫星"墨子号"》，新华网，http://www.xinhuanet.com/mil/2016-08/16/c_12933610.htm。

沁园春·杭州 G20 峰会

郭羊成

千古江南，小桥流水，天上人间。步西湖柳下，苏堤烟雨；断桥残雪，诗赋流传。夕照雷峰，三潭印月，灵隐禅音沐雨烟。钟声里，看一湖秋色，橹荡荷田。　　钱塘江涌波澜，迎四海、宾朋意自酣。论纵横经济，日新月异；创新容纳，互惠齐帆。华夏中兴，神州圆梦，重置隋唐盛世天。抒远景，待大同世界，美景无边。

注：二十国集团领导人第十一次峰会[1]，2016 年 9 月 4 日在杭州国际博览中心举行。杭州 G20 峰会一系列成果在 G20 历史上成为首创之举，明确了世界经济的前行方向，以丰硕的成果树立了新的 G20 标杆。

七律·天宫二号与神舟十一号、天舟一号对接成功

郭星明

嫦娥自入广寒后，更把乾坤作逸谈。

矢志神舟谋国事，寄怀长箭遣诗函。

云南作物陕西曲，潍县风筝香港蚕。

二号天宫迎十一，相逢密钥可曾谙？

---

[1]　杜尚泽，胡泽曦：《一个自信的大国阔步走向世界》，《人民日报》，2016 年 9 月 8 日。

注：神舟十一号载人飞船发射成功①，2016 年 10 月 17 日 7 时 30 分，搭载神舟十一号载人飞船的长征二号 F 遥十一运载火箭，在酒泉卫星发射中心点火发射，约 575 秒后，神舟十一号载人飞船与火箭成功分离，进入预定轨道。飞船入轨后，先进行约 2 天的独立飞行，然后与天宫二号进行自动交会对接。

七律·十八届六中全会

郭顺敏

核心建立绘蓝图，伟志同酬万众呼。

打虎拍蝇扬利剑，兴廉反腐赖中枢。

看齐必使根基稳，导正还将病弊除。

世纪航船谁掌舵？六中高会且深读。

注：党的十八届六中全会②，于 2016 年 10 月 24 日至 27 日在北京召开。全会高度评价了全面从严治党取得的成就，深刻总结了全面从严治党取得的经验，分析了全面从严治党面临的形势和任务，提出了一系列全面从严治党的新观点、新要求、新部署，审议通过了《关于新形势下党内政治生活的若干准则》和《中国共产党内监督条例》。十八届六中全会在党的建设方面取得了丰硕的成果，深化了我们党对于自身建设规律的认识，开启了全面从严治党的新阶段。

---

① 《神舟十一号载人飞船发射圆满成功》，人民网 - 科技频道，2016 年 10 月 17 日，http://scitech.people.com.cn/n1/2016/1017/c1007-28783146.html。

② 王磊：《十八届六中全会：开启全面从严治党的新阶段》，人民网 - 中国共产党新闻网，2016 年 11 月 28 日，http://dangjian.people.com.cn/n1/2016/1128/c117092-28902556.html。

赞成功·长征五号发射成功

陶 然

倚天一剑，直上苍穹。纷飞青焰似青虹。赤阑飞架，横越深空。从今堪望，去雁来鸿。　月色无异，天上云风。想征途漫漫无穷。广寒居处，北户星丛。待昌国运，赫日当中。

注：长征五号发射成功①，2016 年 11 月 3 日 20 时 43 分，我国最大推力新一代运载火箭长征五号，在中国文昌航天发射场点火升空，约 30 分钟后，载荷组合体与火箭成功分离，进入预定轨道，长征五号运载火箭首次发射任务取得圆满成功。此次发射成功，标志着我国运载火箭实现升级换代，运载能力进入国际先进行列，是由航天大国迈向航天强国的关键一步。

水调歌头·实施中华优秀传统文化传承发展工程

于艳萍

华夏承一脉，厚土蕴家珍。五千年也，箕裘薪火载人文。卷帙浩繁经典，多少春秋神韵，凭此长精神。书中有三味，齐国亦修身。　重民本，守诚信，是仁人。生生不息，经史子集有乾坤。莫羡西方月亮，且葆神州德望，土沃自耕耘。记住乡愁矣，风雨也阳春。

---

① 余建斌，冯华等：《长征五号直破云霄》，《人民日报》，2016 年 11 月 4 日。

注：实施中华优秀传统文化传承发展工程①，为建设社会主义文化强国，增强国家文化软实力，实现中华民族伟大复兴的中国梦，2017 年 1 月，中共中央办公厅、国务院办公厅印发的《关于实施中华优秀传统文化传承发展工程的意见》，对于传承中华文脉、全面提升人民群众文化素养、维护国家文化安全、增强国家文化软实力、推进国家治理体系和治理能力现代化，具有重要意义。

沁园春·雄安新区

刘照荣

领袖宏图，百年大计，满眼雄观。看沟通今古，人间样板；翻新天地，世上方圆。绿水青山，安民乐业，崛起新城自领先。京津冀、正引牵时代，拓展空间。　　群雄奋勇超前。披星月、辛劳每一天。赞白洋净水，容城扩路；安新入画，雄县开颜。座座丰碑，千秋福祉，磊落民心康乐园。惊中外、叹东方雄起，迈向高端。

注：雄安新区②，2017 年 4 月 1 日，中共中央、国务院决定设立河北雄安新区。设立雄安新区是以习近平同志为核心的党中央作出的一项重大的历史性战略选择。这是继深圳经济特区和上海浦东新区之后又一具有全国意义的新区，是千年大计、国家大事。

---

① 《中共中央办公厅国务院办公厅印发〈关于实施中华优秀传统文化传承发展工程的意见〉》，新华网，http://www.xinhuanet.com/politics/2017-01/25/c_1120383 155.htm。
② 《千年大计、国家大事——以习近平同志为核心的党中央决策河北雄安新区规划建设纪实》，中国雄安官网，http://www.xiongan.gov.cn/2017-04/13/c_129769126.htm。

七律·贺国产 C919 大飞机首飞成功

黄玉庭

早把丹心写碧空，群英聚力出精工。

冰霜不碍天涯远，雷电何妨航路通。

笑越千山亲北斗，梦圆百载趁东风。

放飞霄汉情装满，大漠相邀海角逢。

注：C919 大飞机首飞成功[①]，2017 年 5 月 5 日 14 时，中国自行研制、具有完全自主知识产权的喷气式大型客机 C919，在上海浦东国际机场第四跑道一跃而起直上云霄。C919 大型客机是我国首款完全按照国际适航标准和主流市场标准研制的单通道干线飞机，意味着我国具备了研制一款现代干线飞机的核心能力。

七绝·"一带一路"峰会

刘冲霄

筹策今朝能致远，深流静水稳前行。

多元外展古丝路，联动内涵新历程。

注：第二届"一带一路"国际合作高峰论坛[②]，2019 年 4 月 25 日—27 日，中国在北京主办第二届"一带一路"国际合作高峰论坛。首届高峰论坛以来及本届高峰论坛期间，各国政府、地方、企业等达成一系列合作共识、重要举措及务实成果。

---

① 《C919 的首飞是中国百年"大飞机梦"的历史突破》，人民网，http://military.people. com.cn/n1/2017/0613/c1011-29335350.html。

② 《第二届"一带一路"国际合作高峰论坛成果清单》，第二届"一带一路"国际合作高峰论坛官方网站，http://www.beltandroadforum.org/n100/2019/0427/c24-1310.html。

满江红·解放军驻吉布提保障基地成立

黄小甜

直节堂堂,我将士、威威英杰。听号令、出征旗耀,舰鸣声悦。硬语盘空飞将在,甲光向日长鲸列。开基业、只为护和平,书新页。 波汗漫,呼声切。西亚去、非洲接,为维和千里,救援无缺。铁血柔情真国士,环球人道鸥盟结。愿从今、人类共繁荣,同凉热。

注:吉布提保障基地成立[①],中国人民解放军驻吉布提保障基地成立暨部队出征仪式2017年7月11日在广东湛江某军港码头举行。中国人民解放军在吉布提建设保障基地,并派驻必要的军事人员,是中吉两国政府经过友好协商作出的决定,符合两国人民共同利益。这一基地主要为我在非洲和西亚方向参与护航、维和、人道主义救援等任务提供有效保障,也有利于我更好执行军事合作、联演联训、撤侨护侨、应急救援等海外任务,与有关方面共同维护国际战略通道安全。

满江红·建设世界一流军队

黄小甜

舍我其谁!趋前列、创新超越。圆绮梦、太平长策,盈红鲜血。铁样工程知任重,海空辽阔求贤渴。岂惧难、志远弃缱情,真豪杰。 前车辙,心痛彻!安社稷,强军切!看中华劲旅,地天空阔。威武之师强势立,铿锵步稳从容达。

① 《中国人民解放军驻吉布提保障基地成立》,新华网,http://www.xinhuanet.com/mil/2017–07/11/c_129652748.htm。

严法治、战略促全盘，何言歇！

注：庆祝中国人民解放军建军90周年阅兵[1]，2017年7月30日上午在朱日和联合训练基地隆重举行。中共中央总书记、国家主席、中央军委主席习近平检阅部队并发表重要讲话。

满江红·朱日和阅兵

刘　博

奋我军威，红旗展、擎枪以待。陈国器、江山此刻，激昂千载。草木十方凭捍御，星霜九秩称机械。重实战、浩浩古沙场，生澎湃。　　驰万马，听万籁。长剑利，罡风快。指贺兰山缺，太平洋外。岂向干戈修武备，为谋兄弟澄环海。待复兴、一曲奏和平，从头迈。

沁园春·中国共产党
第十九次全国代表大会

胡桂海

此刻神州，山海同歌，号角齐鸣。看山乡父老，喜听播报，轩堂俊杰，细品高评。方略深谋，目光向远，决胜期时奋力

---

[1]　《庆祝中国人民解放军建军90周年阅兵在朱日和联合训练基地隆重举行》，人民网，http://military.people.com.cn/n1/2017/0731/c1011-29437816.html。

行。心中数，待百年双至，何等豪情。　　中华已握长缨。轻挥手、足将寰宇惊。建小康社会，雄关已越，和谐中国，大步攀登。追梦途中，崭新时代，闪耀千秋万代名。十九大，唤东风浩荡，再踏征程。

注：中国共产党第十九次全国代表大会[①]，2017年10月18日—24日在北京举行。大会结合"两个一百年"奋斗目标，对决胜全面建成小康社会、开启全面建设社会主义现代化国家新征程作出战略部署和安排。大会着眼中国特色社会主义事业长远发展，郑重提出习近平新时代中国特色社会主义思想，并把这一思想确立为党必须长期坚持的指导思想，写进党章，实现了党的指导思想的又一次与时俱进。

七律·党和国家机构改革

徐向中

喜降甘霖润九州，人浮事绕一朝休。
民来政署春盈面，官下基层笑满楼。
已减千条陈律法，能消百姓旧烦忧。
大潮滚滚东风劲，共驭中华万里舟。

注：党和国家机构改革[②]，为了从党和国家机构职能上确保坚持和加强党的领导、坚持和完善中国特色社会主义制度，推进国家治理体系和治理能力现代化，2018年2月，党的十九届三中全会通过了《中共中央关于深化党和国家机构改革的

---

① 本书编写组编著：《中国共产党简史》，人民出版社，中共党史出版社2021年版，第461—466页。

② 本书编写组编著：《中国共产党简史》，人民出版社，中共党史出版社2021年版，第484—485页。

决定》和《深化党和国家机构改革方案》，从完善党的全面领导的制度、优化政府机构设置和职能配置、统筹党政军群机构改革、合理设置地方机构、推进机构编制法定化五个方面对改革进行了整体部署。

七绝·国家监委成立

王广谋

廉洁执印旧时难，两袖清风梦几圆。

从此专司惩腐事，征程伟业有人传。

注：国家监察委员会成立[①]，党的十九届三中全会把组建国家监察委员会列为深化党中央机构改革第一项任务。十三届全国人大一次会议通过宪法修正案和监察法，确立监察委员会作为国家机构的宪法地位。

七律·国家退役军人事务部成立

崔杏花

从来卫国戍边疆，卸下戎衣也有光。

战火飞时当勇士，平安夜里念亲娘。

拥军更助丹心好，优属方知情意长。

料得东风轻抚后，山河深处有余香。

---

① 本书编写组编著：《中国共产党简史》，人民出版社，中共党史出版社 2021 年版，第 486—487 页。

注：国家退役军人事务部成立①，2018年4月16日上午，退役军人事务部在北京正式挂牌。退役军人事务部是2018年国务院机构改革之后新成立的部门。组建退役军人事务部，是以习近平同志为核心的党中央着眼党和国家事业全局作出的重大战略决策，对于加强退役军人管理服务保障，激励他们为社会主义现代化建设贡献聪明才智，激发广大官兵昂扬士气，吸引优秀人才投身国防军队建设，汇聚实现强军梦、强国梦的磅礴力量，具有重大深远意义。

扬州慢·万米级无人潜水器完成海试

国印周

万米深潜，陈师水下，窥它布阵排兵。践多年梦想，与魔鬼争锋。任多少风高浪险，几番测试，戴月披星。更抛开、高堂伫望，儿女柔情。　　山欢海笑，看而今、愿遂功成。正吐气扬眉，豪情振奋，荡漾心旌。敢让列强魑魅，丢魂魄、个个心惊。保山河明秀，黎民岁岁安宁。

注：万米级无人潜水器完成海试②，2018年3月30日正在西太平洋执行2018年综合海试任务的"大洋一号"科考船完成由中国自主研发的"海龙11000"万米级无人潜水器首次海试，潜水深度410米。"海龙11000"突破了传统缆控无人潜水器模式，大量采用创新技术。其中，可加工浮力材料、多芯贯穿件等部件均为我国自主创新成果。

① 《退役军人事务部在北京正式挂牌成立》，退役军人事务部官方网站，http://www.mva.gov.cn/sy/tpxw/201807/t20180723_14114.html。

② 陈灏：《"海龙11000"万米级潜水器首次海试完成》，《人民日报》，2018年3月31日。

七绝·新发展理念

崔杏花

理念初闻感慨深，真言字字入民心。

凌空一出指挥棒，便是春风送好音。

注：新发展理念①，习近平总书记指出："发展必须是科学发展，必须坚定不移贯彻
创新、协调、绿色、开放、共享的发展理念。"新发展理念是习近平新时代中
国特色社会主义经济思想的主要内容，回答了关于发展的一系列理论和实践问
题，阐明了我们党关于发展的政治立场、价值导向、发展模式、发展道路等重
大政治问题，明确了我国现代化建设的指导原则。

临江仙·港珠澳大桥

林 峰

千里琼田如旧，百年奇想堪惊。伶仃深处响天声。潮头
蓬岛出，海上玉绳横。　　唤得鱼龙翻滚，呼来鸥鹭娉婷。
笑从鳌背入沧溟。镜含云色白，珠吐月波清。

注：港珠澳大桥②，港珠澳大桥于2018年10月24日正式通车。港珠澳大桥全长55
公里，集桥、岛、隧于一体，是世界最长的跨海大桥。从2004年3月前期工作
协调小组办公室成立，到2009年12月15日正式开工建设，港珠澳大桥从设计
到建设前后历时14年。

---

① 中共中央宣传部编：《习近平新时代中国特色社会主义思想学习问答》，学习出版社，
人民出版社2021年版，第229页。

② 《港珠澳大桥正式通车》，人民网，http://hm.people.com.cn/GB/42280/421908/。

七律·海南自由贸易港

卢象贤

特区卅载岛生光，更点高灯照海塘。

娘子军歌犹带雳，椰林树叶永无霜。

浚通旧路连丝线，开启新窗对远洋。

国在天涯挥五指，自由竟是此间香。

注：中国（海南）自由贸易试验区①，2018 年，国务院批复同意设立中国（海南）自由贸易试验区并印发《中国（海南）自由贸易试验区总体方案》。方案从加快构建开放型经济新体制、加快服务业创新发展、加快政府职能转变等方面进行了清晰的设计，凸显了海南自贸试验区作为全面深化改革和扩大开放试验田的作用。

七律·长江流域经济带

高杰伟

江流托起名城事，巫峡催生强国缘。

如练串珠逢月满，似鹏展翅过峰巅。

六朝故地芳菲竞，三镇康衢景色鲜。

渝越昆仑惊世界，沪通欧美写华年。

---

① 《〈中国（海南）自由贸易试验区总体方案〉正式公布》，人民网，http://hi.people.com.cn/GB/384569/388851/389018/index.html。

注：长江经济带①，推动长江经济带高质量发展，是习近平同志为新时代全国高质量发展谋篇布局的重要篇章和浓墨重彩之笔。长江经济带横贯我国东中西部，覆盖 11 个省市，以占全国 21% 的区域面积承载着全国 40% 的人口和 45% 的经济总量，在我国发展总体格局中具有举足轻重的地位。长江经济带实现高质量发展，既能撑起全国高质量发展的"半壁江山"，又能引领全国高质量发展。

西江月·青岛海上阅兵

章国保

逐梦深蓝道远，庆生黄海天晴。凌空呼啸破云升，入水潜行无影。　　统帅声声问候，水兵句句雷鸣。心潮澎湃浪花盈，看我扬帆驰骋。

【双调·水仙子】"不忘初心、牢记使命"主题教育

刘北方

小康决胜念初心，"为甚""凭谁"两试金。党员今日扪胸问，担当有几分？细思量、把准须根。措施照章写，人向百姓亲，说和做切莫失真。

---

① 王晓东：《奋力当好长江经济带高质量发展生力军——学习贯彻习近平同志在深入推动长江经济带发展座谈会上的重要讲话精神》，《人民日报》，2018 年 9 月 10 日。

注：在全党开展"不忘初心、牢记使命"主题教育[1]，是党的十九大作出的重大决策。从 2019 年 5 月底开始，主题教育自上而下分两批进行。各级党组织有力推动，广大党员、干部积极投入，人民群众热情支持，整个主题教育特点鲜明、扎实紧凑，达到了预期目的，取得了重大成果。

五律·香山革命纪念地

章剑清

西山清旷地，松柏映阶崇。
开国筹基绪，进城称首功。
高怀怜厚土，远目接苍穹。
闳伟庭堂北，低回仰俊雄。

注：香山革命纪念地[2]，是中国共产党领导解放战争走向全国胜利、新民主主义革命取得伟大胜利的总指挥部，也是中国共产党人"进京赶考"的首站。正值新中国成立 70 周年之际，为了更好地再现中共中央在香山时期的革命历史，修缮复原的香山革命旧址以及新建的香山革命纪念馆 2019 年 9 月 13 日正式向社会开放。

---

[1] 《习近平在"不忘初心、牢记使命"主题教育总结大会上强调以主题教育为新的起点，持续推动全党不忘初心牢记使命》，新华网，http://www.xinhuanet.com/politics/leaders/2020-01/08/c_1125436783.htm。

[2] 《为新中国奠基——揭秘香山革命纪念地》，人民网，http://dangshi.people.com.cn/n1/2019/0914/c85037-31353061.html。

【南吕·阅金经】"山东舰"入列

南广勋

静静伏波卧，高高悬满旗。列队官兵着战衣。齐！目随统帅移。从兹去，越洋如跨溪。

注：2019年12月17日58分，舷号为17的航母山东舰在某军港交付海军入列。中国人民解放军海军山东舰是中国首艘自主建造的国产航母，基于对前苏联库兹涅佐夫级航空母舰、中国辽宁号航空母舰的研究，由中国自行改进研发而成，是中国真正意义上的第一艘国产航空母舰。

七律·"天问一号"火星车升空

梁 东

昨夜卿云斗柄横，中华叱咤举长旌。
一朝坼地冲天起，亿里披星戴月行。
身负苍生霄汉志，神依瀚海弟兄情。
轻车平视茫茫界，遥听欺凌喋喋声。

注："天问一号"火星车升空①，2020年7月23日，长征五号运载火箭将"天问一号"探测器送入前往火星的地火转移轨道，成功开启我国首次火星探测任务，同时也揭开了中国行星探索的序幕。"天问一号"成功踏上奔火之旅，迈出了我国行星探测的第一步，这也是中国人迈向更远深空的关键一步。

---

① 《人民网评："天问一号"启程，揭开中国行星探索序幕》，人民网－观点频道，http://opinion.people.com.cn/n1/2020/0723/c223228-31795583.html。

七律·"天问一号"传回首幅火星图像

韩倚云

探寻百日入云孤,首摄神奇新陆图。

星际往来非梦境,太空行走见通途。

可能原野生田谷,也许流光隐彩珠。

屈子无劳仰头问,高科今与古时殊。

古风·挽臂抗疫行

——2020 年 1 月 23 日夜致敬与病毒抗争的
武汉同胞们并钟南山院士

范诗银

将臂挽,壮呼行。热血在胸胆气生。五千年来心不死,五千万人救一城。曾扼通衢通九州,九州先熟一州耕。曾举义旗标首义,彪炳史册纪同盟。曾挂长帆鸣长笛,一肩昆仑与东瀛。曾向万里夸重镇,一江三城天下名。将送己亥去,将把庚子迎。病毒忽突发,刹那四海惊。夺我同胞命,搅我江天平。与子衣同衣,偕子征复征。道街风吹尘与垢,市巷水洗膻与腥。显微镜下原形辨,试剂瓶里斗精灵。千百年来汤头稿,七十年来救亡经。八方驰援有天使,同心共赴不伶仃。病子归来满堂笑,一家安康万家宁。举国力,起雷霆。猖狂恶魔扫于零。十四亿人同一奋，还我华夏一天青。

注：武汉抗疫[1]，2020年1月23日，是除夕的前一天。这一天，武汉因新冠肺炎疫情"封城"，900多万武汉市民居家坚守，抗疫斗争进入"隔一座城、护一国人"的攻坚阶段。新冠肺炎疫情是百年来全球发生的最严重的传染病大流行，是新中国成立以来我国遭遇的传播速度最快、感染范围最广、防控难度最大的重大突发公共卫生事件。面对突如其来的严重疫情，以习近平同志为核心的党中央统揽全局、果断决策，坚持人民至上、生命至上，书写了人类同重大传染性疾病斗争史上的伟大篇章。

七律·决战武汉

梁剑章

漫道瘟来冬宇惊，晴川脚下勇排兵。

雷神筑起严防线，夜火焚烧祸乱鹦。

千列白衣冲险地，万层铁甲护苍生。

闭关待得门开日，雨后樱花别样明。

临江仙·十天建成"火神山"

李伟亮

敢与瘟神拼速度，冲开千里冰寒。担来日色暖人间。一枝犹带雪，春已报梅边。　　续写祝融新故事，吟成抗疫诗

---

① 《党史上的今天：2020年1月23日武汉"封城"》，红网时刻，http://moment.rednet.cn/pc/content/2021/01/23/8919817.html。

篇。神州奇迹等闲看。姓名真大写，守护一方天。

注：火神山医院[①]，总建筑面积超过3万平方米，架设箱式板房近两千间，接诊区病
房楼ICU俱全……这个建筑面积相当于半个北京"水立方"的"战地医院"，
从开始设计到建成完工，历时10天。经中央军委主席习近平批准，中国人民解
放军抽组1400名医护人员，于2020年2月3日起在这所医院承担新型冠状病
毒感染的肺炎医疗救治任务。

七律·钟南山

斯静亚

险关两破未随风，犹感真言耄耋翁。
大疫匆匆添白发，初心耿耿许丹衷。
垂名国士无双誉，拨雾江城第一功。
铁胆泪眸堪醒世，依然华夏日曈曈。

注：钟南山[②]（1936—）江苏南京人，呼吸内科专家，中国科学院院士。中国抗击非
典型肺炎、新冠肺炎疫情的领军人物。2020年8月，国家主席习近平签署主席令，
授予钟南山"共和国勋章"，以表彰他在抗击新冠肺炎疫情进程中作出的杰出
贡献。

---

① 《"火神"战瘟神——火神山医院10天落成记》，人民网，http://cq.people.com.cn/
n2/2020/0203/c365405-33759791.html。

② 《钟南山：逆行出征战新冠》，人民网，http://kpzg.people.com.cn/n1/2021/0513/
c437474-32102349.html。

七律·张伯礼

斯静亚

深耕四秩擅岐黄，旧药新研济世长。

为国逆行驱厉疫，忧民无寐觅良方。

岂无明月照肝胆，更与春风育栋梁。

三百生贤当似汝，仁心共著大文章。

注：张伯礼[①]（1948—）河北宁晋人，男，共产党员，中医内科专家，中国工程院院
　　士。国家重点学科中医内科学科带头人，第一批国家级非物质文化遗产项目中
　　医传统制剂方法代表性传承人。2020 年 8 月被授予"人民英雄"国家荣誉称号。

七律·陈　薇

韦树定

巾帼芳襟振义门，从戎彤管发鸿芬。

奇才有炜临床耀，矢志无私领命殷。

百战毒魔真国士，一麾特效女将军。

精研保得民安泰，淡看勋名似片云。

注：陈薇[②]，1966 年 2 月 26 日出生，生物安全专家，中国人民解放军军事科学院军
　　事医学研究院生物工程研究所所长、研究员。她研制出中国军队首个 SARS 预

---

①　《张伯礼：将中华瑰宝化作大疫良方》，人民网，http://kpzg.people.com.cn/
　　n1/2021/0513/c437474-32102354.html。
②　《陈薇》，百度百科，https://baike.baidu.com/item/%E9%99%88%E8%96%87/13347752
　　?fr=aladdin。

防生物新药"重组人干扰素 ω"、全球首个获批新药证书的埃博拉疫苗。2019年当选中国工程院院士；2020 年 8 月被授予"人民英雄"国家荣誉称号。

七律·感中国疫苗全球共享

蒋光年

疫苗共享惠全球，大国担当臻一流。
风雨同行同命运，襟怀展示展新猷。
青山隐隐初迎月，绿水迢迢可泛舟。
但得世间多福佑，春光满眼我神州。

注：中国疫苗全球共享①，来自国务院联防联控机制最新数据显示，中国已向世界
　　提供新冠疫苗和原液超 7 亿剂。截至目前，中国对外援助和出口疫苗数量超过
　　其他国家的总和。在自身人口基数巨大、疫苗供应十分紧张情况下，中国对所
　　有向中方提出疫苗合作需求的国家都作出积极回应，为全球抗疫增添了信心和
　　力量。

五律·全民注射新冠疫苗

沈华维

接种无须怕，安危不用惊。
全民筑屏障，一剂冠科兴。

---

① 曲颂：《让疫苗成为全球公共产品，中国做到了！》，《人民日报》，2021 年 8 月 1 日。

口罩依然戴，眉头逐渐轻。

乖违有余悸，庚子事难平。

注：全民注射新冠疫苗[①]，截至 2021 年 6 月 19 日，全国新冠疫苗接种超 10 亿剂次。
2020 年 12 月 15 日，我国正式启动重点人群新冠疫苗接种工作。2021 年 3 月下
旬开始，国家加快推进国民全人群免费接种。重点行业、重点单位、重点地区，
接种人群一扩再扩；临时接种点、流动接种点、重点场所上门接种齐头并进。

七律·庚子抗击冠毒疫病

孟建国

年逢庚子又罹难，冠毒猖狂民不安。

雨打龟蛇山石动，云羁黄鹤水波湍。

一方有难八方助，五岳成城四海磐。

举国同心伏病魔，神州万里共悲欢。

朝中措·赞戍边加勒万河谷的英雄战士

蒋定之

插天寒壁域西凉，铁骨筑铜墙。越我界河天怒，横眉逐
出猖狂。　　藩篱尽拆，金瓯无恙，点检铿锵。赤胆高悬谷口，
忠魂千古流芳！

---

① 申少铁：《全国新冠疫苗接种超十亿剂次》，《人民日报》，2021 年 6 月 21 日。

七绝·赞卫国戍边英雄团长祁发国

蒋定之

远戍边关雪未融，每临生死独从容。

愿将碧血埋疆土，化作西陲又一峰！

【双调·凌波仙】卫国戍边英雄
陈红军烈士

周成村

风流儒雅似女神，临阵峥嵘中国龙。幼时怀揣英雄梦。
赴刀丛，敌酋腐圬变沙虫。冰河渡，细柳营，血洒疆场万古荣。

【双调·凌波仙】卫国戍边一等功臣
陈祥榕烈士

周成村

清纯志妆扮青春，生死情丈量忠诚。天山筋骨风华韵。
化玉龙，魂归故里绕南屏。奶奶问，莫作声，梦中频唤小
阿榕。

【正宫·塞鸿秋】卫国戍边一等功臣王焯冉烈士

程连升

蹚河四次援一线，三人脱险他蒙难。大忠大孝襟怀见，冰河呼过爹娘唤。戍边志未休，战友酬遗愿。昆仑山焯冉千千万。

注：卫国戍边英雄[1]，2020年6月，外军公然违背与我方达成的共识，悍然越线挑衅。在前出交涉和激烈斗争中，团长祁发宝身先士卒，身负重伤；营长陈红军、战士陈祥榕突入重围营救，奋力反击，英勇牺牲；战士肖思远，突围后义无反顾返回营救战友，战斗至生命最后一刻；战士王焯冉，在渡河前出支援途中，拼力救助被冲散的战友脱险，自己却淹没在冰河之中。中央军委授予祁发宝"卫国戍边英雄团长"荣誉称号，追授陈红军"卫国戍边英雄"荣誉称号，给陈祥榕、肖思远、王焯冉追记一等功。

七律·赞戍边英雄肖思远烈士

刘 洋

男儿壮志戍昆仑，常引英雄弃此身。
舍己成仁唯勇毅，餐风饱雪亦精神。
云翻危岭山河怒，铁铸边关血色新。
家国安宁何惜死，捐躯一瞬最青春。

---

[1] 《这段视频，还原了喀喇昆仑那场英勇战斗……》，央视网，http://military.people.com.cn/n1/2021/0220/c1011-32032175.html。

五律·航天员聂海胜三度飞天

韦俊图

三行银汉路，不必借星槎。

云淡龙飞舞，天高月作花。

谁邀歌白日，相对饮流霞。

莫负嫦娥约，人天共一家。

注：神舟十二号载人飞船发射成功[①]，2021 年 6 月 17 日 9 时 22 分，搭载神舟十二号载人飞船的长征二号 F 遥十二运载火箭，在酒泉卫星发射中心准时点火发射，约 573 秒后，神舟十二号载人飞船与火箭成功分离，进入预定轨道，顺利将聂海胜、刘伯明、汤洪波 3 名航天员送入太空，飞行乘组状态良好，发射取得圆满成功。

七绝·七一感赋

令狐安

鹏举九天燕雀嗤，初心未改贵情痴。

前程何惧狂飙冽，正是扬帆奋进时。

① 《神舟十二号载人飞船发射圆满成功》，人民网，http://jx.people.com.cn/n2/2021/0617/c190280-34780807.html。

七绝·庆祝七一

张荣庆

百年何惧海波狂，今日红船又启航。
追梦同奔新世界，云帆一片入苍茫。

七律·党的百年华诞

蒋宜茂

千年华夏屹东方，四海来称社稷康。
北调南流天堑畅，东输西电地维长。
城乡嬗变多佳气，丝路超然见瑞光。
心有明灯辉大道，舟车万里向朝阳。

七律·党的百年峥嵘历程

赵润田

红船擘画雨烟中，翻转乾坤向大同。
百姓往来分土地，铁枷解裂济农工。
神舟铸就兴邦剑，丝路绵延不世功。
回望南湖波起处，江山七彩耀长虹。

水调歌头·建党百年

莫小凤

烈烈旌旗展，烽火漫霜烟。工农铮骨，丹愫凝作艳霞翩。碧血黄花遍地，赤脉罡风席卷，激浪啸歌旋。长夜寒星杳，霁色尽尧天。　　箫韶奏，拂云锦，醉瑶篇。花枝春满，江山明月最情牵。玉宇千翔竞秀，不绝琼音如缕，华翰落青笺。梦舒东风笔，云水寄千言。

水调歌头·听《七一讲话》有感

李　勇

峥嵘百年路，伟略诞红船。一成一旅犹壮，星火井冈山。烈烈夷烽摧灭，攘攘榄枪扫尽，九夏得清安。江山归民主，历史创新元。　　雄鸡唱，巨龙啸，再攻关。航天还又遨海，环宇每惊看。能使瘟君无计，复让穷神有恨，鸿业烛青编。更有初心在，攀向梦之巅。

注：庆祝中国共产党成立100周年大会①，2021年7月1日上午在北京天安门广场隆重举行，各界代表7万余人以盛大仪式欢庆中国共产党百年华诞。中共中央总书记、国家主席、中央军委主席习近平发表重要讲话。

---

① 《庆祝中国共产党成立100周年大会在天安门广场隆重举行　习近平发表重要讲话》，人民网，http://cpc.people.com.cn/n1/2021/0701/c64094-32146241.html。

七律·闻颁"七一勋章"

张智深

万国云霄仰盛仪，百年佳梦与君期。

飞星归地报元九，大典开天闻独伊。

风雨初心终不改，江山黎庶岂堪疑。

东方红处笙歌起，遥为斯人酹一卮。

注：庆祝中国共产党成立100周年"七一勋章"颁授仪式①，2021年6月29日在人民大会堂举行，习近平总书记为"七一勋章"获得者颁授勋章并发表重要讲话。将党内最高荣誉授予为党和人民作出杰出贡献的共产党员，这是对功勋党员的致敬，更是对功勋党员的礼赞！

七律·建党百年颂

周笃文

石破天惊第一声，百年痛史顿飞腾。

推翻封建倡民主，构画蓝图奔太平。

诸族共和成乐土，八方齐力筑金城。

吾临九秩不知老，奋马扬鞭取远程。

---

① 《人民网评：最高礼赞向"七一勋章"获得者致敬》，人民网，http://opinion.people.com.cn/n1/2021/0630/c223228-32144820.html。

百年歌（代跋）

范诗银

　　百年伟业颂，诗词五百篇。行行心耿耿，阒阒意拳拳。伟人史册里，伟业在眼前。伟人手相握，伟业诗赋传。百年人民英雄史，志士仁人奋然起。救我大众与工农，奉献一生为真理。三座山推倒，不许江山倾。人民站起来，呼我东方明。百年砥砺奋斗史，百折不回心不死。中华民族正复兴，家国一怀无自己。有国大家建，城乡又边庭。东海和南海，两弹和一星。百年铸就辉煌史，共产党人有宗旨。富民强兵又强国，风景无边无穷已。走进新时代，开启新征程。浩浩东风起，猎猎卷旗旌。

　　中华有诗词，比兴赋相宜。风颂大小雅，堂庙与乡祠。诗词是事业，所歌正雅辞。磨拳也霍霍，歌我百年时。我以我心歌我党，高诵赤诚和信仰。人民永久放心中，参天大树有土壤。永不忘初心，初心是灵魂。心与心相印，守住百年根。我以我情歌我党，诗行岁岁夸丰穰。建好金山与银山，大地流绿天朗朗。家国付真情，真情有真声。声声呼与鼓，共享一天晴。我以我志歌我党，长句新题新畅想。小康作为新起点，万里长征奋新桨。有志写鸿篇，两个一百年。实现复兴梦，永享艳阳天。

　　拥抱新时代，诗颂新征程。学会换新届，再展新诗旌。百年付诗史，寄托满腔情。神州共荣耀，万里共澄明。百年史分四阶段，事件人物作主干。精读史实挥赋毫，凭借寸心开颂卷。三百诗作者，承接五百题。秉烛熬心血，豪情与云齐。一读研磨整三日，裁定内容和韵律。十之三四又重来，再寻新意换新笔。笔与赋和颂，思与比和兴。读史老花镜，敲字节能灯。二读三读逐句校，拨冗鉴真求精妙。故事情怀两相谐，一句一阕肝胆照。写我先辈梦，写我当辈思。真情真可述，寸心两相知。

后 记

为庆祝中国共产党成立 100 周年，表达中华诗词工作者和爱好者对党的无限忠诚和热爱之情，发挥中华诗词在中国特色社会主义新时代的社会作用，中华诗词学会组织创作了《百年诗颂》（以下简称《诗颂》）。

中国共产党的百年发展，先后经历了 4 个时期：新民主主义革命时期（1921—1949）、社会主义革命和建设时期（1949—1978）、改革开放和社会主义现代化建设新时期（1978—2012）、中国特色社会主义新时代（2012—至今）。每一个历史时期又划分为不同阶段。《诗颂》选取中国共产党各个历史时期和阶段的重要事件、重要地点、重要人物，用绝句、律诗、词、曲、赋、古风等多种体裁加以表达。作者来自中华诗词学会的会员队伍，主要由学会的顾问、常务理事和理事承担，也邀请了会外的知名诗赋作者参加。因此，《诗颂》是一部系统构思、集体创作的大型政治抒情诗。每一首诗词既独立成篇，又承上启下，是整个《诗颂》的有机组成部分。

在前三个历史时期中，历史阶段的划分，重要事件、重要人物的选取，依据《中国共产党的九十年》一书。第四个历史时期，即中国特色社会主义新时代，则是根据《习近平谈治国理政》（1~3 卷），结合我们自己的亲身感受选取诗作题目。需要特别说明的是，本书不是史诗，而是作者以中华诗词这种传统文学样式，对党史上的重要事件、重要人物、重要地点、大政方针等，表达敬意、抒发感情的中华诗词集。

规划创作《诗颂》伊始，我们就深知，创作这样大部头的政治历史题材诗词作品，难度极大。进入创作过程，我们更感受到，《诗颂》创作的难度是空前的：一方面要准确地表达党的政治历史内容，一方面要有精美的艺术形式。恰恰在这方面，习惯了见山写山、见水写水、尽情抒发、单兵作战、一诗成篇的诗人们，遇到了大难题。面对这些难题，诗人们以高度的政治责任感和饱满的创作热情，认真阅读党史、研读资料、谋篇布局、遣词造句，花去了比日常写诗要多出数倍的时间和精力，创作了一批好诗词。本书编委会召集十余位国内诗词名家，前后三次召开全书审读会，对所有来稿进行集体评选，一篇一首，反复品味，最后集体讨论该作品之取舍。对不合乎要求的诗稿，或难以入围，或退回重写，或另约作者。最后，编委会指定中华诗词学会副会长林峰负责统稿，他逐篇逐字审读推敲，为此付出了极大努力。在统稿阶段，编委会又连续召开四次集体审稿会议，对全书所有诗稿从头到尾逐一审读，才有了摆在读者面前的这本《诗颂》。

尽管如此，本书离思想内容和艺术形式完美结合的理想目标还有不小差距，敬请读者方家不吝指教。对存在的问题或缺憾，我们将在再版时加以完善。由于种种原因，有一部分作者的应约诗稿没有入选，敬请包涵。

在中国书籍出版社社长王平、副总编辑赵安民、责任编辑朱琳等大力支持下，短时间内高质量地完成了本书的编辑和印制工作。北京莫秦文化产业有限公司秦雅南女士为本书的出版及时提供了资助并为装帧设计献策助力。中华诗词学会评论部副主任李建春、《中华诗词》杂志编辑部主任潘泓参与了本书部分作品的审稿，网络部办公室主任张伟超做了大量组联整理工作，《中华诗词》杂志责任编辑何鹤校对了本书作品格律。《百年诗颂》出版以后，收到众多读者来函：希望能出一注释本，对书中一些重点名词作一解释说明，有助于大家阅读理解。于是，编委会委托中央党校（国家行政学院）刘晓佳博士带领中国人民大学喻伟、蒋慧敏、邱继贤、陈燕琴等四位研究生组成的团队，对本书的重点名词逐条进行注释。对此，我们一并表示衷心感谢！

《百年诗颂》编委会
2021 年 10 月 30 日

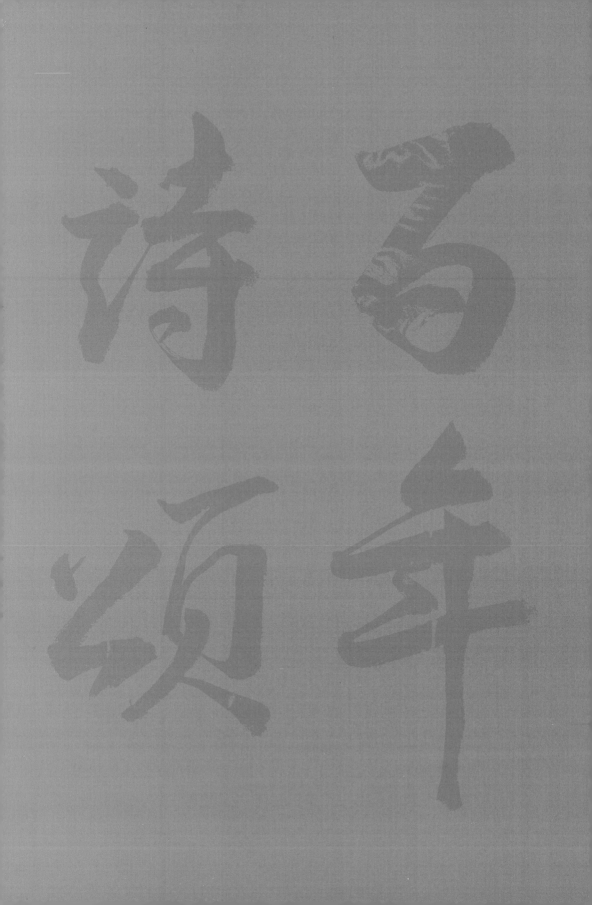